ro
ro
ro

Die beherzt ermittelnde Wencke Tydmers weiß, dass von der Lösung des Mordes auf Juist ihre Beförderung abhängt. Sie setzt alles daran, den Mord an der jungen hübschen Sanddornkönigin aufzuklären, die tot in den Dünen gefunden wurde. Die Spuren führen in das Hotel «Dünenschloss», in dem der Besitzer Thore Felten, seine Frau Hilke und der Stiefsohn Fokke fieberhaft das Gourmetfest der «Sanddorntage» vorbereiten.

Wie schon in dem Wencke-Tydmers-Krimi «Das Hagebutten-Mädchen» («Spannend!» *Laura*) zeigt Sandra Lüpkes, dass die Inselidylle trügerisch ist.

Sandra Lüpkes, geboren 1971, lebt mit ihrer Familie auf Juist, wo sie als freie Autorin, Redakteurin und Werbegestalterin arbeitet. Im Rowohlt Taschenbuch Verlag sind bereits «Das Hagebutten-Mädchen» (rororo 23599) und der Küstenkrimi «Fischer, wie tief ist das Wasser» (rororo 23416) erschienen.

Sandra Lüpkes

# Die Sanddorn-
# königin

Inselkrimi

Rowohlt Taschenbuch Verlag

Veröffentlicht im Rowohlt Taschenbuch Verlag,
Reinbek bei Hamburg, April 2005
Die Originalausgabe erschien
2001 im Leda-Verlag, Leer
Copyright © 2001 by Leda-Verlag, Leer
Umschlaggestaltung any.way, Cathrin Günther
(Foto: photonica/Peter Muller)
Satz Minion PostScript (InDesign) bei
Pinkuin Satz und Datentechnik, Berlin
Druck und Bindung Druckerei C. H. Beck, Nördlingen
Printed in Germany
ISBN 3 499 23897 7

Sandra Lüpkes • Die Sanddornkönigin

# Prolog

Ich hätte nicht gedacht, dass ein lebloser Körper so schwer sein könnte. Dass sie so steif und kalt war, machte es nicht gerade einfacher. Zum Glück war sie vor dem Sterben nicht mehr wach geworden, sie war in genau der Stellung erstarrt, in der ich sie zum Schlafen hingelegt hatte. So ließ sie sich gut handhaben. Wie eine große Puppe. Es fehlte nur noch, dass sie am Daumen nuckelte. Die blauen Lippen machten mich irgendwie verrückt. Halb geöffnet und spröde wie die Schale einer Auster. Ich konnte nicht widerstehen und legte meinen warmen Mund darauf, doch statt des warmen, milden Fleisches schlürfte ich gefrorenen Speichel, der in kleinen Kristallen auf ihren Zähnen lag.

Bis zur Hintertür nutzte ich den Flaschenwagen zum Transport, danach musste ich sie tragen. Weit würde ich es nicht schaffen, das merkte ich schnell. Bislang war alles so einfach gewesen; ohne einen Tropfen Schweiß zu verlieren, hatte ich ihr das Leben genommen. Nun stand mir das härteste Stück Arbeit bevor. Ich bin kein Mensch für körperliche Anstrengung, mir fehlte die Luft, der Puls klopfte an meinen Schläfen, die Füße schienen am Boden zu haften. Dazu kam der Schmerz an den Händen. Trotz der Handschuhe fraß sich die Kälte ihres Körpers bis an meine Haut, und ich hatte das Gefühl, meine Finger seien aus sprödem Glas und zersplitterten Stück für Stück unter der Last.

Natürlich hatte ich mir meine Gedanken gemacht, wo ich sie niederlegen würde. Sie war zu schön, um dem Zufall zu überlassen, wann sie gefunden werden würde. Ich wollte nicht, dass im Frühjahr spielende Kinder den Anblick einer von Möwen und anderem Getier zerfressenen Frauenleiche ertragen müssen. An dieser Stelle, wo ich sie nun am Ende meiner Kräfte in den Sand fallen ließ, würde ihr Körper wahrscheinlich entdeckt werden, bevor er aufgetaut war.

Eigentlich hatte ich nicht vorgehabt, lange zu bleiben. Ich wollte sie abladen und gehen, wie jemand, der den Müll nach unten bringt. Doch meine Verfassung zwang mich, innezuhalten. Ein paar Schritte entfernt von der kalten Schönheit blieb ich stehen und betrachtete sie. Die frühe Sonne, mit deren Licht ich meinen Weg durch die Dünen gefunden hatte, war nun hell genug, um wie

eine Ahnung die Farbe ihres Haares erkennen zu lassen. Es hatte sich theatralisch in den schwarzen Dornen des Sanddornstrauches verfangen und war orangerot wie dessen Früchte.

Es sah so schön aus, wie sie da lag. Man hätte fast denken können, ich hätte einen Ritualmord begangen. Ritualmord klingt irgendwie künstlerisch. Schade, dass es keiner war. Es war lediglich ein ganz normales Kapitalverbrechen. Hätte sie mir nicht einen Strich durch die Rechnung machen wollen, so wäre sie jetzt noch am Leben.

Und so wird es mein einziger Mord bleiben, denn es ist nicht mein Ding, jemanden, der so voller Leben ist, umzubringen. Es gehört eine Menge Organisationstalent dazu, wenn man es plant, zudem braucht man Glück, dass im entscheidenden Moment niemand zur Tür hereinkommt, und eine Leiche frühmorgens durch die Dünen zu tragen ist ein wahrer Kraftakt. Wenn ich nicht einen verdammt guten Grund gehabt hätte, dies alles zu tun, dann wäre Ronja Polwinski noch warm, und ich läge zufrieden und unschuldig in meinem Bett.

# Mittwoch

Letztlich war die Telefonzentrale schuld daran, dass Wencke ausgerechnet auf eine Insel verschlagen wurde, um ihr Können unter Beweis zu stellen. Wäre der unselige Anruf am frühen Mittwochmorgen ins benachbarte Zimmer durchgestellt worden, dann säße jetzt der neunmalkluge Kollege Sanders auf einer Juister Düne. Doch sie hatte sich gemeldet.

«Mordkommission Aurich, Kommissarin Wencke Tydmers am Apparat.» Und zehn Minuten später war sie zu Hause, um die Koffer zu packen, die mahnenden Worte ihres Vorgesetzten noch im Ohr.

«Das ist Ihre Chance, Frau Tydmers. Zeigen Sie, was in Ihnen steckt, und streichen Sie die Außendienstpauschale für den Inselaufenthalt auch noch mit ein. Und nicht vergessen: Mein Stuhl wird bald frei, und die Frauenquote will Sie als Hauptkommissarin sehen. Wenn Sie es aber vermasseln, dann haben wir einen Grund, Sanders zu befördern. Die Bevorzugung der weiblichen Bewerber zieht nur bei gleicher Qualifikation, wie Sie wissen. Und im Moment steht es eins zu null für Ihren lieben Kollegen.»

Sie könnte sich selbst ohrfeigen, dass sie den letzten Fall versaut hatte. Mord im Prostituiertenmilieu: Nette, viel zu junge Mädchen, die über versteckte Wege aus dem grauen Osten in den bunten Westen geschleust worden und schließlich in ostfriesischen Bordellen gelandet waren. Fiese, geldgeile Herren, die ihren Spaß und ihren Verdienst an den Mädchen hatten. Schwarz und Weiß, Gut und Böse, Gier und Unschuld – und sie, Wencke, hatte es der blassen, stillen Violetta einfach nicht zugetraut, dass sie ihren Geliebten und Zuhälter erbarmungslos über den Haufen schießt. Und das noch nicht einmal aus Rache, sondern nur, um sich an seiner Tageseinnahme zu bereichern. Erst als die Kleine, die auch noch gelispelt hatte, mit dem Geld im Koffer über alle Berge verschwunden war, da war Wenckes Argumentation von dem Streit des Opfers mit dem organisierten Verbrechen der Mädchenschleuser nicht mehr zu halten gewesen. Und da hatte sie ganz schön dumm dagestanden mit ihrer weiblichen Intuition. Doch sie hatte ihre Lektion gelernt. Sie hatte sich am Abend ihrer Niederlage betrunken, allein und zu Hause mit zwei Flaschen Wein. Und nur ihr Kater war Zeuge, als sie sich lallend vor dem Spiegelbild schwor, sich niemals und wirklich niemals wieder von ihrem Gefühl im Bauch beeinflussen zu lassen. Niemals außer manchmal.

«Die Sanddornkönigin», sagte Meint, ihr Assistent. Er hatte gerade mit dem seemannsgesichtigen Zeugen gesprochen, der die Leiche heute Morgen beim Kontrollieren seiner Kaninchenfallen gefunden hatte.

«Sanddornkönigin? Ist das von dir?»

«Nein, ist nicht aus meiner Feder, der Alte da hat sie so genannt. Außerdem ist es doch eher dein Metier, den Mordfällen dramatische Überschriften zu geben, liebe Chefin. Ich erinnere dich nur an den ‹Mühlenschlachter› oder das ‹Wattenputtel›.»

Wencke fühlte sich ertappt. «Sanddornkönigin» hätte wirklich von ihr stammen können.

«Dies hier ist eine andere Kategorie Mord», sagte sie schließlich.

Sie saßen im Sand am Hang einer sanften Düne, es war nicht besonders kalt, nur der Wind, der ab und zu eine Böe über den Strandhafer blies, ließ sie ein wenig frösteln. In der Senke standen die Kollegen von der Spurensuche und steckten kleine nummerierte Täfelchen in den Sand. Viele Spuren gab es nicht, die es zu fotografieren gelohnt hätte. Der Wind war ein Meister im Vernichten von Beweismitteln. Eine zerdrückte, rostige Coladose, die mit Sicherheit nicht der Täter dort liegen gelassen hatte, war bereits vom Flugsand halb verdeckt worden, im Dornenbusch, fast direkt neben der Leiche, hing eine zerfledderte Plastiktüte im Geäst. Ansonsten lag hier nur eine tote Frau.

«Sanddornkönigin im Sinne von Weinkönigin oder so», fuhr Meint fort. «Am kommenden Wochenende steigt hier eine große Fete, in erster Linie wird wohl viel gegessen und getrunken, es sollen deswegen einige wichtige Personen auf die Insel kommen.»

«Freiwillig?»

Meint lachte. «Scheint so.» Er zog aus seiner Mappe ein Faltblatt heraus. Meint war einer von denen, die alles Wichtige und Unwichtige, was sie in einem Fall in die Hände bekommen, in einer eigens dafür angelegten Mappe sammeln. Wenn er einen Fall bearbeitete, so bewahrte er nahezu alles auf, er legte sich eine wahre Enzyklopädie über den Ort, über den Beruf und über die ganzen anderen scheinbaren Nebensächlichkeiten im Leben des Mordopfers an. Manchmal nutzte ihm dieser Wissensumfang tatsächlich zur Aufklärung, doch meistens speicherte er diese Details nur für sich, um sie dann und wann ungefragt zum Besten zu geben. Das hatte ihm im Kollegenkreis den Spitznamen «Lexikon» eingebracht, er schien sich nicht daran zu stoßen. Wencke hatte keine solche Mappe, und ihr Gedächtnis war so zuverlässig wie das Wetter im April, doch sie hatte andere Qualitäten.

Sie nahm das Faltblatt in die Hand. Es fühlte sich teuer an, festes und raues Papier, bedruckt mit goldfarbenen Lettern und geschmückt mit orangen Ornamenten, die wohl Sanddornbüsche darstellen sollten. Sie überflog den Text.

*Wir laden Sie herzlich ein, liebe Feinschmecker! Lernen Sie unsere schlanke, schöne Insel kennen und auch unseren heimlichen Schatz: die Sanddornbeere. Diese farbenfrohe Vitaminbombe … blablabla … im bezaubernden Hotel «Dünenschloss» … blablabla … Galamenü, gezaubert von unserem Künstler am Herd, Fokke Cromminga … blablabla … am 17. Oktober, ab 12 Uhr mittags ein ganzer Tag nur für Sie und Ihren verwöhnten Gaumen … blablabla … es freut sich auf Sie, Ihre Juister Sanddornkönigin.*

Darunter ein weichgezeichnetes Bild: eine lächelnde Rothaarige in friesischer Tracht vor einem festlich gedeckten Tisch. Nun lag sie nackt im Dünental, und die Fotos von ihr würden mit Sicherheit nicht mit Weichzeichner aufgenommen werden.

«Sie heißt mit bürgerlichem Namen Ronja Polwinski, studiert normalerweise in Hannover Psychologie und Touristik.»

«Was man nicht alles so studieren kann …», sinnierte Wencke.

Siemen Ellers, der Juister Inselpolizist, war zu ihnen gekommen. Er war ein freundlicher Mann kurz vor der Pensionierung, der sich diesen überaus ernsten Blick und das scharfe Einsaugen der Luft von seinem liebsten Sonntagabendkrimi ausgeliehen hatte. «Sie war nicht von der Insel. Aber sie war hier wahrscheinlich ein bekanntes Gesicht.»

Und ein verdammt hübsches, dachte Wencke, sagte aber nichts dergleichen. Sie stand auf und ging zu den Kollegen von der Spurensicherung, die ihre Beweisaufnahme abgeschlossen hatten und nun in einem Halbkreis um die Tote herum standen wie auf einem Begräbnis.

«Sie ist sozusagen taufrisch», sagte Gerichtsmediziner Riemer, als hielte er nun die Grabrede. «Keinerlei Zerhackstückelung, weder kleine Kratzer noch große Beulen, Flecken oder Dellen. Wenn ich sie so daliegen sehe, dann könnte ich schwören, sie steht gleich auf, zieht sich an und geht ihrer Wege. Ich habe noch nie eine so … lebendige Leiche gesehen.»

Als wäre dies das Amen gewesen, breiteten zwei seiner Männer den großen schwarzen Plastiksack aus und machten sich daran, die Tote halbwegs ordentlich hineinzulegen.

Wencke schaute in den Himmel. Sie würde gleich einen kurzen Spaziergang brauchen. Denn so flapsig sie mit den Mordopfern teilweise umging, wenn sie ihnen am Tatort direkt in die toten Gesichter schaute und die Details der grausigen Verletzungen studierte, so nahe ging es ihr, wenn die leblosen Körper dann im schmucklosen Zinksarg abtransportiert wurden.

Dies war nicht die erste Leiche gewesen und auch bestimmt nicht die letzte. Sie hatte sich den Posten bei der Mordkommission bewusst ausgesucht, sie kam damit auch gut zurecht und konnte nachts ruhig schlafen. Dennoch hinterließ dieses «Einpacken und weg damit» bei ihr den schalen Geschmack von Endgültigkeit. Ein paar Schritte ohne Worte vom Tatort weg holten sie jedoch immer wieder zurück in die nüchterne Kriminalbeamtensichtweise.

Meint kannte sie und ließ sie in Ruhe, als sie sich langsam vom Tatort entfernte. Sie fand den geschlungenen Trampelpfad durch die Dünen, der schließlich auf die rot gepflasterte Strandpromenade führte. Ab und zu gaben die wild bewachsenen Sandberge zu ihrer Linken den Blick auf einen riesigen, menschenleeren Strand frei, an dessen Ende sich das Meer die Ehre gab, in Erscheinung zu treten. Ein kleiner Weg führte zum Inseldorf hinunter, auf der Ecke lag eines dieser Strandcafés mit Aussicht, «Sturmklause – genießen Sie Kaffee und Kuchen, Eisspezialitäten und die große Auswahl auf unserer

Speisekarte. Herzlich willkommen!». Neben der Tafel war die Tür mit großen Sperrholzplatten vernagelt, alles schien bereits in eine Art Winterschlaf gefallen zu sein, der Sand hatte sich in den Fensterbänken gesammelt und gab dem Ganzen einen verlassenen Ausdruck, so als wäre seit Jahren kein Mensch mehr hier gewesen.

«Herzlich willkommen!?» Wencke musste lachen. Die Zigarette, die sie sich eben angesteckt hatte, schmeckte nicht, sie ließ sie fallen, zertrat die Kippe auf dem brüchigen Backstein und sah die Glut mit dem Wind davonwehen. Sie fuhr sich mit der Zunge über die Lippen und wartete darauf, dass es salzig schmeckte, so wie sie es unzählige Male in maritimen Büchern gelesen hatte. Es schmeckte nach nichts. Dafür hörte sie das Rauschen, es klang wie das Geräusch im Gehäuse einer Wellhornschnecke, die man sich direkt ans Ohr hielt. Ansonsten war es weniger beeindruckend als von sämtlichen Inselfanatikern beschworen. Wencke fand es unbehaglich. Sie konnte und wollte dem Gedanken, sich auf einer Insel zu befinden, sich vom Meer umzingelt zu wissen, nichts Gutes abgewinnen. Ihr einziger Gewinn war eine große Portion Ehrgeiz, diesen Fall so schnell wie möglich zu klären, natürlich erfolgreich, um dieser Sandbank, die Juist hieß, bald zu entfliehen.

«Kommission Sanddornkönigin, hmm?» Meint war ihr gefolgt. Nun ging er direkt neben ihr.

«Wenn wir ein paar Schritte weitergehen, stehen wir direkt vor ihrem Schloss.»

Die Promenade wurde breiter und endete auf einem großen Platz mit verwaisten Parkbänken und den Rudimenten eines abgebauten Spielplatzes. Sie standen vor einem weißen Hotel, es war teils reetgedeckt, teils hatte es rote Dachziegel, und obwohl es groß war, wirkte es doch filigran. Zwei kleine Türmchen säumten den Eingang und gaben in ihrer Mitte eine große Treppe frei, auf der ein roter Teppich nach oben führte, der noch nicht einmal protzig wirkte, der dort einfach liegen musste.

«Okay, es beeindruckt mich», sagte Wencke missmutig.

«Das ‹Dünenschloss› ist dazu da, zu beeindrucken, nimm es nicht persönlich. Um die Jahrhundertwende haben hier Fürsten und Barone residiert, damals führte eine breite Treppe direkt an den Strand. Die liegt jetzt hier irgendwo unter uns, vom Sand verweht. Doch wie ich den Besitzer des ‹Dünenschlosses› einschätze, wird er eines Tages versuchen, die Stufen eigenhändig wieder freizuschaufeln.»

Wencke nahm die Broschüre wieder hervor, sie hatte die ganze Zeit in der Tasche ihrer Jeansjacke gesteckt, und so sah das Papier nicht mehr ganz so jungfräulich aus, wie es das in der sicheren Obhut von Meints Sammelmappe getan hätte.

Auf der Rückseite fand sie, was sie gesucht hatte.

«Thore Felten heißt der Mann, den wir besuchen müssen. Er scheint sozusagen der Sanddornkönig zu sein.»

Dann stiegen sie gemeinsam die Treppe hinauf.


Bratkartoffeln. Nicht, dass er sie nicht mochte, sie langweilten ihn nur. Speck und Zwiebeln waren nur Taschenspielertricks in der Zauberkiste seiner Kochkünste.

Eine Frau war heute auf der Insel angekommen. Sie ging Fokke nicht aus dem Kopf.

Zwischen all den dunkel gekleideten Männern auf dem weißen Schiff war sie ihm sofort aufgefallen. Sie hatte sich nicht umgeschaut, als sie von Bord der «Frisia IX» kam und auf der Gangway die Menschenmassen passierte, die aus irgendwelchen Traditionsgründen ständig «Oh, wie blass» riefen und ihre Wollmützen in der Luft herumschwenkten. Es passierte nicht oft, dass im Oktober eine Frau hierher kam, die ihn interessierte. Das letzte Mal war es bei Ronja so gewesen. Auch diese Frau war rothaarig und hatte diese selbstsichere Art, die ihm an Frauen so gefiel. Doch darauf beschränkten sich die Gemeinsamkeiten auch schon. Die Frau von heute war klein und vielleicht ein bisschen frech, sie trug eine Jeansjacke und nicht etwa einen Kaschmirmantel, ihre Haare waren kurz und gefärbt und keine wilde Lockenpracht. Sie war auf angenehme Art attraktiv gewesen, auch wenn sie einem Mann vielleicht keine feuchten Träume bescherte.

Fokke war am Fähranleger damit beschäftigt gewesen, Kartons mit frischem Fisch auf einen Handkarren zu laden. Irgendein Idiot hatte seine Reisetasche im Gepäckcontainer auf die Kühlbox gestellt und nun war der Deckel zerbrochen. Selbst schuld, wenn die Klamotten nun nach Fisch rochen. Die kostbare Weinlieferung musste er ebenfalls im Auge behalten, und darüber hatte er die Frau leider aus den selbigen verloren. Das Letzte, was er sehen konnte, war, dass sie ihre Sonnenbrille abnahm, um Siemen Ellers zu begrüßen. Ihre Augen waren beeindruckend.

Der deftige Geruch aus der Pfanne stieg ihm in die Nase. Unter diesen Umständen würde es schwierig werden, die Weine durchzugehen. Gunnar hantierte mit dem Kellnerbesteck und öffnete eine Flasche nach der anderen.

«Gib dein Bestes am Wochenende, Fokke, diese Tröpfchen werden das Ihre tun.» Sein Freund schenkte hellblonden Wein ein, nur zwei Fingerbreit, das dünnwandige Glas beschlug leicht. «Chardonnay. Limitierte Ausgabe sozusagen, ‹Reserva Legado de Familia›, nette Rarität für Kenner. Das Bouquet ist nicht von schlechten Eltern.»

Fokke nippte daran. Er schloss die Augen und dachte an die Frau am Hafen. «Betörend!»

Gunnar setzte sich zu ihm an den Tisch, probierte schweigend und nickte schließlich. «Es könnte wieder so sein wie in vergangenen Zeiten. Wenn es am Samstag so läuft wie geplant, dann sind die Tage vergessen, wo wir Bratkartoffeln für die Angestellten servieren müssen.»

«Es wird so laufen wie geplant», stellte Fokke fest. Für ihn stand das außer Frage, er wusste, es ging ums Ganze. Er hatte zwar schon manchen verwöhnten Gaumen gekitzelt, damals in der «Auster» hatten alle naselang prominente Feinschmecker an seinem Tisch gesessen und geschlemmt, doch diesmal war es anders. Diesmal würden sie alle kommen, sie würden nebeneinander sitzen, wenn er seine große Vorstellung gab, sie würden miteinander schmatzen und rülpsen und nicht zuletzt über seine Kunst schwadronieren. Dies war mutig, außerordentlich mutig von ihm, denn wenn dem einen Gourmet eine Prise zu viel Safran unangenehm aufstößt, so versucht sein Tischnachbar mit Sicherheit, ihn übertrumpfend, das nächste Haar in der Suppe zu finden, und die Dame einen Tisch weiter wird schließlich das ganze Menü als ungenießbar empfinden. Fokke wusste, er kochte für einen Haufen übersättigter Klugscheißer, aber er wusste auch, wenn alles perfekt wäre, wenn sein Menü einfach jenseits jeglicher Kritik eine makellose Ode an die Sinnenlust war, dann hatte er gewonnen. Dann würde er nie wieder einen Gedanken an den Tag verschwenden, an dem er dem Gerichtsvollzieher den Schlüssel für die «Auster» übergeben musste.

«Entweder diesen oder den Moenchenberger Pinot Gris, was meinst du?» Gunnar hielt eine weitere Flasche gegen das Licht, wiegte den Kopf hin und her und schien in ein tiefes Grübeln zu verfallen. «Sag doch was, Fokke, komm, den Weißwein wollen wir heute noch festmachen. Der Rote soll noch ein paar Tage ruhen.»

In Gunnar hatte er seinen Meister gefunden, zumindest was die Weine und den vollendeten Service betraf. Als Fokke damals die «Auster» von seinem Vater übernommen hatte, da war ihm der Kopf so voller Ideen und Phantasien gewesen, und es war ihm wie ein Zugeständnis des Schicksals erschienen, als er dort einen absolut kompetenten und fast gleich gesinnten Restaurantleiter übernehmen konnte. Zuvor war er mehr als nur einmal belächelt worden, wenn er die Weinflaschen trug wie Neugeborene, wenn er sie verhätschelte und zig Male sortierte. Und dann war ihm Gunnar mit dem Weinwagen begegnet, er hatte ihn selbst gebaut, um die kostbaren Tröpfchen in verschieden temperierten Schubladen sicher zu transportieren, und von diesem Moment an waren sie ein Team. Beide wussten, ein guter Wein setzte dem Essen die Krone auf, vorausgesetzt, man legte überhaupt Wert auf königliche Gaumenfreude.

Zu einer Dose Ravioli konnte Fokke auch einen lauwarmen Weißwein aus der Flasche trinken, und es gab Tage, da tat er das auch, sogar mit Genuss. Doch wenn er kochte, wirklich kochte, wenn er Wassermengen millimetergenau abmaß, wenn er zarte Filets mit dem Sekundenzeiger im Visier auf den Punkt briet, dann musste auch der Wein als solcher zelebriert werden. Es musste alles passen, es musste stimmig sein, dann – und nur dann – war es perfekt.

«Lass uns bei diesem hier bleiben», antwortete er schließlich. «Es ist der richtige.»

«Du bist der Einzige, der das sagen kann. Du bist schließlich auch der Einzige, der weiß, was es zu essen gibt.»

«Verlass dich auf mich.» Fokke stand auf und band die Schürze los. Er wollte keine Sekunde zu lang hier bleiben. Dies würde sein letzter freier Abend für eine ganze Weile sein. Er freute sich auf eine warme Dusche, vielleicht einen Gang in die Sauna, auf jeden Fall eine Tüte Gummibärchen und später noch ein Frischgezapftes in der «Spelunke».

«Schönen Feierabend. Vergiss nicht, du wolltest noch bei deiner Mutter vorbeischauen.»

Er hatte Gunnar gebeten, ihn daran zu erinnern, aber im Stillen gehofft, dass er es vielleicht vergessen würde. Seine Klamotten rochen nach Bratkartoffeln, er war verschwitzt und mit den Gedanken eigentlich ganz woanders, aber er hatte sich heute Morgen vorgenommen, sie zu besuchen. Es war nicht der Weg, den er scheute, ihr kleines Atelier war im selben Kellergeschoss wie die Küche, eigentlich nur ein paar Schritte weiter rechts am Ende des Ganges. Es war die Begegnung, die er zu vermeiden suchte.

Er wusste, seine Mutter war seit einiger Zeit in Behandlung, und er wusste auch, dass er ihr noch längere Zeit aus dem Weg gehen würde. Sie war so leer, so blass, so weit weg von allem, was ihm wichtig war. Ihr langes, volles, nahezu schwarzes Haar war früher einmal ihr Stolz gewesen, eine Augenweide, doch vor zehn Monaten hatte sie es sich abgeschnitten. Sie hatte den dicken Zopf mit einer Küchenschere abgetrennt und in den Mülleimer geworfen. Er war dabei gewesen. Sie hatte vorher geweint und geflucht, und er hatte sie nicht daran gehindert, es zu tun. Und seit diesem Moment war sie anders. Und jedes Mal, wenn er sich mit ihr auseinander setzen musste, dann drehte sich sein Innerstes nach außen. Dann wurden all die schmerzlichen Erinnerungen wieder wach, und das längst verdrängte Gefühl des Versagthabens legte sich um ihn und machte ihn für einen kurzen Moment so lahm, als flösse Wachs in seinen Adern.

Und je mehr er sich nun auf dem Weg nach oben befand, desto weiter schien sie ihn herunterziehen zu können. Sie war eine Gefahr für ihn. Er hatte Angst, ihr zu begegnen. Er schloss die Küchentür hinter sich und ging ein paar Schritte weiter rechts bis zum Ende des Ganges, weil er sie so liebte.

Die Tür zu dem kleinen Raum war angelehnt, wie meistens. Seine Mutter litt ein wenig unter Platzangst, was allerdings angesichts der bescheidenen Ausmaße ihres Arbeitszimmers nur verständlich war. Er lauschte. Keine Nähmaschine brummte, keine Dampfpresse zischte, es war ruhig. Fokke spähte hinein, ob seine Mutter überhaupt da war.

Sie telefonierte. Vornübergeneigt hatte sie den Hörer fest an ihr Ohr gepresst, die Hände wirkten verkrampft. Er konnte sie zwar nur von hinten sehen, aber er erkannte schon an ihrer Haltung, dass sie heute keinen guten Tag hatte. Mal wieder.

«Bitte, Doktor Gronewoldt, Sie müssen es irgendwie möglich machen, auf die Insel zu kommen», hörte er sie flehen, der panische Unterton, der sich bereits in ihre Stimme eingeschlichen hatte, versetzte ihn in höchste Alarmbereitschaft. «Es geht einfach nicht mehr, hören Sie? … Ich habe es nicht mehr unter Kontrolle. Ich habe mich nicht mehr unter Kontrolle. Es ist etwas Schreckliches passiert, o mein Gott, wenn Sie wüssten, wie schrecklich … Von mir aus mit dem Flieger, selbstverständlich, mein Mann zahlt das. Hauptsache, Sie lassen mich hier nicht einfach vor die Hunde gehen … Ja, morgen, okay, danke, vielen, vielen Dank, Doktor Gronewoldt. Sie müssen mir einfach helfen, ich kann nicht mehr.»

Kaum hatte sie den Telefonhörer aufgelegt, da sah Fokke, wie ihre Schultern zuckten, und er wusste, dass sie wieder einmal weinte. Es versetzte ihm einen Stich, diese Art, wie sie ihren Therapeuten angefleht hatte, tat weh. Dr. Gronewoldt war der einzige Mensch, mit dem sie überhaupt noch sprach. Er hatte sich wahrscheinlich schon eine goldene Nase an seiner Mutter verdient.

Man hatte ihm im Hotel bereits ein eigenes Zimmer eingerichtet, da er oft über Nacht bleiben musste, wenn sie wieder eine besonders schlimme Phase hatte. Depressionen, Phobien, Neurosen, was es auch war. Fokke war froh, dass es diesen Seelendoktor gab, auch wenn er eigentlich nicht besonders viel auf diese Zunft gab. Sein Stiefvater zahlte einen Haufen Geld für Flüge, Schiffsfahrten, Honorare und Unterkunft. Mit Sicherheit fiel es dem alten Geizkragen nicht leicht, dies zu tun, doch alles war besser, als sich von Hilke Felten-Cromminga in das tiefe Loch ziehen zu lassen, in dem sie saß. Und obwohl Fokke den Mann seiner Mutter nicht mochte, er konnte ihn gut verstehen. Auch er würde sicher einen großen Teil seines jämmerlichen Kochgehaltes darin investieren, dass sie ihn in Ruhe ließ. Dass solche Sätze wie «Ich hab doch mein Möglichstes getan, um dir unter die Arme zu greifen, und du hast alles vermasselt» weiterhin ungesagt blieben.

Er beobachtete sie noch eine Weile, wie sie heulend am Nähtisch saß. Mit einem Mal sprang sie auf und fuhr herum, ihre Augen waren nicht leer. Nicht so, wie er es in den letzten Jahren von ihr kannte. Ihre Augen waren funkelnd, lebendig, schimmernd von Tränen zwar, aber voller Energie. Sie ergriff einen wuchtigen Stoffballen und schleuderte ihn über den Tisch; das zarte Schnittpapier zerriss unter dem schweren Wurfgeschoss, eine Schale mit silbernen Nadeln fiel vom Tisch, und die spitzen Metallstifte verteilten sich über den ganzen Boden. Fokke hatte sich rechtzeitig hinter den Türrahmen zurückziehen können, sie hatte ihn nicht gesehen. Aber er hatte sie gesehen, diese Kraft, diese verzweifelte Wut, die er seiner Mutter nie zugetraut hätte.

«Ihr Schweine», brüllte sie, es schien irgendwie aus ihr herauszubrechen. Im selben Moment sank sie wieder in sich zusammen, wurde klein, grau und still, wie die Hilke, zu der sie in den letzten Jahren geworden war. Fokke wurde kalt, als er sie sah, und es wurde ihm bewusst, wie wenig er sie kannte. Er drehte sich um und ging zurück. Er wollte sich von ihr nicht den freien Nachmittag versauen lassen.

Im Lastenaufzug, der ihn zum Personaltrakt unterm Dach bringen sollte, lehnte er sich gegen die graue Wand und holte tief Luft. «Lasst mich doch alle in Ruhe», zischte er.

Im Erdgeschoss öffnete sich die Schiebetür und Mareike, das Mädchen von der Rezeption, schob sich hinein, sank sofort mit dem Rücken an der Wand in die Knie und verbarg ihren Kopf in den Armen.

«Ronja ist tot», heulte sie. Fokke hielt den Atem an. Er wollte nachfragen, aber Mareike war in Tränen aufgelöst, schluchzte und jammerte, er kam nicht zu Wort. Er strich ihr über den Kopf und beschloss, sich so zu geben, als habe er es schon gewusst.

«Scheiße, hätte das Arschloch, das sie umgelegt hat, nicht noch eine Woche warten können?» Wieder schüttelte sie sich vor Weinkrämpfen. «Jetzt soll ich den ganzen Mist übernehmen, verstehst du? Die denkt sich diesen Schwachsinn aus mit diesen verdammten ‹Sanddorntagen›, und dann macht sie sich einfach so davon, und ich kann ihren Job gleich mitmachen. Das schaffe ich nie!»

Der Fahrstuhl hielt an, er half ihr auf und gab ihr sein Taschentuch. Sie schnäuzte sich und verzog dann das Gesicht. «Das stinkt nach Bratkartoffeln», sagte sie, drückte ihm den Stofflappen wütend in die Hand und schob sich durch die Tür, kaum dass sie geöffnet war. Fokke schaute der verheulten, schlaksigen Mareike hinterher, wie sie auf ihren Stöckelschuhen und in dem ziemlich knappen Rock in ihr Zimmer stolperte.

Dann ging er langsam in seine Bude, verriegelte die Tür hinter sich und atmete tief durch.

Ronja war ermordet worden.

Dies war schrecklich genug. Doch das wahre Grauen, welches ihm leise die Klauen auf die Schulter legte, bereitete ihm der Gedanken an seine Mutter.

«Ich habe es nicht mehr unter Kontrolle. Ich habe mich nicht mehr unter Kontrolle. Es ist etwas Schreckliches passiert, o mein Gott, wenn Sie wüssten, wie schrecklich», hatte sie am Telefon gesagt. Und er ahnte, dass seine schlimmsten Befürchtungen, seine grauenhaftesten Vorahnungen vielleicht schon eingetroffen waren.

Wir halten alle die Luft an in Erwartung auf das kommende Wochenende. Wenn die wirklich wichtigen Leute der deutschen Spitzengastronomie erst einmal Wind davon bekommen, wie vielseitig die Sanddornbeere unsere Küche bereichern kann, dann wird unser kleines Hotel hier auf Juist bundesweit einen unvergesslichen Namen in den höchsten Kreisen erlangen.»

Wortgewandt und weltvergessen dozierte der schlanke Herr im hochwertigen Sport-Outfit nun schon, seit Wencke und Meint das Hotel betreten hatten und in sein Direktorenzimmer geführt worden waren. Er hätte eigentlich gerade vorgehabt, auf dem Platz hinterm Haus Tennis zu spielen, doch diese Dinge könnten auch warten, und er wäre gern bereit, ihnen das Hotel zu zeigen und so weiter. Sie hatten sich ihm vorgestellt und auch, dass sie von der Mordkommission waren, hatten sie ihm gesagt. Irgendwie schien er es nicht zur Kenntnis genommen zu haben. Er erinnerte Wencke an den Fasan, den sie in den Dünen vor dem Hotel beobachtet hatte: stolz und eitel durch seine Welt schreitend, aber lächerliche Laute von sich gebend.

Leider konnte Wencke nichts dagegen tun: Sie mochte diesen Thore Felten nicht. Mit Sicherheit wurde er als attraktiver

Mann in den besten Jahren gehandelt, doch sie kam nicht darüber hinweg, dass er irgendwie nach Kopfschmerzen aussah. Er war zwar sportlich gebräunt, und in seinen Augen blitzte ab und zu etwas Jungenhaftes, doch die tiefen Falten um seinen Mund herum bezeugten, dass er nicht allzu oft lachte.

«Nachdem wir nun die Standardzimmer und die Juniorsuite gesehen haben, freue ich mich, Ihnen unsere Hochzeitsräume zeigen zu können.» Felten öffnete mit großer Geste eine Doppelflügeltür, und sie betraten ein riesiges, lichtdurchflutetes Zimmer, in dessen Mitte ein pompöses Himmelbett stand. Auf dem Baldachin war eine goldfarbene Kompassrose gestickt, und die gegenüberliegende Wand war eigentlich eher ein einziges Fenster, das ein großformatiges Panorama auf den Strand freigab. «Schauen Sie, Sie genießen hier den auf der Insel einzigartigen Seeblick zu beiden Seiten, denn wenn wir die Galerie nach oben gehen, können wir von dort das Wattenmeer überblicken. Nur meine Frau und ich haben eine vergleichbare Aussicht in unserer Wohnung. Ist es nicht phantastisch?»

«Was kostet es?», fragte Meint.

«Nun, es ist nur noch bis Samstag frei, dann wird hier der niedersächsische Landesvater mit seiner Frau residieren. Ich habe heute Morgen das erfreuliche Fax mit seiner Zusage bekommen, dass er uns an den Sanddorntagen beehren wird.»

«Wir werden nicht hier wohnen, ich frage nur, weil ich mir absolut nicht vorstellen kann, was so etwas kostet.»

Felten lächelte ein wenig pikiert. «Hundertachtzig.»

Meint nickte.

«Pro Person, versteht sich.»

Meint nickte wieder.

Für einen kurzen Moment herrschte betretenes Schweigen. Es war das erste Mal, dass der Hoteldirektor seine Klappe hielt.

Nun räusperte er sich. «Was kann ich denn nun für Sie tun? Bitte, setzen wir uns doch.»

Meint und Wencke setzten sich auf eine wohl antike, ziemlich aufwendig geblümte Chaiselongue, die sich am Fußende des riesigen Bettes ausbreitete. Thore Felten nahm ihnen gegenüber auf einer Art Frisierhocker Platz, seitlich von ihm war ein monumentaler Spiegel mit beweglichen Seitenflügeln. Hier mochte sich die glückliche Braut vor und nach Vollzug der Ehe das Haar richten. Nun spiegelte sich der Hoteldirektor darin, Wencke sah Felten von hinten, Felten von links und von rechts und dank des oberen Spiegelflügels auch aus der Vogelperspektive. Dies war ein ziemlich merkwürdiger Raum für ein Ermittlungsgespräch. Normalerweise saß man in einem Büro, einer Küche oder in der guten Stube. In einer Flitterwochensuite hatte sie noch nie eine Todesnachricht überbringen müssen.

«Nun, wie bereits gesagt, dies ist mein Kollege Meint Britzke, mein Name ist Wencke Tydmers, wir kommen von der Polizeidienststelle Aurich, genau genommen von der Mordkommission.»

Tatsächlich zeigte Felten endlich mal eine Regung: Er zog die Augenbrauen hoch.

«Heute Morgen ist in den Dünen unweit Ihres Hotels eine junge Frau tot aufgefunden worden. Unter den gegebenen Umständen gehen wir davon aus, dass sie eines gewaltsamen Todes gestorben ist.»

Felten verschränkte die Arme und legte die Beine übereinander.

«Was wollen Sie damit sagen: unweit meines Hotels? Ich bin mir sicher, in diesem Haus hat niemand etwas damit zu tun. Ich kenne alle meine Angestellten und würde für jeden meine Hand ins Feuer legen.»

«Darum geht es nicht direkt. Wir haben nur erfahren, dass die Tote am Wochenende zur Sanddornkönigin gekrönt werden sollte.» Es klang schon verdammt dramatisch, dachte Wencke, und sie mochte das eigentlich nicht. «Ronja Polwinski.»

Bingo, es gab auch Gefühle, die sich auf Feltens Gesicht bemerkbar machten. Seine Mimik fiel in sich zusammen, als hätte jemand die Luft herausgelassen, und sie wusste jetzt, woher die tiefen Falten um seinen Mund herum kamen.

«Das kann nicht sein. Sie ist doch gar nicht auf der Insel.»

Meint hatte schnell seinen Notizblock aus der Sammelmappe gezogen.

«Hatte sie vor, zum Festland zu fahren? Wenn ja, wann und wohin?»

«Mein Gott, ich habe sie am Freitag gesehen, sie wollte Samstag früh fahren. Sie sagte, sie hätte noch einen wichtigen Beratungstermin in Hannover, und dann hatte sie vor, sich noch ein wenig zu entspannen, bevor das Wochenende kommt. Sie wollte morgen früh mit dem ersten Flieger wieder zurück sein.» Er schüttelte fassungslos den Kopf, alle seine Spiegelbilder taten dasselbe.

«War Frau Polwinski bei Ihnen fest beschäftigt?»

«Ja», er hielt kurz inne, wohl, um sich an die Vergangenheitsform in der Frage zu gewöhnen. «Sie war seit einem Jahr in unserem Haus. Sie studiert normalerweise …»

«… Psychologie und Touristik», half Wencke ihm auf die Sprünge.

«Genau. Für ihre Diplomarbeit brauchte sie Einblicke in das Hotelleben. Die haben wir ihr gewährt, als Gegenleistung profitierten wir von ihren Forschungsarbeiten. Quid pro quo. Wir sind alle gut damit gefahren.»

«Herr Felten, wenn ich ehrlich bin, kann ich mir nichts darunter vorstellen.»

Er überlegte kurz.

«Sie experimentierte in gewissem Sinne mit unseren Erwartungen und denen unserer Gäste. Sie kennen das doch sicher, was dem einen Gast recht ist, ist dem anderen nicht billig. Und wer darunter zu leiden hat, ist oft das Personal und alle anderen, die damit zu tun haben. Ihr Ziel war es, ein Konzept zu erarbeiten, wie man einerseits den höchsten Ansprüchen der Kunden genügt und das Personal dahingehend auch motiviert und fördert. Andererseits aber auch ein betriebliches Umfeld schafft, welches die Mitarbeiter nahezu von selbst dazu animiert, das Beste zu geben.«

»Tut mir Leid, ich verstehe es immer noch nicht so ganz.»

«Nun, im Grunde war sie immer im Gespräch mit allen Menschen in diesem Hotel. Sie versuchte herauszufinden, was wer will, und am Ende wollte sie dies alles unter einen Hut bringen.»

Wencke gab sich zufrieden, zumindest mit dem geschäftlichen Teil. Sie beobachtete Felten genau, sah auch, dass er litt. Ihm schien die Nachricht in die Eingeweide gefahren zu sein. Und dies konnte unmöglich nur aus rein beruflichen Gründen so sein. «Wie gut kannten Sie sich privat»?»

Meint warf ihr einen energischen Blick zu, sie wusste, er hasste ihre oft allzu forsche und schnörkellose Art, das Thema zu wechseln. Doch sie hatte das Gefühl, dieser Mann hier erzählte bewusst so, wie er erzählte. Weil er nach den anderen Dingen lieber nicht gefragt werden mochte.

«Sie meinen, ob wir etwas miteinander hatten?»

«Wie kommen Sie darauf, dass ich es so meinte?»

«Weil sich hier auf der Insel bereits seit einiger Zeit das hartnäckige Gerücht verbreitet, Frau Polwinski sei meine Geliebte …», er schluckte, «… gewesen.»

«War sie es?»

Wieder ein böser Blick von ihrem Kollegen, der sie in die Seite traf.

«Nein. Wir hatten zwar beide dieselbe Leidenschaft, aber das war das Hotel. Für einige Menschen auf der Insel ist dies Motiv genug, eine außereheliche Affäre zu haben, besonders wenn man dann in der Freizeit hin und wieder Tennis miteinander spielt. Ich habe sie sicher ein Stück weit verehrt, aber nur, weil sie für mein Hotel ein wahrer Gewinn war.»

Felten erhob sich von seinem Hocker und trat an die gläserne Wand. Wencke überlegte, was ihn in ihren Augen so linkisch und verknöchert aussehen ließ, da fiel ihr seine leicht gekrümmte Haltung auf, wie ein Hauch von einem Buckel, hochgezogene Schultern und ein langer, geierähnlicher Hals. Unaufrichtigkeit, kam es ihr in den Kopf, im orthopädischen Sinne zwar, doch konnte sie sich nicht erwehren, daraus auf charakterliche Qualitäten zu schließen. Im selben Moment erschrak sie über sich selbst, solch oberflächliche Verurteilungen entsprachen so ganz und gar nicht dem, was sie sich vor ihrem Spiegel zu Hause geschworen hatte. Nie wieder Bauchgefühl, nie wieder! Wie um sich selbst an ihren Vorsatz zu erinnern, kniff sie sich in den Oberschenkel. Hätte sie keine Lederhose getragen, so hätte ihr diese Selbstkasteiung wehgetan.

«Meine Frau leidet sehr darunter, unter den Gerüchten, meine ich», fuhr Felten fort. «Sie ist gesundheitlich nicht ganz auf der Höhe, und die Tuscheleien über meine angebliche Geliebte tragen nicht gerade zu ihrer Genesung bei.»

«Was hat sie?»

«Sie ist psychisch krank. Leider gibt es immer wieder Menschen, die in einem Gastronomiebetrieb zu sehr beansprucht werden. Und seit unsere Kinder auf dem Festland zur Schule gehen, hat sie irgendwie den Faden verloren.»

Wencke nickte. Sie konnte sich gut vorstellen, wie frustrie-

28

rend das Leben an der Seite dieses aufgeblasenen Egomanen sein musste. Diesmal spürte sie den Kniff, den sie sich selbst zufügte.

«Wir werden in Ihrem Hotel einige Ermittlungsgespräche führen. Davon werden sowohl Ihr Personal als auch Ihre Frau betroffen sein. Wir bitten Sie, uns hier weitestgehend freie Hand zu lassen, denn es ist sicher auch in Ihrem Interesse, dass wir den Fall so schnell wie möglich aufklären können.»

«Haben Sie denn schon irgendwelche nennenswerte Anhaltspunkte? Irgendeinen Verdacht?»

Meint verneinte. «Und selbst wenn es so wäre, so müssten wir doch erst die anderen Untersuchungsergebnisse abwarten, bevor wir uns über irgendetwas eine Meinung bilden. Die Arbeit der Polizei ist in erster Linie nüchternes Sammeln von Beweismaterial. Und bevor wir nicht unserer Arbeit in Ihrem Hause nachgegangen sind, können wir zu keinen Ergebnissen kommen.»

Wencke nickte ihrem Kollegen bestätigend zu, wenngleich sie die Sache mit dem nüchternen Sammeln von Beweismaterial und ihre Methode der Wahrheitsfindung nie so ganz unter einen Hut zu bringen vermochte. Felten stand immer noch am Fenster und schien zu überlegen. Sie konnte sich vorstellen, was in seinem Kopf vorging: Wird es meinem Ruf schaden, wenn in meinem Haus die Polizei ermittelt? Wie kann ich die ganze Sache diskret vertuschen? Und wie werde ich diese Göre von Kripobeamtin so schnell wie möglich wieder los, bevor sie anfängt, mir auf den Geist zu gehen? Schließlich drehte er sich zu ihnen um.

«Wenn es Ihnen recht ist, so stelle ich Ihnen unseren Wintergarten für die Arbeit zur Verfügung. Sie können dort alle erforderlichen Gespräche führen, doch ich bitte Sie um Verständnis, dass ich den reibungslosen Ablauf in unserem Hotel nicht gefährdet sehen möchte. Ich wäre Ihnen sehr dankbar, wenn Sie die Befragungen in Absprache mit mir durchführen könnten, damit ich mein Personal dementsprechend umdisponieren kann.»

«Hoteldirektor zu sein ist ein bisschen wie Schachspielen, ist es nicht so?», sagte Wencke und sie wusste, dass Meint ihr jetzt am liebsten den Mund zuhalten wollte.

Felten schaute sie nur fragend an.

«Wenn die Königin stirbt, dann müssen all die kleinen Bauern deren Funktion übernehmen.»

Meint fiel ihr ins Wort.

«Meine Kollegin meint, dass Sie sicher alle Hände voll zu tun haben, besonders da Sie nun eine Ihrer treibenden Kräfte verloren haben.»

Felten schaute wieder aus dem Fenster, er hielt die Arme verschränkt und lehnte sich mit der Stirn gegen die Scheibe. Eine ganze Weile stand er nur so da und atmete schwer. Nun gut, er sah schon bemitleidenswert aus, er schien wirklich verzweifelt zu sein, Wencke wusste nur nicht, ob ihm dies nicht mehr als bewusst war. Ein bisschen vermutete sie, dass neben dem Thore Felten, den sie sah, noch ein weiterer Thore Felten stand, der seinem Alter Ego gerade Anweisungen gab, wie man einen möglichst niedergeschlagenen Eindruck hinterlässt.

«Herzliches Beileid», brachte sie nun hervor und schaffte es, ihr Mitgefühl wahrhaftig und seriös klingen zu lassen, auch wenn es ihr noch so sehr zuwider war.

«Danke für Ihre Anteilnahme», gab Felten zurück.

Eine Farce, dachte Wencke.

«Wenn Sie mich jetzt entbehren könnten», sagte Felten in einem Ton, zu dem ein tiefer Bückling gut gepasst hätte. Tatsächlich war seine Stimme ein wenig brüchig. «Ich würde nun doch gern ein paar Momente allein sein. Darf ich Sie noch nach unten begleiten?»

«Nein, danke. Wir finden den Weg zurück.» Als sie das Zimmer verließen, da stand er wieder am Fenster und schaute mit unerträglich bedeutungsschwangerem Blick auf das Wasser.

«Ich kann diese Hotelfuzzis einfach nicht ertragen», schimpfte Wencke, kaum dass sie in dem rundum verspiegelten, marmorierten und messingbeschlagenen Aufzug standen. «Manchmal glaube ich, Schleimscheißerei ist bei denen Einstellungsvoraussetzung.»

«Da haben wir mal wieder die Wencke Tydmers, die es einfach nicht lassen kann, ihre hanebüchene Meinung zum Besten zu geben. Nur weil die Menschen in der Gastronomie etwas von höflichen Umgangsformen und herzlicher Gastfreundschaft verstehen, was für dich ein Buch mit sieben Siegeln zu sein scheint. Stell dir mal vor, es gibt Menschen, die genießen es, in einem Hotel wie diesem hier umhegt zu werden.»

Wencke wusste, dass sie vielleicht ein wenig zu weit gegangen war, doch sie konnte es einfach nicht lassen.

«Ich traue niemandem, der für sein Lächeln Geld kassiert.«

»Liebe Frau Kollegin, darf ich dich an unseren letzten Fall erinnern? Da hast du fast dasselbe über die Zuhälter gesagt, du hast ihnen die Pest an den Leib gewünscht und dich um Kopf und Kragen geflucht. Und letztendlich war es deine persönliche Busenfreundin, die mir nichts dir nichts und aus reiner Geldgier einen alten, fetten Mann abgeknallt hat.»

Wencke wurde wütend.

«Warum reitest du immer auf den alten Geschichten herum?»

Als sie durch das helle Foyer schritten, schwiegen sie. Das

junge dünne Mädchen an der Rezeption blickte kurz auf und lächelte ihnen zu. Wencke lächelte nicht zurück, verärgert stieß sie die schwere Glastür auf und verließ das Hotel.

«Mach nicht denselben Fehler ein zweites Mal, Wencke. Mehr will ich dir damit nicht sagen. Du fängst schon wieder an mit deiner Schwarzweißmalerei, und ich will diesmal nicht dabei sein, wenn du darüber den Blick für die feinen Nuancen verlierst.»

«Schön gesagt, Herr Kollege. Hat das hochgestochene Palaver des Herrn Felten schon auf dich abgefärbt? Bitte, meine Dame! Nein danke, mein Herr!»

«Ich möchte halt lieber dich zur Chefin als diesen karrieregeilen Sanders, tut mir Leid. Wenn du es vermasselst, habe ich nämlich drunter zu leiden. Und deinen Eindruck von Thore Felten teile ich im Übrigen ganz und gar nicht. Ich habe selten einen Menschen gesehen, der seine Erschütterung so gut überspielen konnte wie dieser Mann.»

Wencke schaute ihren Kollegen von der Seite an. Konnte er wirklich ein solcher Ignorant sein?

«Was hat er wohl erfolgreich überspielt, Meint, seine Erschütterung oder vielleicht eher seine Gleichgültigkeit?»

Langsam gingen sie die Straße ins Inseldorf hinunter. Wenckes Wut verpuffte. Die schlichten roten Backsteinhäuschen duckten sich hinter den dichten Hecken der Apfelrose, als hätten sie etwas zu verbergen. In den Schaufenstern hingen kleine handgeschriebene Zettel, die alles Gute und auf Wiedersehen im April nächsten Jahres wünschten. Auf der ganzen Strecke bis zum Polizeirevier kamen ihnen gerade mal drei Menschen entgegen. Ein Kutscher, der seine Pferde mit einem griesgrämigen «Hüa» zum Trab aufforderte, eine junge Mutter mit einem schreienden Baby im Kinderwagen und ein Mann, der mit einer Schaufel und einem Besen die Pferdeäpfel von der Straße kratzte und sie in einen Handkarren warf, auf dem die Spatzen saßen und pickten.

«Ich mag diese Insel», sagte Meint unvermittelt. «Elke und ich waren mal vor unserer Hochzeit ein paar Tage hier. Es scheint auf den ersten Blick ein gottverlassenes Eiland zu sein, aber warte mal ab, wenn die Insulaner am Abend aus ihren Häusern kommen …»

«Ich hasse es.»

Meint lachte vor sich hin. Es machte sie rasend, wenn er sich über sie zu amüsieren schien. Eigentlich mochte sie ihn, auch wenn sie so viele Gemeinsamkeiten hatten wie Juist und New York City. Meint war bodenständig, sie war flatterhaft; wenn er am Feierabend zu zahnendem Töchterchen und halbtagsbeschäftigter Bilderbuchgattin nach Hause kam, dann saß sie noch in ihrem Auto auf dem Parkplatz hinter dem Polizeipräsidium, da der Motor ihres R4 mal wieder den Geist aufgegeben hatte. Er hatte immer seine Sammelmappe, sie hatte nur ein Diktiergerät, dessen Gebrauchsanweisung sie verschlampt hatte. Wenn sie an einem Tatort gewesen waren, so konnte er sich noch Tage später an jedes Einschussloch, jede Stichwunde, jeden Schädelbruch erinnern; Wencke vergaß oder verdrängte diese Details, wenn sie sich nur zum Gehen abgewandt hatte, jedoch nahm sie sofort eine Witterung auf, eine Ahnung von den Dingen, die man nicht auf Beweisfotos festhalten kann. Klar, sie ergänzten sich, sie ergaben ein Ganzes, sie verstanden sich ausgezeichnet. Und trotzdem machte es sie rasend, wenn er sich über sie zu amüsieren schien.

Der große, etwas spießige Kurplatz lag vor ihnen wie ein leeres Stadion in der fußballfreien Zeit. Der verschlossene Musikpavillon ragte stumm über leer geräumte Blumenbeete hinweg. Man konnte sich jetzt im Oktober kaum vorstellen, dass im Sommer ältere Leute auf den Bänken saßen und den

Walzerklängen eines Kurquintetts lauschten, dass barfüßige Kinder am kleinen Schiffchenteich ihre Segelboote zu Wasser ließen, dass Familien ihre Bekannten vom letzten Inselurlaub auf der gegenüberliegenden Parkseite entdeckten und quer über den Rasen rannten. Es war vielleicht ein lebendiges Fleckchen hier im Juli und August, zwar nicht die Art von Leben, an dem Wencke sich gern beteiligte, aber bestimmt tausendmal besser als diese Einöde, die einem das Gefühl gab, das Leben auf Juist sei für ein paar Monate einfach ausradiert worden.

«Hier im Keller sind wir mal ordentlich abgefüllt worden», erzählte Meint und zeigte mit der Hand auf einen Treppenabgang, vor dem links und rechts zwei Laternen rot und grün im Wind baumelten und über dem von Bierreklame umrahmt «Spelunke» stand.

«Den ganzen Abend nur Udo Jürgens und Marianne Rosenberg, und alle grölen mit.»

«Das war doch wohl im Sommer, oder?»

«Da ist immer was los. Es ist die einzige Kneipe, die ganzjährig geöffnet hat, das danken die Insulaner mit regelmäßigem Besuch. Wollen wir rein?»

«Es ist erst sechs Uhr.»

«Egal, es stehen doch schon einige Fahrräder davor. Ich könnte mir vorstellen, dass die Nachricht von dem Mord auf der Insel so langsam die Runde gemacht hat. Und du weißt doch, wie manche Dorfbewohner sind. Kaum hören sie, dass einer nicht mehr unter ihnen weilt, da haben sie nichts Besseres zu tun, als …»

«… als sich alle in der Stammkneipe zum Saufen zu treffen.»

«Du neigst mal wieder zum Pauschalisieren, liebe Kollegin!»

Sie hatte den schweren Türgriff schon in der Hand. Meint folgte ihr.

Natürlich musste sie diese Arbeit nicht machen. Andere Hoteliersfrauen malten Aquarellbilder in sanften Farben und hängten sie dann zu überhöhten Preisen in der Eingangshalle auf. Sicherlich hätte Thore es auch lieber gesehen, wenn sie sich in der modernen Kunst verwirklicht hätte oder vielleicht als begnadete Pianistin Konzerte im Speisesaal geben könnte.

Stattdessen musste er immer sagen: «Meine Frau ist Schneiderin.» Und er sagte dies stets in einem nuschelnden Ton. Schlimmer kam es noch, wenn er ins Detail gehen musste. «Nein, Hilke entwirft keine Kleider, sie näht in erster Linie fürs Hotel … Weniger Gardinendekoration, eher Änderungsarbeiten an der Hotelwäsche.» Und dann wechselte ihr Mann schnell das Thema.

Es lag nicht an ihm, er hatte für sie bei den Umbauarbeiten vor drei Jahren einen eigenen Laden geplant, eine Boutique im Hochparterre, schick und sonnig und über fünfzig Quadratmeter groß. Nun war dort der Wintergarten für den Nachmittagstee der Hausgäste. Sie konnte es einfach nicht. Sie wollte es nicht. Sie hatte keine Ideen. Sie war ausgebrannt.

Es war wie eine Strafe gewesen, dass sie nun im Keller saß und Hemdsärmel kürzte, damit sie beim Servieren nicht in der Bratensauce hingen. Und Hilke war noch nicht einmal unglücklich deswegen, sie war einfach zu müde zum Unglücklichsein.

Vorhin, da war sie für einen kurzen Moment aufgewacht aus ihrer Lethargie, da hatte sie Wut gespürt, eine schmerzhafte, brennende Wut, die sie hatte toben lassen, und sie war froh, dass es nun wieder vorbei war. Lieber im Niemandsland als in der Hölle, dachte sie.

Dr. Gronewoldt hatte ihr versprochen, morgen Vormittag zu kommen. Daran hielt sie sich fest, darüber machte sie sich Gedanken. Alles nur, damit sie nicht an Thore denken musste und diese rothaarige Schlange, mit der er nach dem Tennisspielen ins Bett ging. Oder an Fokke, der ihr aus dem Weg ging, weil sie ihn vergrault hatte. Weil sie ihn mit all der Mutterliebe überschüttete, die er wahrscheinlich eher hätte gebrauchen können. Jetzt nicht mehr, nun war er schon ein Mann.

Niemand kam herein, um einen Kaffee mit ihr zu trinken, niemand hielt ein kurzes Schwätzchen in ihrer Nähstube. Sie würde es auch nicht vermissen, wenn sie nicht aus den Wäscheräumen nebenan fröhliches Gekicher hören würde und aus der Küche die Musik aus dem Radio, zu der die anderen um die Wette sangen. Heute hatte sie außer mit ihrem Therapeuten mit keiner Menschenseele ein Wort gewechselt. Sie war an ihre Grenzen gestoßen, sie wusste, mehr konnte sie nicht ertragen. Und doch war es genauso wie immer.

Hilke zog mit der hellblauen Schneiderkreide den Strich eine gute Handbreit über dem paillettenbesetzten Saum des Abendkleides. Es würde schwierig werden, eine unsichtbare Naht zu legen, der orangefarbene Stoff war mit feinem Seidengarn fest gewebt, und die dünne Nadel musste exakt zwischen Kette und Schuss durchgleiten, sonst würde man die Löcher sehen. Es war ein Haufen Arbeit. Und das für nichts. Denn die Frau, an der dieses Kleid abgesteckt wurde, würde es nie tragen. Ronja Polwinski wird das Fest nicht feiern. Dann ist sie schon kalt und steif.

Wenn am Samstag im Hotel das Essen serviert wird, dann liegt sie schon auf irgendwo auf einem kühlen Tisch, während ein ganz anderer Schneider akkurate Nähte auf ihren Körper malt. Er wird mit dem Skalpell tief in ihre blasse Haut schneiden, während das Kleid unbenutzt im Schrank hängt. Denn das Fest, das findet trotzdem statt, ohne die Königin zwar, aber das wird niemanden stören.

Sie selbst würde Ronja am wenigsten vermissen, im Gegenteil, sie würde Champagner trinken wie seit unzähligen Tagen nicht mehr. Den letzten Champagner hatte sie mit ihrer rothaarigen Freundin getrunken, sie hatten eng nebeneinander auf dem Sofa gesessen und entsetzlich viel gelacht, über Thore sogar. Es war das erste Mal gewesen, dass sie sich über ihren Mann hatte lustig machen können. Und als ihr der perlende Schaumwein über die Lippen lief, hatte Ronja ihn flüchtig und zärtlich zugleich fortgeleckt. Ihr war damals das Herz stehen geblieben vor Genuss. Dann war Ronja aufgestanden und hatte das Zimmer verlassen, wortlos. Von diesem Tag an war Hilke vor ihr auf der Hut gewesen.

Hilke gab sich ihren Bildern hin. Wie eine Melodie im Kopf umhersummt, so wehten Bilderketten an ihrem inneren Auge vorbei. Gewalt und Schock, Trauer und Rache, sie nähte es alles in den Saum ein und lächelte. Mechanisch ging sie ihrer Arbeit nach. Orangefarbenes Garn, silberne Nadel, hellblaue Schneiderkreide.

Heller Sand, schwarze Dornen, rotes Blut.

«Schatz, du bist so fleißig.» Thore stand auf einmal in der Kammertür und riss sie aus ihren Gedanken. Sie erschrak, er verirrte sich selten hierher. «Ich habe heute ein Fax bekommen, vom Büro des Ministerpräsidenten. Er hat sein Kommen zugesagt, mit Frau und zwei Gefolgsleuten. Sie überlegen, eventuell den nächsten Parteitag hier abzuhalten. Bei uns! Dann wären wir in aller Munde. Wäre das nicht wunderbar?»

«Was willst du, Thore?», fragte sie ohne aufzublicken.

«Wir brauchen noch ein Tischarrangement zusätzlich.»

Sie rechnete einen Baldachin, drei Decken, vier Servietten,

vier Meter Tischläufer. Sechs Stunden Arbeit. Und dann noch das verdammte Abendkleid. Der Berg, den sie sowieso nie bezwingen würde, wuchs noch ein wenig höher in die Unerreichbarkeit, und sie fühlte sich klein.

«Du musst es nicht tun, wenn du es nicht schaffst. Ich könnte die zwei Polenmädchen aus der Mangelstube fragen, sie können auch hervorragend nähen. Ruckzuck.» Seine Stimme klang weich und verständnisvoll und zerschnitt ihr die Nerven, die schon zum Zerreißen gespannt gewesen waren.

«Ich bin wieder zu lahm. Alle anderen können es besser und schneller, und billiger wahrscheinlich auch. Sag doch, was du wirklich denkst.»

Thore verdrehte die Augen und stöhnte. «Meine Güte, nein, so war es nicht gemeint, ich …»

«Hör doch auf. Ich kenne das Lied. Es hängt mir schon zum Hals raus. Ich bin überflüssig, ich bin uneffektiv, ich blockiere dich …»

«Hilke, du solltest dich mal hören mit deinem ewigen Gejammer. Ich wollte dir doch nur etwas Arbeit abnehmen, aber du fängst gleich wieder an und …»

Den Rest konnte sie nicht verstehen. Wie ein kleines Kind hielt sie sich die Ohren zu und ließ ihn reden. Sollte er doch seine blöden Hotelfloskeln ins Nichts blöken, es war nicht schade darum. Früher einmal hatte er Worte gesagt, die es wert waren, gehört zu werden. Das war noch zu der Zeit, als ein Familienfoto auf seinem Schreibtisch gestanden hatte und sie im Winter das Hotel schließen mussten, weil es sich nicht richtig heizen ließ. Dann hatte Thore an den langen Winterabenden mit seinen Töchtern Drachen gebaut und ihnen Seemannsgeschichten vorgelesen. Doch als die Kinder seiner Ansicht nach keine Kinder mehr waren, da hatte er auf einmal nach dem Abendessen über irgendwelchen Plänen gesessen, hatte sich mit Architekten getroffen, an Fortbildungsseminaren teilgenommen und die Mädchen ins Internat gegeben. Und im Winter darauf hatte sich ihr Hotel zu verändern begonnen, es wurde größer, moderner, komfortabler und geschmackvoller, aber es war schon sehr bald nicht mehr ihr Hotel gewesen. Es war seines. Er hatte sie nie gefragt, ob sie es so wollte. Und sie hatte es ihm nie gesagt. Thore benutzte Ausdrücke wie «Spiel der Farben» und «Konversation der Kontraste», doch damit meinte er nicht sie, sondern die Möblierung im Kaminzimmer. Und schließlich hatte sie begonnen, sich die Ohren zuzuhalten.

«Bist du fertig?», fragte sie, als sie sah, dass seine Lippen sich nicht mehr bewegten.

«Wenn ich doch nur wüsste, was du willst», sagte er, und in seinem Blick war so etwas wie Mitleid.

«Vielleicht kann Ronja mir ja ein bisschen zur Hand gehen», keifte sie und spürte, dass ihr Mund trocken war vor Wut.

«Lass es, Hilke, okay?» Er wandte sich zum Gehen, blieb dann aber doch stehen. «Sie konnte nicht nähen wie du, sie konnte auch nicht so schöne Tischdekorationen zaubern. Ihr fehlte deine bescheidene, freundliche Art. Ich hätte sie mir nie als Mutter meiner Kinder gewünscht, und sie hätte einer Familie auch nie ein Zuhause schaffen können wie du.» Er lächelte sie an. «Aber sie war verdammt noch mal die hundertprozentig bessere Hoteliersfrau.»

Hilke war, als wachte sie auf, als ziehe jemand die dunklen Vorhänge zur Seite und ließe Licht und frische Luft herein. «War? Ist sie weg?»

«Sie ist tot. Ermordet. Ronja wurde heute Morgen tot in den Dünen gefunden. Und du kannst mich ansehen, wie du willst, ich bin mir sicher, du wusstest es als Erste.» Er knallte die Tür hinter sich zu.

Hilke zerdrückte den Seidentaft in ihren Händen und stach sich dabei mit der silbernen Nadel in den Finger, ohne es zu fühlen. Unbemerkt tropfte ihr Blut auf den Stoff.

Wenn sie nur wüssten, wie er ist, dachte sie. Wenn sie nur alle wüssten, wie er wirklich ist.

Ein deutscher Schlager dröhnte aus den Boxen. «Hölle, Hölle, Hölle, Hölle!», grölte die Menge.

Ein wenig geschmacklos fand Fokke es schon, wenn man an Ronja Polwinski dachte. Denn wenn es überhaupt ein Unten und Oben jenseits des Jetzt und Hier gab, dann schmorte Ronja mit Sicherheit in dieser Hölle.

Als der erste Schock überstanden war, hatte es ihn nicht länger in seiner kleinen Bude unterm Dach gehalten. Er hatte sich geduscht und aufs Fahrrad geschwungen. Nun stand das dritte Glas Bier vor ihm. Berti, der Wirt in der «Spelunke», schenkte so lange nach, bis man daran dachte, den Bierdeckel auf das Glas zu legen. Ronjas gewaltsames Ende war für ihn zwar kein Grund, sich sinnlos zu betrinken, aber ganz nüchtern bleiben wollte er auch nicht. Auf jeden Fall wollte er Menschen um sich haben, lebendige Menschen, seinetwegen auch gern grölend.

«Prost, Fokke», rief Gunnar herüber. «Auf den 89er Gewürztraminer, den wir uns morgen genehmigen werden!» Sein geschätzter Kollege war auch der allgemeinen Hotel-Schizophrenie zum Opfer gefallen. Fokke kannte ihn distinguiert bis in die Haarspitzen, wenn er die Tabletts tänzelnden Schritts aus der Küche balancierte, doch abends, wenn er die Bundfaltenhose sorgsam in den Schrank gehängt hatte, dann rülpste er in Jeanshosen mit den anderen Kellnern um die Wette. «Ein anderer Mensch sein» nannte er das. Fokke hielt sich zurück, und er war froh, dass man ihn nur als die eine Person kannte, die er wirklich war. Bei Gunnar war er sich nicht sicher, ob überhaupt eine der sichtbaren Seiten an ihm echt war. Vielleicht war er einfach schrecklich langweilig.

Als er zurückprostete, sah er sie im Eingang stehen. Die Frau von heute Morgen. Sie sah sich um und ging dann direkt auf den Tresen zu, ihr Begleiter setzte sich auf den Hocker neben ihr. Beide bestellten alkoholfreies Bier, also waren sie wohl noch im Dienst, die beiden Kommissare. Er hatte heute Nachmittag mehr als nur einmal an die Rothaarige gedacht, und da war ihm auch klar geworden, dass der Inselsheriff heute am Hafen seine Verstärkung von der Mordkommission abgeholt haben musste.

Im Mantel ihres Begleiters fiepte ein Handy noch lauter als Wolfgang Petry den Flohwalzer. Der Schnauzbärtige suchte umständlich in seinen Taschen, es schien ihm peinlich zu sein, dass eine so alberne Musik zu ihm gehörte, jedenfalls packte er seinen Trenchcoat und ging hinaus.

Fokke fiel nichts Besseres ein, deshalb leerte er sein Bier in einem Zug und ging an den Tresen.

«Machst du mir noch eins?» Berti schaute ihn verwundert an, weil er mit seinem leeren Glas hin- und herschwenkte. «Ich hab 'nen verdammt trockenen Hals heute, wegen Ronja, weißt du.»

Es hatte geklappt. Er stand immerhin bereits neben ihr. In der verspiegelten Gläservitrine konnte er sich neben ihr ausmachen. Jetzt musste das Bier nur seine sieben Minuten brauchen, und sie wären im Gespräch. Er schaute zurück.

«Hallo», sagte er.

«Hallo», sagte sie.

Es war ein Anfang, wenn auch kein origineller. Sie grinste und holte sich aus ihrem Rucksack eine Schachtel ziemlich starker Zigaretten. Es war zwar banal, aber er gab ihr Feuer.

«Du bist einer von den echten, stimmt's?»

«Von den echten Trinkern? Von den echten Frauen-an-der-Theke-Anquatschern?»

Sie lachte. «Von den echten Insulanern.»

«Woran siehst du das? Ich habe weder ein wettergegerbtes Gesicht, noch rieche ich nach Fisch. Oder etwa doch?» Er schnüffelte an seinem Pullover. Sie machte ein geheimnisvolles Gesicht.

«Du weißt es, weil du eine echte Detektivin bist, stimmt's?»

«Stimmt.» Sie trank ihr Bier aus.

«Darf ich dir noch eins ordern? Mit oder ohne?»

«Kommt drauf an.»

«Worauf?»

«Ob ich noch im Dienst bin oder nicht.»

Er schaute auf die Uhr. «Es ist halb sieben. Um diese Zeit gucken Detektivinnen doch immer Bella Block im Fernsehen, ist das dann beruflich oder privat?»

«Gut, bestell mir ein richtiges Bier. Dann mache ich jetzt Feierabend.»

Fokke gab dem Barmann ein Zeichen, und im Handumdrehen standen zwei Gläser vor ihnen.

«Und was sagt dein Kollege dazu, wenn er wieder hereinkommt?«

«Ich sage, was Sache ist. Außerdem kann das lange dauern, es war sicher seine bezaubernde junge Familie, die ihm am Telefon gute Nacht sagen will.»

«Gute Nacht sind nur zwei Worte.

«Gute Nacht sagen kann aber auch sehr ausgiebig gehandhabt werden.»

Sie prosteten sich zu, und er hatte die Gelegenheit, ihr von nahem ins Gesicht zu sehen. Die Art, wie sich ihre Lippen durch den Schaum kämpften, ließ darauf schließen, dass sie nicht oft Bier trank. Den kleinen Zipfel, der an ihrer kleinen runden Nasenspitze hängen blieb, wischte sie mit dem Ärmel weg und schaute ihm dabei ohne Verlegenheit in die Augen. Er schaute gern in Gesichter, die lebendig waren, die ein wenig erzählten von dem, was dahinter steckte.

Die Musik wurde lauter, eine betrunkene Frau tanzte mit dem Taucheranzug, der an der Wand hing. Fokke kannte diese Frau, ihr passierte das öfter. Nach drei Bieren wollte sie immer tanzen, wenn Hans Albers sang, so wie jetzt. Nur war sonst noch keiner breit genug, um mitzumachen, und dann schnappte sich die Arme immer diesen stinkigen grauen Tiefseetaucher. Im wahren Leben, vor den drei Bier, verkaufte sie Brötchen und war eigentlich ganz nett.

Die Frau an seiner Seite schaute in dieselbe Richtung, sie schüttelte den Kopf, nicht empört, eher nur ungläubig.

«Wenn es im Herbst um diese Uhrzeit schon so wild zugeht, wie ist es dann erst im Sommer?»

«Im Sommer? Da ist gar nicht genug Platz für solch extravagante Tanzeinlagen wie diese hier. Im Sommer ist Juist überfüllt. Es fängt schon auf den Autobahnen an, setzt sich auf der Fähre fort, wo du dich bei sengender Sommerhitze lieber freiwillig im überheizten Rauchersalon aufhältst, als dich in das Getümmel der urlaubswütigen Festländer an Deck zu stürzen. Und wehe, du musst noch mal nach halb zehn einkaufen, weil du zum Beispiel Margarine vergessen hast. Die Schlangen vor der Kasse sind so lang, dass du dich gleich beim Betreten des Supermarktes hinten anstellen kannst. Und vorgelassen wirst du auch nicht, gerade die Touristen knausern mit jeder Minute Zeit, die sie in ihrem Urlaub mit solch ordinären Dingen wie Schlange stehen verbringen müssen. Alles ist voll, alles ist lebendig, alles ist fröhlich, drei Monate lang. Und dann sind wir Juister wieder unter uns, bis auf ein paar Ausnahmegestalten, die aus gesundheitlichen, romantischen oder beruflichen Gründen die Insel außerhalb der Saison besuchen.»

«Wie hältst du es aus auf so einer Insel?», fragte sie.

«Wenn du das nicht weißt, dann hast du noch nicht viel von hier gesehen.»

«Das stimmt. Alles, was ich bislang kenne, sind die Dünen. Also hohe, sandige Hügel mit Unkraut und stacheligen Büschen darauf. Die ganze Insel scheint daraus zu bestehen. Ein Auf und ein Ab, und in den kleinen Tälern sammeln sich die Juister und trinken Bier. Ich habe Sand zwischen den Zehen, schlafe heute in einer Pension, die ‹Inselfreude› heißt, und besuche Hotelzimmer, die fast vierhundert Euro die Nacht kosten. Eine betrunkene Frau tanzt noch vor der Sandmännchenzeit mit einer Tiefseeausrüstung. Tut mir Leid, aber was kann mich hier noch erwarten, was dies alles wettmacht?»

«Du bist noch nie auf einem Strandsegler mit hundert Sachen über die brettharten Sandbänke gefegt, du hast noch nie mit einer guten Flasche Wein nachts in einem Strandkorb gesessen und das Meeresleuchten beobachtet, und du bist noch nie bei mir essen gewesen.»

«Oh? Und das soll es dann sein?» Sie zog die Augenbrauen hoch.

«Ich schwöre dir, wenn du das erlebt hast, dann willst du nie wieder woanders leben.»

«Woher willst du es wissen? Hast du es denn schon einmal woanders probiert?»

«Probiert habe ich es schon, ich kenne die exotischen Büffets auf einem karibischen Kreuzfahrtschiff, ich weiß, wie man auf Skihütten Semmelknödel mit Schweinshaxe serviert, aber am besten schmeckt es immer noch zu Hause.»

«Könnte es sein, dass dein Beruf etwas mit … sagen wir mal, Nahrungszubereitung zu tun hat?»

«Ja, das könnte man sagen, keine fünf Mark für das Sparschwein … Und könnte es sein, dass du eine verdammt gute Spürnase besitzt?»

«Ich hoffe doch. Der richtige Riecher würde meinen Inselaufenthalt sicher auf angenehme Weise verkürzen.» Er versuchte, ein enttäuschtes Gesicht aufzusetzen, sie klopfte ihm lachend auf die Schulter.

«Damit ich ein anderes Mal zum Genießen vorbeischauen kann, besser so? Ich bin übrigens Wencke.»

Ihre Hand war warm und trocken, der Griff war fest, aber nicht steif, diese Frau war einfach toll.

«Ich bin Fokke.»

Sie überlegte kurz.

«Fokke Cromminga? Der Koch vom ‹Dünenschloss›? Der die Sanddornbeere salonfähig machen will?»

«Jetzt weiß ich, warum du bei der Polizei bist.»

Er wunderte sich, denn sie stand auf und zog sich die Jacke über.

«Warum gehst du? Es hat doch keine peinlichen Schweigeminuten gegeben, wir haben uns so richtig nett unterhalten, ich habe weder die frauenfeindlichen Sprüche meiner Kollegen zum Besten gegeben, noch habe ich dich mit Kochrezepten gelangweilt. Also, was ist?»

Sie kniff sich in den Oberschenkel, ziemlich kräftig sogar, sie musste sich einen richtigen blauen Fleck beigebracht haben. «Ich glaube, wenn ich hier sitzen bleibe, dann muss ich wieder auf alkoholfrei umsteigen.»

«Aus welchem Grund? Wir müssen ja nicht darüber reden, über Ronja, meine ich.»

«Wenn es das nur wäre. Ich denke, wir werden uns morgen im Restaurant wiedersehen.»

«Ich werde dich bekochen wie die Königin von Juist …»

45

«Nein, ich werde dich befragen wie den Zeugen der Anklage.» Sie zuckte mit den Schultern. «Es ist nun mal mein Job.»

Sie trank ihr Glas leer, bezahlte und nahm den Rucksack in die Hand.

«War echt nett», brachte er hervor.

«Fand ich auch», sagte sie, doch in ihren Augen war ein kleiner Funken Gereiztheit zu erkennen, und sie ging schneller hinaus, als es seiner Ansicht nach nötig gewesen wäre.

Das Bier, das er nun allein zu Ende trinken musste, machte ihm klar: Sie mochte ihn. Wenn sie nicht gerade die Kommissarin wäre, die ausgerechnet den Mord an seiner Kollegin aufzuklären hätte, dann wäre sie geblieben. Doch da sie es war, saß er nun einsam am Tresen, was ihn im ersten Moment etwas traurig machte. Nur im ersten Moment. Im nächsten bestellte er lächelnd ein Bier.

# Donnerstag

Nein, Hilke, dieser Raum eignet sich ganz und gar nicht für eine Sitzung. Erstens ist hier Ihr Arbeitsplatz, zweitens haben wir hier weder frische Luft noch natürliches Licht, und drittens möchte ich gern einmal sehen, wie Sie und Thore privat so wohnen.»

Endlich war er angekommen. Hilke hatte die Stunden gezählt, bis Dr. Gronewoldt auf der Insel gelandet und schließlich im Hotel eingetroffen war. Die Nacht über hatte sie kein Auge zugemacht, sie hatte gezittert und gelauscht, geheult und gebettelt. Seit Thore ihr von Ronja erzählt hatte, fühlte sie sich nackt und ausgeliefert. Bisher hatte sie nie daran gezweifelt, bei klarem Verstand zu sein, trotz der vielen Probleme, die sie zweifelsohne hatte. Sie hatte sich felsenfest darauf verlassen, dass all die Erinnerungen tatsächlich passiert waren und dass sie sich auch an alles tatsächlich Passierte erinnern konnte. Doch mit einem Mal war dieser letzte Schutzschild zerbrochen, Hilke begann zu zweifeln, ob sie sich noch auf sich selbst verlassen konnte. Und dabei war sie selbst schon lange die Einzige gewesen, der sie noch getraut hatte.

Nun stand er in ihrem kleinen Atelier, und sie hatte seinen missbilligenden Gesichtsausdruck nicht übersehen. Die Sitzungen hatten sonst immer im sonnigen Wintergarten stattgefunden, dort standen gemütliche Sessel und es war warm und behaglich. Doch seit heute Morgen saßen dort die Leute von der Polizei. Thore hatte ihnen das Zimmer zur Verfügung gestellt, wahrscheinlich, um so etwas Einfluss auf die Ermittlungen ausüben zu können.

«Ich möchte nicht nach oben, ich würde lieber hier bleiben», sagte sie, und ihr war klar, dass sie ihren Willen viel zu leise kundgetan hatte. Dr. Gronewoldt schien es gar nicht gehört zu haben.

Er hatte das Nähzimmer bereits verlassen und schaute sich auf dem langen Flur um.

«Wo geht es lang?»

Hilke blieb auf ihrem Schemel sitzen.

«Kommen Sie, Hilke. Wir wollen doch beide nicht, dass ich umsonst auf die Insel gekommen bin, oder?»

«Warum?» Das Wort schien von den Stoffballen ringsherum geschluckt zu werden, noch ehe Dr. Gronewoldt es vernehmen konnte. Sie räusperte sich und fragte etwas lauter, aber nur so laut, wie es ihr möglich war: «Warum zwingen Sie mich, nach oben zu gehen? Ich will es nicht. Ich möchte gern, dass wir hier reden, wenn es Ihnen nichts ausmacht … Ich meine ja nur …»

Er hatte auf die Uhr geschaut. Er hatte sie ungeduldig angesehen. Und auf einmal stand sie neben ihm und zeigte ihm den Weg zum Treppenhaus. Den Lift nahm sie schon lange nicht mehr. Zum Glück bestand er nicht darauf, mit dem Fahrstuhl zu fahren, es hätte sie viel Kraft gekostet, sich dagegen zu wehren. Doch obwohl er mit gut zwei Zentnern Leibesfülle zu kämpfen hatte und nicht gerade einen sportlichen Eindruck machte, stieg er mit ihr die Treppe hinauf.

«Es sind achtundfünfzig Stufen, ich zähle sie jedes Mal. Ist so eine komische Angewohnheit von mir.»

Er schwitzte.

«Ich denke eher, es ist eine komische Art von Ihnen, sich nicht Ihrer Angst vor der eigenen Wohnung zu stellen. Woher sie auch immer rühren mag.» Dr. Gronewoldt war ihr noch nie so unförmig erschienen, sie hatte ihm wohl immer einen Heiligenschein aufgesetzt. Doch wie er nun Stufe für Stufe schnaufte und ächzte, fand sie ihn für einen kurzen Augenblick abstoßend.

Die Wohnungstür begrüßte sie am Ende der Treppe mit einem großen blumigen Kranz, der ein Messingschild einrahmte: «Willkommen bei Familie Thore + Hilke + Ilka + Dörthe Felten». Sie hatte es lang nicht mehr wahrgenommen, dieses kleine Stück heile Welt an ihrer Tür, es versetzte ihr einen Tritt in die Magengegend. Sie schloss auf.

«Wo können Sie sich am besten entspannen?», fragte Gronewoldt, nachdem sie in den großen Flur getreten waren.

Der Parkettfußboden glänzte jungfräulich, kein Schuh lag herum, keine Jacke war achtlos in die Ecke geworfen worden. Die großen, massiven Holztüren waren alle sorgsam verschlossen, keine Musik war dahinter zu hören, es roch weder nach Mittagessen noch nach irgendetwas anderem.

«Ich kann mich hier nirgendwo entspannen», sagte Hilke, und es wurde ihr zum ersten Mal richtig bewusst, dass es wirklich so war. Sie war hier nicht mehr zu Hause. Seit die Mädchen die Räume nicht mehr mit Leben füllten, war es hier wie ausgestorben. Und obwohl sie selbst damals die alten Seekarten hatte rahmen und aufhängen, obwohl sie die Stuckornamente an der Decke hatte restaurieren lassen, sie selbst, Hilke, vermochte es nicht, diesem Ganzen hier einen Sinn zu geben.

«Dann gehen wir ins Badezimmer», sagte Gronewoldt und öffnete die Tür zur Linken, knipste das Licht an und trat ein. «Im Badezimmer finden wir am ehesten ein Gefühl von Intimität und Entspannung. Und wenn Sie, liebe Hilke, in dieser ausgesprochen großzügigen Marmorwanne liegen, dann können doch auch Sie sicher mal entspannt die Augen schließen, oder nicht?»

Es durchfuhr sie wie der Schreck, mit dem man in der Nacht

aus einem schrecklichen Albtraum erwacht: Woher wusste Gronewoldt, wo das Badezimmer war? Einen kurzen Moment schlug ihr Herz wild und unbändig, doch dann schlich sich die Müdigkeit wieder ein, und sie vergaß den Gedankenblitz. Aber es blieb etwas zurück, etwas, das ihre Nackenhaare aufzurichten vermochte, das ihren Puls beschleunigte und sie in Atem hielt.

«Auf diesen Stühlen habe ich noch nie gesessen», sagte sie leise, mehr zu sich selbst, bevor sie sich in einen der großen Korbsessel fallen ließ, die Beine anwinkelte und umfasste und den Kopf nach vorn beugte, sodass ihre stumpfen dunklen Haarsträhnen ins Gesicht fielen.

Dr. Gronewoldt nahm sein Diktiergerät hervor. Am Anfang hatte es sie gestört, dass er bei den Gesprächen ein Band mitlaufen ließ, aber nachdem er ihr erklärt hatte, dass ein Notizzettel in seinen Augen eine unnötige Distanz zwischen ihnen aufbaue und er diese Aufnahmen lediglich für seine der Schweigepflicht unterliegenden Unterlagen benötige, da hatte sie es akzeptiert, mittlerweile hatte sie sich sogar daran gewöhnt.

«Haben Sie Ihre Medikamente regelmäßig genommen?»

Sie nickte.

«Was ist passiert, Hilke?» Er beugte sich vor und berührte mit seinen fleischigen Händen ihre Schultern.

«Ich weiß es nicht genau. Mein Kopf ist so voll. Angst und Misstrauen, sogar Hass. Ich habe es einfach nicht mehr unter Kontrolle. Ich weiß nicht mehr, was ich getan und was ich nur gedacht habe, alles … wie soll ich sagen … alles vermischt sich immer mehr. Und dann ist etwas Grauenvolles geschehen.»

Er sah sie direkt an.

«Sie meinen, dass Ronja Polwinski ermordet worden ist.»

Ihre trockene Kehle ließ keinen Ton aus ihr herauskommen, sie schluckte nur.

«Ich habe es heute Morgen in der Zeitung gelesen», fuhr er fort. «Was haben Sie damit zu tun?»

«Wenn ich es nur wüsste. Können Sie sich vorstellen, wie es ist, wenn man jemandem von ganzem Herzen nur Tod und Verderben wünscht und dann … dann geschieht so etwas?»

«Wollen Sie damit ausdrücken, dass Sie sich in irgendeiner Art und Weise schuldig fühlen?»

«Nein, ich fühle mich nicht schuldig, ich bin es! All diese Gedanken an Blut und Rache …» Ein tiefes Schluchzen befreite sich aus ihrem Inneren und ebnete die Bahn für all die ungesagten Worte. «Diese Frau hat mein Leben zerstört. Ich habe sie gesehen, wie sie tot in den Dünen lag. Ich habe es immer und immer wieder vor Augen. Und ich kann nicht einmal mehr genau sagen, ob ich es geträumt habe oder nicht. Ich kann dies alles nicht mehr unterscheiden.»

Er lehnte sich wieder zurück, behielt sie aber im Auge.

«Sie meinen, es könnte eventuell sein, dass Sie es getan haben?»

Irgendetwas an seinem Tonfall ließ sie auf der Hut sein.

«Hilke, ich meine, trauen Sie es sich zu, die Geliebte Ihres Mannes umzubringen? Haben Sie denn überhaupt die Kraft dazu?» Sein Blick wurde geradezu hypnotisch. Sie schaute weg.

«Ronja war einen halben Kopf größer als Sie und gut durchtrainiert. Und Sie, liebe Hilke, haben morgens noch nicht einmal genug Energie, um aufzustehen. Wie wollen Sie Ihrer Nebenbuhlerin den Garaus machen, können Sie mir das vielleicht einmal erklären?»

Warum war er so wütend, so aggressiv? War dies auch einer seiner Psychotricks, mit denen er sie aus der Reserve locken wollte? Er hatte mit Sicherheit schon oft an ihr herumexperimentiert, doch so heftig hatte er sie noch nie bedrängt. Sie zitterte, biss sich auf die Unterlippe, bis es schmerzte, und schließlich begann sie zu weinen. Nein, sie weinte nicht, sie heulte.

«Wie haben Sie es gemacht, he? Haben Sie ihr mit einem Küchenmesser den Kopf abgeschlagen, oder sind Sie ihr von hinten an die Kehle gesprungen? Tut mir Leid, Hilke, das ist ausgemachter Schwachsinn, den Sie mir hier aufzutischen versuchen.»

«Nein, nein, nein. Ich habe es getan! Ich habe es ihr so sehr gewünscht. Seit sie in diesem Hause ist, habe ich alles verloren. Meine Mädchen sind fort, mein Mann kleidet sich wie ein versnobter Gockel und will mich am liebsten auch von der Insel jagen, mein Zuhause wird zu einem Palast aus kaltem Stein umfunktioniert, und alles nur, weil sie es so wollte.» Hilke konnte sich selbst im großen Badezimmerspiegel sehen, wie sie schrie, wie sie fast flehend ihre Schuld herausschrie und dabei aussah wie eine Wahnsinnige.

«Ich habe sie nicht getötet, aber ich habe ihr das Leben genommen. So wie sie es bei mir getan hat.»

Er erhob sich und kam auf sie zu, nahm sie in den Arm und hielt sie fest.

«Ich denke», begann er in ruhigem Ton auf sie einzureden, «ich denke, Hilke, es ist Zeit für uns zu gehen. Wir beide kommen hier und auf diese Weise nicht mehr voran.»

Sie erstarrte in seiner Umklammerung.

«Was meinen Sie damit?»

«Das wissen Sie, Hilke, das spüren Sie doch selbst. Wir laufen Gefahr, Sie zu verlieren. Wenn Sie mir schon so oft gesagt haben, Sie haben die Kontrolle verloren, Sie haben Ihr Leben nicht mehr im Griff, dann habe ich immer noch eine Möglichkeit gesehen, dass Sie es doch schaffen könnten. Doch diese Möglichkeit sehe ich nun nicht mehr.»

«O Gott!», entfuhr es ihr.

«Sie wissen, Sie leiden unter Depressionen, unter Phobien, unter Tausenden von Zwängen. Und nun sind wir an dem Punkt angelangt, wo wir Sie vor sich selbst schützen müssen.»

«Sie wollen doch nicht …»

«Ich denke, wir wissen im Grunde beide, dass Sie nur in einer Klinik endlich zur Ruhe kommen können. Und wenn Sie es in diesem Augenblick auch noch nicht so sehen …»

«Ich werde es niemals so sehen!», schrie sie und versuchte hochzuschnellen, doch er hielt sie fest, drückte sie fast gewaltsam an seinen Oberkörper. Hilke wehrte sich, sie versuchte sich dem engen Griff zu entwinden, zerrte an seinen Armen, doch er ließ nicht locker. Vielleicht wollte er sie beruhigen, ihr ein Gefühl von Sicherheit vermitteln, doch alles, was sie fühlte, war heraufstürmende, schmerzhafte Panik.

«Lassen Sie mich los, Doktor, ich will es nicht.»

«Es ist das Einzige, was Ihnen noch helfen kann», sagte er mit einer Stimme, der keinerlei Unruhe anzumerken war. «Es muss nicht für lange Zeit sein, glauben Sie mir. Nur so lange, bis sich der Mord aufgeklärt hat. Nur so lange, bis hier wieder Ruhe eingekehrt ist.»

«Ruhe, Ruhe, diese verdammte Ruhe hat mich kaputtgemacht. Ich will nicht ruhig gestellt werden, ich will nicht fixiert werden. Es macht mich kaputt!»

Er hatte begonnen, sie hin und her zu wiegen wie ein kleines Kind, das sich das Knie aufgeschlagen hatte. Alles in ihr bäumte sich auf, die Angst schoss ihr wie Hagelkörner gegen die Schädeldecke, der Sturm in ihrem Inneren tobte wild. Doch er gab ihr keine Chance, mit stoischer Ruhe ließ er seinen Plauderton auf sie hinabrieseln, und langsam fiel sie ein in seinen Atemrhythmus, der ein gleichmäßiges, fast schläfriges Spiel mit der Luft war. Einatmen, ausatmen, verharren, einatmen … sie fühlte, wie sich ihre Muskeln entspannten, wie sie nach und nach in seinen Schoß sackte und dort nach einer unendlichen Weile das Gleichgewicht wiederfand.

Sie war ein freier Mensch, dies war ein freies Land, niemand würde so einfach in einer Irrenanstalt verschwinden.

«Sie können es nicht tun, wenn ich es nicht will», sagte sie und fühlte sich auf einmal sicher.

«O doch», sagte er in derselben Ruhe. «Ich denke, ihr Mann will auch nur das Beste für Sie, und auf diesem Band hier», er holte mit einer Hand das Diktiergerät hervor und schaltete es aus, «auf diesem Band hier ist genügend zu hören, was mir die Zustimmung im Kollegenkreis sichern kann.»

Angst raste durch ihre Adern, eine andere Art von Angst. Keine lähmende mehr, diese Angst setzte etwas frei in ihrem Körper, etwas, das ihr die Kraft gab, Gronewoldt mit einem gezielten, gewaltigen Ruck von sich zu stoßen. Im selben Moment war sie auf den Beinen, rannte aus dem Badezimmer hinaus in den Flur. Instinktiv ergriff sie ihre Jacke und flüchtete ins Treppenhaus.

«Hilke, halten Sie an, machen Sie es nicht noch schlimmer …» Sie hatte Gronewoldt überrumpelt, er war mit seinem massigen Körper nicht so schnell wieder hochgekommen, doch jetzt kam er aus der Wohnung gestürzt, blieb nur kurz stehen, um sie erneut zu rufen, doch dann musste er gemerkt haben, dass sie nicht mehr auf ihn hören würde.

«Scheiße», fluchte er und dann hörte sie seine schweren, aber verdammt schnellen Schritte über sich.

Noch vierzig Stufen, sie zählte mit. Sie konnte rennen, sie konnte flüchten. Ihr Atem ging schnell, aber sie blieb nicht stehen, jetzt kam es drauf an. Noch zwanzig Stufen. Seine Schritte wurden langsamer, sie hörte ihn keuchen wie ein Tier, er würde sie nicht einholen. Noch zehn Stufen. Da sah sie ihn, ihr Mann Thore stand am Fuß der Treppe.

«Schatz, was ist los, ist der Teufel hinter dir her?» Er lächelte und schien sie auffangen zu wollen, es sah aus wie Wer-kommt-in-meine-Arme, noch fünf Stufen. Sie sprang. Wie eine Wildkatze stieß sie sich von der Stufe ab und riss ihn mit voller Wucht nieder. Nur kurz lag sie auf ihm, biss sich irgendwo fest, fühlte seine Haut unter ihren Fingernägeln, dann rammte sie das Knie in seinen Bauch, er jaulte auf, sie schnellte herauf und trat ihm mit dem einen Fuß direkt ins Gesicht, mit dem anderen setzte sie zum Schritt an und fand auf seinen Schultern den Absprung nach vorn. Sie war schnell, sie sah aus den Augenwinkeln Gronewoldt am Treppenabsatz auftauchen, aber da war sie schon fast an der Tür. Sie sah ihre Chance, ihre einzige Chance, und rannte weiter, kopflos, atemlos, aber verdammt schnell.

Irgendeine Sorte Fisch rollte sich wie die Schaumkrone einer Welle über einen spiegelglatten See aus Sauce, duftende Kräuter schwammen darin und suchten den rettenden Tellerrand, schauten hinüber zu den kleinen Kartöffelchen, die glatt und gelb in einer silbernen Extraschale lagen.

Wencke mochte eigentlich keinen Fisch, doch diesen hier wollte sie probieren. Er hatte nichts zu tun mit dem faserigen Seelachsfilet, das sie freitags in der Präsidiumskantine serviert bekamen.

«Mit schönem Gruß aus der Küche», sagte der große, hagere Kellner, der ihnen in der Ecke hinter den großblättrigen Palmen einen Tisch gedeckt und das Essen aufgetragen hatte. Irrte sich Wencke oder umspielte tatsächlich ein viel sagendes Lächeln seine schmalen Lippen?

«Guten Appetit soll ich wünschen, vom Chefkoch persönlich, wenn Sie mir erlauben.»

Meint hatte schneller Platz genommen, als es sonst seine Art war. Er schien so langsam Gefallen daran zu finden, in einem Luxushotel zu ermitteln. Zugegeben, dieser sonnige, mediterrane Wintergarten, den sie heute Morgen zu ihrem Arbeitsplatz umfunktioniert hatten, hatte eher mit einem Strandcafé auf einer spanischen Insel Ähnlichkeit als mit den kargen Räumlichkeiten, in denen sie sonst ihre Zeugen vernahmen. Ihre Papiere sammelten sich auf der glatten Marmoroberfläche der Caféhaustischchen, an den Wänden, wo sonst schwarzweiße Fahndungsbilder auf mintgrüner Rauhfaser klebten, hingen hier edle Holzrahmen, gefüllt mit abstrakter Kunst, die es wert war, gezeigt zu werden. Doch so fürstlich die Umgebung war und so königlich das Essen, welches sie sich nun zu Gemüte führten, so kläglich waren die bisherigen Gespräche verlaufen.

«Du schwenkst schon um zur schlechten Laune, stimmt's?», fragte Meint, der seine malerischen Kartoffeln recht unsanft platt drückte und mit der Sauce vermengte.

«Ich lass mich halt nicht gern hinhalten, sei es mit Höflichkeitsfloskeln, mit Schmeicheleien oder mit so einem Essen wie diesem hier.» Sie stach mit der Gabel in das weiße Fleisch, und es zerfiel butterweich und locker, sodass sie tatsächlich das Verlangen spürte, sich den Fisch auf die Zunge zu legen. Er schmeckte mild und sahnig, er schmeckte köstlich.

«Überleg doch mal, wir haben heute fünf Stunden lang versucht, etwas über Ronja Polwinski zu erfahren. Wir haben mit sieben Leuten hier gesprochen, die alle jeden Tag Seite an Seite mit dieser Frau gearbeitet haben, und trotzdem kann ich mir immer noch kein Bild von der Person machen, die sie gewesen ist.»

«Ich hatte den Eindruck, dass sie sehr geachtet war. Nimm doch mal diese Dünne mit den Sommersprossen von der Rezeption, diese Mareike Warfsmann, sie hat doch gesagt, dass …»

«… dass Frau Polwinski neues Leben in das Hotel gebracht hat, dass man gern mit ihr gearbeitet hat und sie für jeden Mitarbeiter ein offenes Ohr hatte.»

«Genau, ist doch toll.»

Wencke schüttelte den Kopf.

«Es kann das heißen, was sie gesagt hat, es kann aber auch genauso gut bedeuten, dass Ronja einen Riesenhaufen Arbeit ins Hotel gebracht hat, den sie am liebsten und am besten selbst erledigen wollte, und wenn jemand nicht mitgekommen ist, dann hat sie ihm eine Standpauke über das Motivationsverständnis gehalten.»

Meint sagte nichts dazu, er hatte seinen Teller bereits leer gegessen und machte sich nun über den Salat her.

«Wenn du mich fragst, ich vermute, dass so etwas in der Art dem tatsächlichen Bild von Ronja Polwinski näher ist als dieses weichgespülte Geschwätz.»

«Und wenn du mich fragst, liebe Wencke, dann bist du schon wieder kurz davor, dich von deinem Bauch in die falsche Richtung manövrieren zu lassen.»

Wencke legte das Besteck zur Seite, schob den Teller von sich und lehnte sich mit verschränkten Armen zurück. Er hatte ihr den Appetit verdorben. Weil er an ihrem wunden Punkt herumdokterte, weil er diesen väterlichen Unterton in seiner Stimme hatte, den sie schon bei ihren anderen Kollegen hasste, und nicht zuletzt, weil er Recht hatte. Sie hatte eine tiefe Abneigung gegen aufgesetztes Getue, und da man dieser Umgangsform im Hotelgewerbe hoffnungslos ausgeliefert war, vermied sie es schon immer, überhaupt einen Schritt über eine gastronomische Türschwelle zu tun. Sie liebte zu Hause ihren Stammimbiss «Heiß & Fettig», weil man sich dort gnadenlos selbst um sein Essen bemühen musste und der Wirt sie immer noch so unfreundlich wie am ersten Tag behandelte, da er sie selbst nach zwei Jahren regelmäßigen Essenholens nicht als Stammkundin wahrzunehmen schien. Gut, dieses Essen hier war etwas völlig anderes, aber es war das unangenehme Gefühl in der Magengegend nicht wert. Und doch, und da musste sie Meint insgeheim Recht geben, sie ließ sich von ihrer Abneigung schon wieder viel zu sehr beeinflussen. Sie nahm die Menschen hier nicht ernst, sie misstraute ihnen aus vollem Herzen, nur weil sie höflich und freundlich und Hotelfachleute waren.

Selbst die Inspektion der persönlichen Räume des Mordopfers hatten für Wencke unterm Strich mehr Fragen als Antworten gebracht: Wie kann sich eine Frau Anfang zwanzig in einem «Appartement Nr. 102» wohl fühlen, in dem nicht ein Stück Leben steckt? Die edel ausgestatteten Räume in der ersten Etage hatten etwas Kulissenhaftes, so als ob sich jemand Gedanken gemacht hatte, wie das Zuhause einer Psychologin auszusehen hat: da Vincis makelloser Hampelmann auf Leinwand gezogen, zwei Reihen Bücher von A wie «Arachnophobie» bis Z wie «Zwangsneurosen». Eine Couch konnte sie zwar nicht entdecken, doch es hätte sie nicht gewundert, wenn sie als passende Requisite unter der kleinen Lehrbibliothek gestanden hätte. Doch von Ronja Polwinski war in diesen Räumen nichts zu entdecken gewesen. Kein geheimes Tagebuch, obwohl, so etwas fanden die Ermittler auch nur in schlechten Vorabendkrimis, keine Briefe, Akten oder Terminkalender. Es war, als wäre die Person, die hier lebte, schon vor Wochen ausgezogen. Und dies war vielleicht auch das einzig Bemerkenswerte an dem Besuch im Appartement 102.

«Vielleicht haben wir noch nicht die richtigen Leute gefragt. Bislang waren hier nur die Akteure vor den Kulissen, die Pagen und Empfangsdamen und Kellner, die für ein Trinkgeld ihre Seele verkaufen würden …»

«Wencke …», ermahnte er sie eindringlich.

«Was ich meine, ist, wir sollten die Leute aus der Küche, aus den Waschstuben und so weiter befragen. Das ist ein ganz anderer Schlag, könnte ich mir denken.»

«Einen davon hast du doch gestern Abend bereits kennen gelernt.»

Sie grinste, denn bei der Erinnerung an gestern Abend konnte sie nicht ernst gucken, erst recht nicht mit dem guten Nachgeschmack im Mund. Doch Fokke Cromminga würde erst heute Nachmittag seine Aussage zu Protokoll geben. Thore Felten hatte sie darum gebeten, damit der Ablauf in der Küche nicht gestört würde. Doch Wencke hatte gar nichts dagegen gehabt, sich das Gespräch sozusagen als Nachtisch aufzuheben.

Der Flohwalzer piepte. Meint hatte den Mund voll und sie ging an den Apparat.

«Riemer hier, Tach, Kollegin. Wir haben nun die inneren Werte der Dünenschönheit kennen gelernt.»

«Na, nun erzählen Sie mir aber bitte nicht, dass Sie sie aufgeschnitten haben und feststellen mussten, dass Ronja Polwinski eigentlich eine ganz nette Frau war, die über ein enormes Fachwissen in punkto Touristik und Psychologie verfügte. Das ist nämlich das Einzige, was wir hier bislang über sie herausgefunden haben.»

Riemer lachte, und sie konnte hören, dass sein Lachen in einem großen gefliesten Raum widerhallte. Er war also noch im Obduktionssaal, was bedeutete, dass sie etwas besonders Wissenswertes entdeckt haben mussten, sonst hätte er sicher vom Büro aus telefoniert.

«Sie ist erfroren.»

«Quatsch», entfuhr es Wencke.

«Sie hat eine große Menge eines Beruhigungsmittels im Blut, doch daran ist sie nicht gestorben. Wir nehmen an, dass sie erst betäubt und dann nackt in eine Art Kühlraum gelegt wurde, wo sie schließlich erfroren ist.»

«Und wann?»

«Das ist unser Problem. Wir können Ihnen zwar sagen, dass die Leiche zum Zeitpunkt ihres Auffindens bereits seit zirka vierundzwanzig Stunden wieder Normaltemperaturen ausgesetzt war, sie muss also am frühen Dienstagmorgen in den Dünen abgelegt worden sein. Wir können aber leider absolut keine Auskunft darüber geben, wann sie zu Tode gekommen ist. Zumindest jetzt noch nicht. Wir müssen die gute Sanddornkönigin wohl noch einmal auf Reisen schicken, hier in Oldenburg fehlen uns dafür die nötigen Gerätschaften.»

«Was ist mit dem Medikament? Irgendetwas Exotisches?«

»Nein, aber verschreibungspflichtig, Benzodiazepin. Bei Angstzuständen, Schlaflosigkeit und dem ganzen Psychokram wird es verordnet. Es macht einen ziemlich fertig, ich denke, die arme Polwinski hat noch nicht einmal mitgekriegt, dass sie jetzt tot ist.»

«Ist vielleicht auch besser so. Lag Vergewaltigung oder Ähnliches vor?»

«Nein, nichts dergleichen, der Mörder oder die Mörderin scheint relativ anständig mit der armen Frau Polwinski umgegangen zu sein. Verwundert uns selber, wir haben wirklich selten einen so attraktiven Frauenkörper aufgeschnitten.»

«Riemer, ich bitte Sie! Faxt uns den Kram in die Polizeistation, wir danken.» Sie gab Meint das Telefon zurück und erzählte mit hastigen Worten, was sie gerade erfahren hatte.

«Es ist hier im Hotel passiert», sagte sie.

«Deine Laune hat sich anscheinend erheblich gebessert», stellte er fest.

«Überleg mal: Psychopharmaka, Tiefkühlraum, Sanddornbusch. Ich glaube, wir können uns eine ganze Menge Arbeit sparen. Wir sollten die Räume im Keller gründlichst durchsuchen lassen, vor allem die Küche und die daneben liegenden Räume. Es würde mich nicht wundern, wenn wir ein paar persönliche Sachen von Ronja Polwinski finden sollten, zum Beispiel ihre Garderobe. Sie wird wohl kaum von sich aus splitterfasernackt in das Kühlhaus gegangen sein. Und wir sollten mit der ach so leidenden Frau Felten sprechen.»

«Frau Hilke Felten-Cromminga.«

»Cromminga? Jetzt sag nicht, sie ist …»

«Doch, soweit ich weiß, ist sie die Mutter von deinem Spitzenkoch.»

Wencke fluchte. Der Fall begann langsam interessant zu werden, begann Gestalt anzunehmen und ein Gesicht zu bekommen, das war ganz in ihrem Sinne. Doch es war ganz und gar nicht nach ihrem Geschmack, dass ihr Herz auf einmal schneller schlug.


Fokke schwitzte. Es ging ihm nicht so gut heute. Er hatte gestern nicht den Dreh gefunden, zur rechten Zeit nach Hause und ins Bett zu gehen. Aber nach dem Gespräch mit dieser Frau war er wie aufgekratzt gewesen, er hatte die Striche auf seinem Bierdeckel nicht gezählt, aber es waren eine Menge gewesen. Dementsprechend fühlte er sich heute.

Kochen konnte er noch, so schlimm hatte es noch nie um ihn gestanden, dass er den Löffel abgegeben hätte. Seezungenröllchen in Champagnerschaumsoße, Butterkartoffeln und eine Komposition aus frischen Blattsalaten hatte er Wencke und ihrem Kollegen in den Wintergarten bringen lassen. Es hatte ihn einen viel sagenden Blick von Gunnar gekostet, doch das war es wert gewesen.

Nun kämpfte Fokke mit dem Geruch von heißem Frittierfett, der ihm von der Personalküche herüber in die Nase wehte. Er hatte sich gerade an seinen überfüllten Schreibtisch gesetzt, in seinem Kopf stachen die abgestorbenen Zellen von gestern Abend. Er heftete die Bestelllisten ab, eigentlich müsste alles da sein, und was jetzt noch fehlte, wäre sowieso nicht rechtzeitig auf der Insel. Gerade waren die Kartons von der Druckerei gekommen, zweihundert Menükarten im Sanddorndesign, Sand – Orange – Schwarz und Gold, sie waren bildschön. Das Einzige, was ihn daran wirklich störte, war «Rucola». Ronja hatte darauf bestanden, obwohl er so viel Wert darauf legte, seinen Gerichten keine italienischen Namen zu geben, er servierte schließlich nicht «Pasta», sondern «Nudeln» oder besser noch: «Teigwaren».

«Kein Mensch weiß, was Rauke ist, aber alle sind wild auf Rucola», hatte Ronja geantwortet. Sie hatte vielleicht Ahnung von den Wünschen der Gäste, aber vom Kochen verstand sie nichts. Sie hatte auch nicht akzeptiert, dass er keine Miesmuscheln kochen wollte.

«Die Gäste wollen es nun mal. Sie meinen, auf einer Insel muss man Muscheln essen, weil sie hier frischer und besser und was-weiß-ich-was sind. Überfischung hin und Schwermetalle her, wir sind hier doch nicht bei Greenpeace.» Vielleicht hatte sie Recht gehabt mit ihren Argumenten, Thore hätte ihr in jedem Fall beigepflichtet. Sie begriffen eben nicht, worum es wirklich ging.

«Ob da nun Rucola oder Rauke steht, Hauptsache, du lässt nichts anbrennen.»

Noch zwei Tage. Viel schief gehen konnte eigentlich nicht

mehr, die Ware war größtenteils geliefert worden, und zum Glück war seit Dienstag auch das Kühl- und Gefrierhaus wieder in Betrieb. Letzte Woche hatte helle Aufregung geherrscht, als das Aggregat seinen Geist aufgegeben hatte und sie alle Hebel in Bewegung setzen mussten, um rechtzeitig vor der großen Lieferung ein neues eingebaut zu bekommen. Freitag waren dann die Spezialisten vom Festland auf den letzten Drücker gekommen, hatten alles wieder in Ordnung gebracht, und die Tiefkühlkost konnte zwischenzeitlich im Nachbarhotel gelagert werden. Drei Tage lang hatte das Gerät ruhen müssen, damit sich die Kühlflüssigkeit vom Transport regenerieren konnte. Am Dienstag dann, gerade als der Pferdeanhänger randvoll mit Frisch- und Gefriergut vor dem Liefereingang Halt machte, war alles wieder funktionstüchtig gewesen. Fokke hatte sich fürchterlich aufgeregt, und es hatte ihn unendlich viele Nerven gekostet, die er eigentlich für seinen Job am Herd aufheben wollte. Doch andererseits ging im Vorfeld immer irgendetwas schief, besonders wenn es drauf ankam. Er war froh, dass alles so glimpflich verlaufen war.

Thore kam herein. Er sah ungeheuerlich aus. Unaufgeräumt irgendwie, sein Hemd war ein Stück aus der Hose gerutscht, die Schuhe waren mit feuchtem Sand paniert, und sein Haar lag nicht so penibel wie gewohnt, eher so, als hätte er einen elektrischen Schlag bekommen. Doch das Gravierendste an seinem Erscheinungsbild war die wulstige, aufgesprungene Lippe, an der etwas getrocknetes Blut hing.

«Fokke, komm mal mit.»

Kurz war er versucht, seinem Stiefvater ein kaltes Lächeln zu schenken und seiner Aufforderung zu trotzen. Doch aus welchem Grund auch immer, sprang er auf und folgte Felten in den Flur. Sein Magen rebellierte gegen diese plötzliche Bewegung und gegen das Gefühl, dass etwas passiert sein musste.

«Deine Mutter ist ausgerastet», sagte Felten knapp. Er hatte ihn hektisch in die Nähstube geführt und direkt die Tür hinter sich geschlossen.

«Meine Mutter rastet nicht aus. Sie ist depressiv, Thore. Was ist passiert?»

«Weiß der Teufel. Sie hat Dr. Gronewoldt kommen lassen, gestern hat sie ihm deswegen die Hölle heiß gemacht. Und während der Sitzung ist sie ausgeflippt. Sie hat sich von ihm losgerissen und ist abgehauen.»

«Warum losgerissen, hmm? Ich wusste nicht, dass man den Patienten bei einer Sitzung fixieren muss.»

«Keine Ahnung, warum. Ich weiß es wirklich nicht. Ich wollte sie aufhalten, als sie wie von Sinnen die Treppen heruntergerannt kam, ich habe ruhig auf sie eingeredet, aber sie hat mich einfach umgerissen. Wie geisteskrank hat sie mich getreten, gekratzt und gebissen. Sieh mich an, wie diese Furie mich zugerichtet hat. Ich konnte sie nicht aufhalten …»

Um sich zu beherrschen, verbarg Fokke sein Gesicht in den Händen, rieb mit den Fingern seine Schläfen, kniff seine Augen zusammen.

«Wo ist sie?», fragte er.

«Ich habe keine Ahnung. Sie war so schnell, wir haben sie nicht verfolgen können. Ich lag am Boden, und als Dr. Gronewoldt zur Tür rausrannte, war sie schon verschwunden. Wie eine Wahnsinnige …»

Fokke fuhr herum, schaute seinen Stiefvater durchdringend an und ballte die Fäuste.

«Dann hast du sie ja endlich so weit. Wie eine Wahnsinnige. Bist du jetzt da, wo du hinwolltest?», schrie er.

Felten kam auf ihn zu und griff ihn bei den Schultern. «Fokke, mein Junge. Ich war doch gar nicht dabei. Ich habe doch keine Ahnung, worüber sie mit ihrem Seelendoktor stundenlang zu reden bereit ist. Mit mir hat sie nie gesprochen, woher soll ich wissen, welcher Teufel sie geritten hat.»

Fokke spürte die Gewalt, mit der Felten ihn auf Abstand halten wollte.

«Mama war vollkommen fertig, am Ende. Dieses Hotel hat sie kaputtgemacht, du hast sie kaputtgemacht. Ich schwöre dir, wenn sie sich was antut, dann bringe ich dich um.»

«Reiß dich zusammen, Fokke. Deine Mutter ist krank. Und dazu haben wir alle einen Teil beigetragen, ja, vielleicht. Doch so schlimm wie heute habe ich sie noch nie erlebt. Sie ist gewalttätig gewesen, wo soll das enden? Und flipp jetzt nicht aus, ich …»

«Was?» Fokke starrte sein Gegenüber an.

«… ich glaube, sie hat Ronja auf dem Gewissen.»

Fokke lachte laut und voller Verachtung.

«Sie war fürchterlich eifersüchtig auf Ronja. Sie hat mir Ungeheuerlichkeiten deswegen an den Kopf geschmissen. Irgendein Idiot muss ihr eingeredet haben, dass ich sie mit Ronja betrüge, und sie hat es geglaubt.»

«Dieser Idiot war ich, Thore.»

«Wie kannst du nur so etwas erzählen, Fokke. Du weißt doch selbst, wie es um sie steht. Wieso machst du sie noch verrückter, als sie ohnehin schon ist?»

Fokke schlug Feltens Arm mit einer schnellen Bewegung von seinen Schultern und griff mit der anderen Hand an seinen Kragen. Dann brachte er sein Gesicht direkt an das seines Stiefvaters, und als er das getrocknete Blut am Kinn sah und die Kopfschmerzen für einen Augenblick sein Hirn unter Strom setzten, da fühlte er den Hass gegen diesen Mann wie noch nie zuvor in seinem Leben. Es erschreckte ihn selbst, wie ruhig seine Stimme klang, als er langsam, fast wie bei einer Mund-zu-Mund-Beatmung, auf seinen Stiefvater einredete.

«Meine Mutter ist nicht verrückt. Sie hat niemanden umgebracht. Dazu ist sie zu schwach und zu kaputt. Und dass sie das ist, hat sie ausschließlich dir zu verdanken. Da kannst du rumschwafeln, wie du willst, ich habe sie früher gekannt, und ich kenne sie jetzt, und während dein Scheißhotel immer piekfeiner wurde, ist sie zu einer Ruine verfallen, so sieht es aus, du Schwein.»

Dann ließ er ihn mit einem Ruck los und stürmte aus dem Zimmer.

«Wirst du sie suchen?», rief Felten hinterher, und es klang jede Menge Verzweiflung in der Stimme.

Fokke wollte sie suchen, er würde die ganze Insel umgraben, wenn er sie nur finden könnte. Panik stieg in ihm auf. Seine Mutter war lethargisch, depressiv, wie von innen ausgehöhlt, doch das war es nicht, was ihm die Angst ins Hirn trieb. Er hatte gesehen, dass sie stark war und wütend, dass die Demütigung sie nicht ganz ausgehöhlt hatte, sondern dass tief in ihr eine bedrohliche Ladung brodelte, die eine nicht einschätzbare Gefahr bedeutete. Vielleicht hatte er sie bis gestern selbst aufgegeben gehabt, als lebensmüde und verwirrt bezeichnet, doch ihre explosive Energie hatte ihn eines Besseren belehrt. Sie war gesund, vollkommen gesund, und sie war keine Mörderin. Das wusste er am allerbesten. Er war ihr Sohn.

Kopflos war Fokke in die Dünen gerannt, er rief ihren Namen, er rief sie Mutter, er schrie «Mama» in den Wind, obwohl er sie nie zuvor so genannt hatte. Er blieb stehen, presste seine Hände gegen die Schläfen, um das Pochen hinter seinen Augen im Zaum zu halten. Dann schaute er sich um. Es war kalt, und der Wind hatte zugenommen. Hier würde sie mit Sicherheit nicht stecken, sie war abgehauen, und er ahnte, dass sie einen verdammt guten Grund dafür gehabt haben musste. Sie war vor diesem Mordverdacht davongerannt, egal, ob ausgesprochen oder zwischen den Zeilen gesagt, sie hatte verstanden, dass sie eine sehr gute Verdächtige abgab.

Eifersucht und ein seelisches Dilemma waren eine verdächtige Kombination, vielleicht war sie in ihren Gedanken auch schon mehr als einmal diffusen Mordphantasien nachgegangen. Und nun hatte ihre ganze verkorkste Situation sich zu einem Strick verdreht, der sich immer fester um ihren Hals legte. Und davor war sie geflüchtet. Und aus diesem Grund würde er sie niemals hier finden.

Fokke setzte sich in den Sand und legte die Finger fest auf seine Schläfen. Mit jeder drehenden Bewegung kam er mehr zur Ruhe, sein Atem ging wieder langsamer, er konnte in seinem schmerzenden Schädel wieder einen klaren Gedanken fassen, und als er die Hände in die Taschen steckte, war ihm der alte Jagdschuppen eingefallen.

Keine verspiegelten Wände, kein Marmorboden, stattdessen war mit einem Edding neben die quadratischen Knöpfe geschrieben worden, was man in welchem Stockwerk finden konnte. «K» für Küche, Nähstube und Mangelraum. Doch dahin wollte Wencke nicht.

«Frau Felten-Cromminga ist in ihrer Wohnung, doch sie möchte sicher nicht gestört werden.» Zum ersten Mal war Wencke tatsächlich der Kragen geplatzt, und sie hatte an der Rezeption zu dem blassen Mädel «Scheißegal» gesagt.

Neben der «4» stand nur «Privat», das Licht im Druckknopf erlosch, und die Türen öffneten sich. Meint klopfte an der Holztür mit dem anheimelnden Willkommensschild. Eine Zeit lang tat sich nichts, obwohl man von drinnen Schritte hören konnte. Schließlich öffnete ein Mann die Tür, er füllte mit seinen breiten Schultern nahezu den ganzen Rahmen aus.

«Wir sind die Leute von der Kripo. Ist Frau Felten-Cromminga da?»

Der Dicke schüttelte den Kopf. Wencke wollte an ihm vorbei in die Wohnung eintreten, doch er wich keinen Schritt zur Seite. «Soweit ich weiß, ist sie aber doch da und will nur nicht so gern gestört werden, was mich aber nicht davon abhalten kann, ihr einen Besuch abzustatten.»

«Sie ist eben aus dem Haus gegangen. Ich habe auch keine Ahnung, wann sie wieder zurückkommen wird.»

Wencke spürte schon wieder die Ader an ihrem Hals flattern. «Wer sind Sie überhaupt? Nach dem persönlichen Hausdiener sehen Sie nicht gerade aus.»

Der Typ lachte kurz.

«Im Prinzip bin ich es aber, wenn Sie so wollen. Ich bin der Therapeut von Frau Felten-Cromminga, mein Name ist Dr. Joachim Gronewoldt.» Er trat zurück und ließ Meint und Wencke eintreten.

«Wenn Sie mögen, können wir uns auch ein wenig unterhalten, natürlich nur im Rahmen meines Schweigegebotes.» Sie folgten ihm in einen Raum, der zu groß war, um Wohnzimmer genannt zu werden, der aber anscheinend eine solche Funktion haben sollte. Der Therapeut ließ sich auf einen grünen Ledersessel fallen und wies ihnen das ausladende Sofa gegenüber zu. Er schien sich hier wie zu Hause zu fühlen, ein gefüllter Cognacschwenker stand vor ihm, und im Kaminofen brannte ein behagliches Feuer. Es musste gerade erst entfacht worden sein, die Flammen nagten hungrig an den Holzscheiten. Wencke blieb lieber stehen.

«Sie ermitteln in der Mordsache Polwinski. Es interessiert mich, schließlich war diese junge Frau so etwas wie eine Kollegin, und sie hatte engen Kontakt mit dem Ehepaar Felten. Darf ich Ihnen etwas zu trinken bringen?»

«Nein danke», lehnte Meint mit einem höflichen Lächeln ab. Wencke schwieg, sie war weder zu einem «Nein danke» noch zu einem «Ja bitte» fähig, so wütend war sie. Langsam spürte sie, dass ihr die Zügel aus der Hand genommen wurden in diesem Hotel. Sie konnte nicht entscheiden, wann und mit wem sie Frage-Antwort-Spiele austragen durfte, ständig bekam sie etwas vorgesetzt, nach dem sie nicht verlangt hatte, und das, was sie wollte, blieb ihr höflich verwehrt. Sie sehnte sich zurück nach einem Fall, bei dem sie im Dreck wühlen konnte, bei dem sie ihretwegen auch ein wenig versank in dem Sumpf aus Kriminalität und Elend. Doch dieses Kasperltheater machte sie nicht länger mit, sie hatte das Gefühl, dass sie mit Schlittschuhen über einen See tanzte, unter dessen aalglatter Eisfläche ein Morast waberte, an den sie nicht herankam. Sie musste endlich die brüchige Stelle finden, auch wenn sie dann mit einem Mal selbst bis zum Hals drin steckte. Und sie ahnte, Hilke Felten-Cromminga wäre ihr Durchbruch gewesen. Wo zum Teufel war sie bloß?

Dr. Gronewoldt schien sie zu beobachten. Sie hasste es, wenn irgendwelche Psychoprofis mit ins Spiel kamen. Sie war es schließlich nicht, um die es hier ging. Sie war nicht eine der Kasperlfiguren, sondern die, an deren Händen sie steckten. Doch zurzeit saß sie eher im Zuschauerraum und kreischte laut, weil die arme Großmutter entführt worden war.

«Wo ist sie?»

Gronewoldt räusperte sich. «Ich fürchte, das weiß im Augenblick niemand. Sie hat vor einer Stunde ohne ersichtlichen Grund das Hotel verlassen. Etwas überstürzt, würde ich sagen. Sie hat nicht viel mitgenommen, meines Wissens nach nur ihre Jacke.»

«Ist es denn so außergewöhnlich, dass Frau Felten-Cromminga außer Haus geht?»

«Ich denke, ich verrate Ihnen nichts Neues, wenn ich sage, dass diese Frau, also meine Patientin, sehr labil und psychisch nicht belastbar ist. Unter dieser Prämisse ist es sehr ungewöhnlich, dass sie sich einfach davonmacht. Sie leidet unter etlichen Psychosen und ist zudem schwer depressiv, ich bin nun schon seit mehr als achtzehn Monaten ihr Therapeut und kann sie wahrscheinlich besser beurteilen als jeder andere hier. Sie muss unter enormem Druck gestanden haben, um etwas so Impulsives zu tun.«

»Warum sind Sie heute hier?»

«Frau Felten-Cromminga hat mich dringend um einen Hausbesuch gebeten, deshalb bin ich mit dem Flugzeug auf die Insel gekommen.»

Wencke ging ein paar Schritte auf den beleibten Mann zu, der breitbeinig in dem klobigen Sessel saß und einen Schluck aus dem Cognacglas genommen hatte.

«Dann müssten Sie doch auch am ehesten wissen, warum sie sich unter Druck gesetzt fühlte.»

«Es ist leider zu keinem Gespräch gekommen.«

»Sie war schon weg, als Sie kamen?»

«Nein, sie war noch da. Aber sie war nicht in der Lage, ein Therapiegespräch zu führen. Frau Felten-Cromminga hat die Nerven verloren, auch wenn ich dies als ihr Therapeut nur ungern zugebe, da sie in gewisser Weise meiner Verantwortung unterliegt. Und was ich Ihnen jetzt sage, das sage ich Ihnen als Privatmensch und Freund der Familie Felten, bitte notieren Sie das auch so in Ihrem Protokoll.» Er nickte mit wichtigtuerischer Geste dem schreibenden Meint zu.

«Es ist der Tod von Frau Polwinski, oder das Auffinden der Leiche oder auch Ihre Ermittlungen, die Hilke unter Druck gesetzt haben, womit ich natürlich nicht sagen möchte, dass sie etwas mit dem Mord zu tun haben könnte.»

«Was möchten Sie denn damit sagen?»

Gronewoldt seufzte. «Wissen Sie, ich mag Frau Felten-Cromminga, und auch ihren Mann schätze ich sehr. Auch dem Opfer, dieser Frau Polwinski, zolle ich eine Menge Respekt. Aber zwischen diesen drei Personen gab es Spannungen, die über die üblichen Eifersüchteleien hinausgehen. Sie haben ja sicher auch schon von den Gerüchten um eine angebliche Affäre gehört. Das ist aber nicht der springende Punkt.»

«Ich wäre Ihnen dankbar, wenn Sie endlich auf denselbigen kämen», fiel ihm Wencke ungeduldig ins Wort.

«Es gibt ein Phänomen im Dienstleistungsgewerbe, Frau Polwinski hat es sozusagen hier angewendet gesehen. Es ist das Jekyll-und-Hyde-Prinzip. Es besagt, dass Ehen oder Partnerschaften, die eng mit einem Dienstleistungsgewerbe verstrickt sind, zwangsläufig zu einer Spaltung der beiden Beziehungspersönlichkeiten führen. Während der eine sich also mehr und mehr in seine Rolle als höflicher, immer freundlich-charmanter Gastgeber einfindet, lebt der andere den zurückgezogenen, misstrauisch-abwehrenden Part aus.»

«Sie wollen also behaupten, dass ein Hotelierehepaar nach ein paar Jahren immer zur Karikatur wird, der eine also ein Dauergrinser und der andere ein Häufchen Elend?» Es klang sehr simpel, aber Wencke konnte es nachvollziehen, auch wenn es ganz und gar nicht ihrem Menschenverständnis entsprach.

«Diese Diskrepanzen treten nicht immer zutage. Wenn beide Partner in sich feste Charaktere sind, dann können die Symptome auch konstruktiv umgesetzt werden, der eine übernimmt beispielsweise die finanziellen Dinge, während sich der andere mehr für das Personal einsetzt. Oder einer zieht sich völlig aus dem Betrieb zurück und kümmert sich um die Familie oder um andere berufliche Pläne. Oft spielt leider auch der Alkohol eine große Rolle, meist kaschiert der ‹Mister Hyde› damit seinen Wunsch nach Zurückgezogensein. Schauen Sie mich nicht so skeptisch an, Frau Kommissarin, diese These stammt, wie gesagt, nicht von mir. Doch glauben Sie mir, Frau Polwinski hat sich sehr langwierig und sehr ausgiebig damit beschäftigt. Bevor sie hierher kam, war sie in einigen anderen Hotels tätig, auch im Ausland. Sie hat unzählige Fragebögen dazu entwickelt, verschickt und schließlich ausgewertet. Ronja war eine sehr gewissenhafte Person, ich weiß es, ich habe sie auf einigen Tagungen und Seminaren erlebt, noch bevor sie hier auf die Insel kam.»

«Haben Sie Frau Polwinski den Job hier auf Juist vermittelt?«

»Wenn Sie so wollen, ja. Ich habe sie sozusagen zueinander geführt. Mehr möchte ich Ihnen dazu nicht sagen, da es meiner Pflicht zur Verschwiegenheit widerspräche. Ich hoffe nur, dass Sie nun ein wenig besser nachvollziehen können, welche Rolle Frau Polwinski in diesem Hause gespielt hat und inwiefern es das Verhalten meiner Patientin beeinflusst haben könnte.»

Wencke schaute sich in dem riesigen Zimmer um, sie suchte nach Indizien, die diese tragische Geschichte zutage treten ließen. Sie konnte nichts finden, dieser Raum war zwar nicht das, was sie unter einem gemütlichen Zuhause verstand, dazu war alles ein wenig zu groß, ein wenig zu luxuriös, ein wenig zu sauber. Aber es war Persönlichkeit zu erkennen, bemalte Muscheln lagen auf der Fensterbank, im Bücherschrank fand sie Erziehungsratgeber und Kochbücher, neben dem Sofa standen ausgetretene Hausschuhe, und ein goldgerahmtes Familienfoto hing an der Wand, das Vater, Mutter und zwei Töchter zeigte.

«Hat Fokke nicht hier gewohnt?», fiel ihr auf einmal ein.

«Fokke?» Gronewoldt beugte sich ein wenig vor, doch es fiel

bei seinem Leibesumfang kaum auf. «Er hat hier nie gewohnt, nein. Im Hotel schon, zurzeit hat er ja auch ein Zimmer unterm Dach, aber er war ja immer wesentlich älter als seine Halbschwestern und ging auch einige Jahre auf dem Festland zur Schule und in die Lehre.»

Nirgendwo hing ein Bild von ihm, was schade war. Denn erstens sprach es nicht unbedingt dafür, dass er ein liebevolles Elternhaus hatte, und zweitens hätte Wencke gern gesehen, wie er als kleiner Junge ausgesehen hat. Wie wohl sein Zimmer war? Appetitliche Stillleben an den Wänden oder Pin-ups? Sie würde ihn mal dort oben besuchen, zunächst rein beruflich, versteht sich.

Ein Fotokalender zog ihre Aufmerksamkeit auf sich, er hing neben dem schweren Sekretär. Das Oktoberbild leuchtete ihr mit orangefarbenen Punkten entgegen, schwarze Dornenornamente schoben sich diskret in den Hintergrund, der Sand dahinter war nur zu erahnen. Sanddorn. Sie erinnerte sich, wie leicht die bleiche Hand auf dem dunklen Geäst gelegen hatte, wie sanft der nackte Frauenkörper auf den holzigen Spitzen gebettet war. Derjenige, der sie so zurückgelassen hatte, musste einen ausgeprägten Sinn für Ästhetik besitzen. Die Fotos, die der Kollege von der Beweisaufnahme geschossen hatte, würden etwas nahezu Künstlerisches an sich haben. Wencke spürte, wie etwas in ihr aufkeimte, eine Art von Traurigkeit, die ihr aus dem Bauch herauswuchs. Diese Geschichten von all den Unabänderlichkeiten, die das Leben dieser Menschen mitbestimmt hatten und schließlich mit der schönen Toten in den Dünen endeten, wucherten in ihrem Inneren. Sie versuchte das Gefühl zu unterdrücken, es durfte nicht in ihrem Kopf ankommen, sonst wäre der Fall hier für sie verloren. Doch sie hatte, was sie wollte. Sie war nicht mehr obenauf, lief nicht mehr nur mit Schlittschuhen über die makellose Oberfläche.

Sie war nun eingetaucht in diese Geschichte, und es war kälter, als sie erwartet hatte.

«Eine Frage hätte ich noch, Herr Gronewoldt, ich hoffe, Sie dürfen mir diese Auskunft geben.»

Er schaute sie aufmerksam an. «Bitte!»

«Hat Frau Felten-Cromminga irgendwelche Medikamente genommen?»

«Ja, selbstverständlich. Hat das eine Bedeutung für Ihren Fall?»

«Sonst würde ich Sie nicht fragen.»

«Ich habe Tranquilizer verordnet, da sie unter Angstzuständen leidet. Benzodiazepine.»


Ihr war kalt, obwohl sie im Schrank noch eine alte Wachsjacke gefunden hatte. Der kleine Gasbrenner war zum Glück noch immer da und tat vermutlich sein Bestes, doch die Kälte schien sich hier bereits eingenistet zu haben. Hilke wusste, dies hier war keine Lösung auf Dauer, höchstens für ein paar Stunden, vielleicht auch bis morgen früh. Es kam ganz auf Fokke an. Doch schlafen durfte sie nicht, auf gar keinen Fall, es konnte jederzeit eine Silhouette auf dem Dünenkamm auftauchen, und dann hätte sie nur noch wenige Sekunden Zeit, durch das angelehnte Hinterfenster zu fliehen. Sie hielt die Augen offen, was bei zunehmender Dämmerung immer anstrengender wurde.

Noch niemals hatte Hilke sich so in die Enge getrieben gefühlt, sie litt zwar schon Jahre darunter, dass Thore ihr ein Leben aufzwang, welches nicht das ihre war, doch mit einem Mal war ihr bewusst geworden, dass es hier um mehr ging als nur um ihre Ehe. Dass diese nur noch ein psychischer Gewaltakt war, damit hatte sie sich inzwischen abgefunden. Sie hatte immer gedacht, wenn sie sich nur unsichtbar machte und niemanden, besonders nicht ihren Mann, mit ihrem Dilemma belastete, dann käme sie so über die Jahre. Doch vielleicht hatte sie auch gar nicht über die Zukunft nachgedacht. Vielleicht war es schon zu viel verlangt gewesen, mehr zu überblicken als das, was man leise so hinnahm.

Nie hatte sie daran gedacht, dass sie Thore im Weg sein könnte. Dass sie ihn daran hinderte, dorthin zu kommen, wo er sich an seinem hoch gesteckten Ziel wähnte. Und nun war sie davongerannt, schneller und ausdauernder, als sie es sich selbst je zugetraut hatte. Und während sie fast mechanisch ihre rasenden Schritte nur weg, weg, weg von ihm bewegte, da war es, als kämen all die verdrängten Bilder hinter ihr hergerannt. Der Vertrag, sie hatte ihn längst vergessen. Schon in dem Moment, als sie ihn in den sicheren Händen des Anwaltes wusste, hatte sie ihn aus ihren Gedanken verbannt. Das «Dünenschloss» war ihres, wenn auch nur auf dem Papier und schon seit langer Zeit nicht mehr in ihrem Herzen. Doch schwarz auf weiß war es ihr Hotel, sie hatte es damals überschrieben bekommen, damit die Erbschulden, die Thore von seinen Eltern mit übernommen hatte, nicht an allen Ecken und Enden ihrer Existenz nagten. Es war damals nur etwas Bedeutungsloses für sie gewesen, doch nun war es etwas, das ihr Leben bedrohte. Sie kannte Thore, er war ein Meister des taktischen Vorgehens. Hilke wollte sich lieber nicht all die scheinbaren Nebensächlichkeiten durch den Kopf gehen lassen, die in Wahrheit zu seinem Spiel gehört hatten. Ihr wurde übel, wenn sie an die Rolle dachte, die Dr. Gronewoldt dabei übernommen haben könnte. Sie wusste nur, dass es richtig gewesen war davonzulaufen, obwohl sie nun fror wie noch nie zuvor in ihrem Leben.

Diese alte Hütte, wie lang würde sie hier bleiben können?

Sie war schon einmal ihr Versteck gewesen, damals, als sie für Fokke gearbeitet hatte. Thore hätte es ihr nie erlaubt, auch nur einen Stich für ihren Sohn zu nähen. Die «Auster» war ein Tabuthema zwischen ihnen gewesen, hätte er es jemals erfahren, dass ihre langen Strandspaziergänge damals in Wirklichkeit endlose Nähte in kariertem Leinenstoff waren, er hätte die Gardinen wahrscheinlich eigenhändig zerschnitten. Jeder hatte das Flair der «Auster» gelobt, nicht nur das Essen sei dort außergewöhnlich geschmackvoll, hieß es im «Waterkant-Gourmet». Und es war für sie eine heimliche Genugtuung gewesen, Thore darüber toben zu sehen. Er hatte es nie erfahren. Nur Fokke wusste außer ihr von dieser Jagdhütte, die von allen anderen Insulanern fast vergessen in den Dünen am Ostende der Insel stand. Es konnte sein, und das hoffte sie inständig, dass Fokke verstand, worum es ging. Denn wenn er aus Sorge um sie das Falsche tun würde, dann kämen sie gleich, um sie zu holen. Und was dann auch immer geschehen würde, sie hätte mit Sicherheit keinen Einfluss mehr darauf, was mit ihr passierte. Dafür würden ihr Mann und Dr. Gronewoldt schon sorgen.

Es war dunkel, und es war still. Nur in ihrem Kopf war es so hell und laut wie schon lange nicht mehr, und obwohl sie sich fürchtete und es vielleicht eine Falle war, in der sie saß, spürte sie ein bisschen etwas, das sich wie Freiheit anfühlte. Sie erhob sich von der knarrenden Holztruhe und rieb ihre Hände über der kleinen blauen Flamme. Ihre Augen hatten sich an das Dunkel gewöhnt, sie konnte schemenhaft die Umrisse der spärlichen Möblierung erkennen. Es mussten in der Zwischenzeit Menschen hier gewesen sein. In einer Ecke hatte sich wohl jemand aus einem angeschwemmten Fischernetz ein Feldbett gebaut, es roch nach Seetang und alten Muscheln. Im Sommer mochten sich so manche obdachlosen

Spontanurlauber ein solches Dach über dem Kopf gesucht haben. Vielleicht war diese stinkende Mulde auch ein Liebesnest, in dem verbotene Leidenschaften aufflackerten. Doch zu dieser Jahreszeit ging niemand freiwillig die fünf Kilometer hier hinaus, um sich in feuchtem Strandgut zu wälzen. Die Jäger hatten zwar bald Saison, doch machten seit Jahren die Naturschützer in diesem Teil der Insel dem Jagdinstinkt einen Strich durch die Rechnung. An den Wänden hingen wellig gewordene Vereinswimpel, daneben einige Fotografien, die stolze Männer mit toten Hasen zeigten. Die Männer darauf waren inzwischen größtenteils selbst in die ewigen Jagdgründe eingegangen.

Ein huschendes Geräusch vor der Tür ließ Hilke aufschrecken, sie sah aus dem Fenster. Es war nur ein leises Rascheln gewesen, zu leise, um wirklich bedrohlich zu sein, aber ihr schlug das Herz so hoch, dass sie meinte, ihre Augen hätten zu vibrieren begonnen. Ich muss raus hier, bei dem kleinsten Geräusch. Ich kann nicht nachschauen, woher es kommt, dann ist es zu spät, dachte sie hektisch. Der Fasan, der langsam pickend die Düne hinauflief, beruhigte sie ein wenig. Doch ihr Blut rauschte noch in den Ohren.

Sie hockte sich vor die Kiste, auf der sie gesessen hatte. Schon damals war die Truhe mit einem Schloss gesichert gewesen, sie hatte keine Ahnung, was sich darin befand. Hilke befühlte den Metallbeschlag. Er war porös, und sie konnte mit den Fingerkuppen dahinter fassen, doch bewegen konnte sie ihn nicht. Mit Hilfe eines Schlüssels, den sie in der Jackentasche gefunden hatte, hebelte sie die rostige Platte ein kleines Stück aus dem morschen Holz. Es knarrte, und ein paar faserige Splitter wanden sich heraus. Sie stieß den Schlüssel tiefer und hieb mit der Faust dagegen, doch erst ein kräftiger Tritt mit dem Schuh hievte die kurzen Schrauben heraus. Der Beschlag löste sich mit einem Ruck, der sie nach hinten fallen ließ. Sie konnte nichts erkennen, das wenige Licht gelangte nicht in die Truhe, und obwohl es sie Überwindung kostete, fühlte sie vorsichtig nach dem Inhalt der Kiste. Es schienen klamme Bücher zu sein, sie schob das aufgedunsene Papier zur Seite und griff tiefer. Ein längliches glattes Etwas fiel ihr zwischen die Finger, es war aus Leder. Sie holte es zögernd heraus und hielt es gegen das blaue Licht des Gasfeuers. Es war ein großes Messer, eingebettet in ein braunes Etui wartete eine grausig scharfe Klinge darauf, wieder einmal einem Tier die Kehle aufzuschneiden. Hilke wog die Waffe in der Hand und wusste, dass sie sie nicht mehr in die Truhe zurücklegen würde.

Das Geräusch war diesmal zu laut, um von einem herumirrenden Tier zu stammen. Sie konnte noch nicht einmal genau sagen, ob sie vorher schon etwas gehört hatte, das Knacken des Schlosses und die Wühlerei im Inneren der Truhe hatten ihre volle Aufmerksamkeit gefordert. Es waren eindeutig Schritte, sandiges Knirschen direkt vor der Tür. Hilke schaute noch kurz zum hinteren Fenster hinüber, doch sie sah ein, dass es keinen Sinn machte, zu flüchten. Stattdessen presste sie sich an die Wand neben dem Eingang, sie war wie erstarrt, und als sie an sich selbst herunterschaute, bemerkte sie, dass sie das Messer fest umklammert in der Hand hielt. Sie hob den Arm auf Kopfhöhe und schloss die Augen für einen kurzen Moment.

«Hilke … Du bist hier, ich weiß es …»

Sie stieß den angehaltenen Atem aus. Es war Fokke, Gott sei Dank, es war Fokke! Und er schien allein gekommen zu sein.

«Mach auf, Mutter, ich tu dir nichts. Was ist nur los?»

Sie schob den losen Riegel zur Seite, er hätte einem kräftigen Ruck gegen die Tür wohl nie Stand gehalten, und ließ sich dann mit dem Rücken an der Wand zu Boden gleiten. Fokke trat nur langsam ein, so als ahnte er, dass sie bewaffnet war. Es versetzte ihr einen schmerzhaften Stich.

Doch im selben Augenblick, als er sie am Boden hocken sah, hatte er sich zu ihr hinuntergebeugt und sie in die Arme genommen. Hilke roch die Feuchtigkeit, die an seinem Hals klebte, er musste gerannt sein. Nur nicht weinen, fang bloß nicht wieder an zu heulen, schalt sie sich selbst, denn sie merkte, wie die Erleichterung und diese ersehnte Umarmung in ihr einen Überschwall an Gefühlen losriss. Doch sie schaffte es, schluckte die Tränen herunter, kurz bevor sie ihr aus den Augen getreten waren. Dann stand sie auf, mit wackeligen Beinen zwar, aber ohne sich von ihm stützen zu lassen. Er streckte ihr einen voll gepackten Rucksack entgegen.

«Ich habe dir das Nötigste von meinen Sachen mitgebracht, meinen Schlafsack und den Campingkocher, warme Socken und so was.»

«Oh, Fokke, du glaubst nicht, wie …»

Er legte den Finger auf die Lippen.

«Mama, was auch immer passiert ist, ich bin mir sicher, du weißt, was du tust. Kein Mensch ahnt bislang, wo du steckst, von mir wird es auch keiner erfahren. Ich habe heißen Tee mitgebracht, den trinken wir jetzt, und dann wird es Zeit, dass wir mal miteinander reden.» Aus der Thermosflasche konnte sie milden Dampf aufsteigen sehen, und als sie sich beide auf die Kiste setzten und die Finger an den vollen Plastikbechern wärmten, da schnürte es ihr für einen kurzen Augenblick die Kehle zusammen, weil sie an ihrem Sohn gezweifelt hatte.

«Thore hat mir gegenüber angedeutet, was passiert ist. Ich bin heilfroh, dass du die Beine in die Hand genommen hast und ihm entkommen bist. Das hättest du schon viel früher tun sollen.»

Sie hätte ihn am liebsten in den Arm genommen und an

sich gedrückt, ihm «Mein guter, guter Junge» ins Ohr geflüstert, aber sie wusste, es stand noch zu viel zwischen ihnen.

«Was haben sie dir angetan», sagte er leise und kopfschüttelnd, und es war keine Frage, sondern eine Feststellung.

«Fokke, das Hotel, es gehört mir. Ich bin es, die Verträge unterschreiben muss, die Pläne durchkreuzen kann, die im Weg stehen könnte. Erst heute ist mir klar geworden, was es bedeutet.»

Er schaute sie mit seinen großen hellen Augen an, seine Haare standen wild zu allen Seiten, und sie erkannte, dass er noch immer ihr kleiner Junge war, den sie so geliebt hatte und dem sie nie so nahe sein konnte, wie sie es sich gewünscht hatte.

«Thore will dich außer Gefecht setzen …»

«Es könnte ihm auch gelingen.»

«Wenn du es nicht zulässt, Hilke, dann wird er es nicht schaffen. Er will dir den Mord in die Schuhe schieben, er will dich für unzurechnungsfähig erklären lassen, er will das Hotel wieder in seinen Händen haben. Mama, du darfst es ihm nicht so leicht machen.»

«Ich kann nur davonlaufen. Für alles andere bin ich … zu schwach. Es ist nicht nur seine Schuld, dass ich so geworden bin. Vielleicht hätte ich nur von Anfang an sagen sollen, was ich wirklich möchte, statt von ihm zu erwarten, für mich mit zu denken und in meinem Sinne zu handeln. Schon damals, als ich dich bei meinen Eltern gelassen habe, damit fing alles an.»

«Sei still», sagte er sanft.

Sie schwiegen beide und tranken von dem heißen Tee. Er schenkte ihr noch einen Becher ein, dann holte er aus dem Rucksack eine große Wolldecke und legte sie um ihre Schultern. Es tat unendlich gut, ihr war warm, endlich warm.

Leise Musik legte sich über das Geklapper von Bestecken und die gedeckten Gespräche. Es waren diese Klassiker, deren Namen man nicht kannte, die aber jeder mitsummen konnte. Wencke hatte mal eine Affäre mit einem Mann gehabt, der diese Art von Musik immer dann auflegte, wenn es intim wurde, weil er mal gelesen hatte, dass der «Bolero» eine sensationelle Wirkung beim Sex haben soll. Ihr war diese Wirkung entgangen.

Vielleicht hatte ihr Liebhaber etwas verwechselt, diese Musik schien eher den Appetit zu fördern. Das Restaurant war voll besetzt, an den Tischen schoben sich die Gäste die Gabeln in den Hals, verdrehten hingebungsvoll die Augen und stießen ihre hohen Gläser zusammen.

«Auf uns.»

«Auf den Abend.»

«Auf das himmlische Essen.»

Dann lachten sie. Wencke fühlte sich nicht oft deplatziert. Im Puff trank sie mit der Putzfrau einen Piccolo, und in der Kirche betete sie laut ihr «Vaterunser». Doch zwischen diesen kauenden Menschen, die sich die Lippen mit Stoffservietten abtupften, fühlte sie sich unwohl. Diese Welt der Holzstühle, die schlicht aussahen, aber extravagante Preise hatten, war nicht echt. Als würde man den Gästen ein heimeliges Gefühl aufdrängen, seht her, welch hochwertige Tischdecken, echtes Leinen mit eingewebten Blumenranken und handbestickter Borte, aber schmeißt bloß nicht euer Weinglas um, sie lassen sich so schlecht waschen …

«Frau Kommissarin, Herr Kommissar, sehr erfreut. Wollen Sie heute Abend bei uns tafeln?» Es war der große, hagere Kellner, das goldene Namensschild an seiner korrekten Weste verriet, dass er «Restaurantleiter Gunnar Diekhoff» hieß.

«Nein, danke, wir haben in unserer Pension gegessen», sagte

Meint, und sie hatte den Eindruck, dass es ihm Leid tat, hier nicht Platz zu nehmen.

«Ich hoffe, es hat Ihnen trotzdem geschmeckt. Wo sind Sie denn hier auf der Insel untergebracht, wenn ich fragen darf?» Er lächelte sie an, und Wencke war ein bisschen schockiert, dass dieses Lächeln wirklich von Herzen zu kommen schien.

«Pension ‹Inselfreude›», antwortete sie einsilbig. «Wir hoffen, Herrn Felten endlich einmal persönlich anzutreffen. Seit heute Nachmittag ist er für uns nicht zu sprechen, und so kommen wir ja auch nicht weiter. Wo ist Ihr Chef?»

«Ich freue mich, Ihnen behilflich sein zu können. Er sitzt im Séparée. Wenn Sie mir bitte folgen wollen …» Er führte sie an dinierenden Herrschaften vorbei, Wencke lief mit dem Gesicht nach oben, um einen kurzen Blick auf die hohe Decke mit den makellosen Stuckornamenten und die unzähligen Lüster in Gold und Kristall zu werfen. Hier würde sie niemals putzen wollen. Als sie dann in den hinteren Teil des Restaurants gelangten, der schlechter beleuchtet und von einem mannshohen Paravent abgetrennt war, kam es ihr beinahe vor, als betrete sie ein völlig anderes Haus. Der Parkettfußboden war abgetreten. Als sollten sie das Schlimmste verdecken, lagen scheckige Teppiche darüber. Die Sitzecke sah aus wie die Requisite einer Siebziger-Jahre-Sketchsendung: kantiges, dunkles Eichenholz, bezogen mit dunkelgrünem Mohair, eine ockerfarbene Stofflampe hing von der braun vertäfelten Decke und warf ihr ungemütliches Licht auf den beige gefliesten, klobigen Tisch.

«Herr Felten, die Herrschaften von der Kriminalpolizei suchen Sie in einer dringenden Angelegenheit. Ich habe mir erlaubt, sie zu Ihnen zu führen.»

«Danke, Herr Diekhoff. Das ist in Ordnung.» Thore Felten hatte ein paar aufs Maul bekommen. Er sah ein wenig beleidigt aus, weil seine Unterlippe dick geschwollen war, zudem hatte er ein blutunterlaufenes Auge und einige Kratzer im Gesicht. Er passte hervorragend in dieses schäbige Zimmer.

«Diesen Teil des Hotels haben wir noch nicht renoviert, wie Sie sicher schon festgestellt haben. Es wird spaßeshalber Séparée genannt, hier nimmt das Personal seine Mahlzeiten zu sich, und ich habe mich heute auch hierhin verkrochen. Wie Sie sehen, hatte ich einen kleinen Unfall.»

«Guten Appetit», sagte Wencke nur. Felten löffelte gerade eine rosafarbene Creme aus einer Glasschale, sie meinte, irgendwelche krummen Krustentiere erkennen zu können, und ihr wurde ein wenig übel. In der «Inselfreude» hatte es Hühnerfrikassee gegeben, sie hatte sogar den Geschmack aus der Polizeikantine wiedererkannt, wahrscheinlich hatten sie denselben Großküchenlieferanten, und sie hatte sich zum ersten Mal seit der Ankunft auf der Insel ein wenig heimisch gefühlt.

«Es tut mir Leid, ich habe schon gehört, dass Sie mich gesucht haben. Ich war nicht in der Lage, mit irgendjemandem zu reden. Sie müssen wissen, diese Blessuren habe ich meiner Frau zu verdanken. Herr Dr. Gronewoldt hat Ihnen ja bereits erzählt, dass sie eine Art Nervenzusammenbruch hatte.»

«Das hat Ihre Frau angerichtet?» Wencke pfiff anerkennend und kassierte einen Hieb in die Seite. Meint war sicher unangenehm berührt von dem Verhalten seiner Chefin. Pech für ihn, sie wollte diesen Felten endlich einmal aus der Reserve locken. Wie weit ließ er sich reizen? Er trug seine Wunden geschickt zur Schau, hätte er wirklich gewollt, dass ihm in diesem Zustand niemand begegnet, dann hätte er in seiner riesigen Wohnung gegessen und nicht hier.

«Haben Sie sie denn inzwischen wieder eingefangen?»

Nun schaute Felten sie doch sehr erstaunt an.

«Eingefangen? Sie können sich nicht vorstellen, welche Sorgen ich mir um sie mache, Frau Tydmers. Es mag für Sie ja eine alltägliche Sache sein, so ein Mord und die ganzen Emotionen, die er auslöst. Aber ich kenne meine Frau, sie ist schwer depressiv und der Tod von Frau Polwinski hat sie in eine tiefe Krise gestürzt.»

«Aber die Polizei benachrichtigt haben Sie noch nicht, soviel ich weiß.»

«Nein, in Absprache mit ihrem Therapeuten habe ich davon abgesehen, da wir ihr eine Chance geben wollen, zu sich selbst zu finden und nach Hause zu kommen. Seien Sie sich sicher, Frau Tydmers, wir machen uns unsere Gedanken darüber.»

Wencke lachte kurz auf.

«Sie genehmigen sich in Seelenruhe einen Krabbencocktail, während Ihre Frau ihr seelisches Dilemma allein ausbaden soll. Tut mir Leid, ich finde es ziemlich lachhaft, dieses Getue, und ich werde umgehend bei Herrn Ellers eine Suchaktion einleiten lassen.»

Dies war anscheinend der Punkt, den sie überschreiten musste, denn nun sprang er auf und riss dabei seine feine Zwischenmahlzeit vom Tisch, die sämige Mayonnaise lief langsam auf den ausgetretenen Teppich.

«Das werden Sie nicht tun! Um Gottes willen, mischen Sie sich nicht in Sachen ein, die in meine Privatsphäre gehören. Unterstehen Sie sich!»

Meint trat nach vorn, und einen Moment dachte Wencke, er wolle nur wieder beschwichtigende Worte finden, doch auch ihr Kollege schien ihre Fährte gefunden zu haben.

«Es geht hier nicht um Ihre Privatsphäre, Herr Felten, es geht um unsere Ermittlungen in einem Mordfall. Und dass Sie dort zwangsläufig mit hineingezogen werden, gehört nun mal dazu. Bitte lassen Sie uns unsere Arbeit machen.»

«Ich will Ihnen weiß Gott keine Steine in den Weg legen, aber was hat meine Frau damit zu tun?»

«Das kann ich Ihnen genau sagen. Frau Polwinski ist mit einem Beruhigungsmittel betäubt worden, wie es bei Ihrer Frau im Arzneischränkchen steht.» Wencke versuchte erst gar nicht, in ruhigem Ton mit ihm zu reden. «Anschließend hat man sie schlafend und nackt in einen Tiefkühlraum gelegt, wo sie dann erfroren ist. Heute Nachmittag haben wir dann ausgerechnet im Nähatelier Ihrer Frau, hinter einigen Stoffballen versteckt, die Bekleidung von Frau Polwinski gefunden.»

Felten sagte keinen Ton mehr, doch sein Gesicht war weiterhin tiefrot, als er sich wieder setzte.

«Das kann nicht sein, das kann einfach nicht sein. Meine Frau könnte so etwas doch nie tun.»

«Das hat auch kein Mensch behauptet. Aber dass wir sie in den engeren Kreis der Verdächtigen aufnehmen müssen, leuchtet Ihnen doch wohl ein.» Felten nickte schwach.

«Sie war eifersüchtig, das haben Sie selbst gesagt, sie hat schwache Nerven, und mit ihrer Flucht hat sie sich nicht unbedingt weniger verdächtig gemacht.»

«Vielleicht haben Sie Recht», sagte er leise und kramte aus seinem Sakko ein kleines Tonband und legte es auf den Tisch.

«Es ist von Herrn Dr. Gronewoldt, er hat es mir gegeben, bevor er heute Abend die Insel wieder verlassen hat. Sie sollten es sich mal anhören.»

«Was ist darauf zu hören?»

«Er hat es heute aufgenommen, kurz bevor meine Frau hinaus gestürmt ist. Ich habe es selbst noch nicht gehört, aber er sagte mir, ich solle es gut verwahren, es ginge um den Mord.»

«Na, da hat der Herr Doktor es aber nicht ganz so genau genommen mit seiner Schweigepflicht.» Wencke nahm die Kassette an sich.

«Er hat es mir gegeben, und ich gebe es jetzt Ihnen. Ich bin mir sicher, er wollte nur das Beste für meine Frau. Deswegen ...» Wencke holte ihr Diktiergerät hervor und hoffte, dass die Batterien nicht leer waren.

Fokke war zu müde zum Treten. Die Kopfschmerzen waren zwar verschwunden, aber an ihre Stelle war ein Gefühl getreten, das tausendmal mehr peinigte. Er kämpfte mit dem Fahrrad gegen den Wind an und war froh, als er die Pferdeställe erreicht hatte. Nun sah er eine kleine Gruppe Feuerwehrmänner, die mit Taschenlampen gerüstet über den Deich marschierten. Er hielt an. Sie waren auf der Suche nach ihr, damit hatte er nicht gerechnet. Er hatte gedacht, dass sein Stiefvater sich noch etwas Zeit damit ließ in der grausigen Hoffnung, dass sich das Problem von selbst löste.

Doch vielleicht war auch nicht die Sorge um seine Mutter der Anlass für die Suchaktion, vielleicht war Hilke inzwischen auf der Fahndungsliste gelandet. Ihm blieb nicht viel Zeit, das Schlimmste zu verhindern, in einer halben Stunde würden die ersten Lichtkegel die Jagdhütte beleuchten, und dann wäre es zu spät. Er musste das Ganze abblasen, wie auch immer, diese Männer durften seine Mutter nicht finden, denn dann wäre sie verloren. Sie hatte nicht die Kraft, sich gegen falsche Beschuldigungen zur Wehr zu setzen, und in ihrer Verfassung würde sie sich Wort für Wort in einer Mischung aus Wahrheit und Hirngespinst verwickeln, was sie zwangsläufig in eine Ecke drängen würde, in die sie nicht gehörte.

Und um dies zu vermeiden, musste er den Menschen finden, der als Mörder dieser unseligen Ronja Polwinski überführt werden konnte. Erst dann wäre seine Mutter wirklich frei. Und der Mann, den er finden musste, war Thore Felten.

Eine Vision tauchte in seinem Inneren auf, eine Vorstellung, die ihn beflügelte: Feltens Verhaftung zum Dessert! Wenn sie am Samstag alle voll und zufrieden auf das süße Finale warteten, wenn mehr als nur einmal das Tischgespräch um die Geschehnisse im Dünental gekreist waren, dann wollte er ihnen den Gastgeber als Mörder servieren. Es dürfte keinen Moment früher und keine Sekunde später passieren, und wenn ihm dies gelänge, dann würden sie sein Essen nie wieder vergessen.

Fokke stieg auf sein Fahrrad und fuhr dem Inseldorf entgegen. Sein Herz raste.


Wollen Sie damit sagen, dass alles, was Sie bislang zustande gebracht haben, eine Suchaktion für eine verschwundene Zeugin ist?» Wencke hielt den Hörer etwas vom Ohr ab, denn ihr Chef wurde grundsätzlich laut, wenn er sich aufregte. Und er schien sich diesmal wirklich aufzuregen.

«Es stand heute schon in den überregionalen Zeitungen, Sie wissen schon, weil anscheinend sämtliche Prominenz am Wochenende auf ausgerechnet diese Insel kommen will wegen dieses Fressgelages. Ich habe keine Lust, dass wir uns vor allen blamieren, bis dahin sollte die Sache nun wirklich gegessen sein. Auf einer kleinen Insel kann es doch nicht so schwer sein, wenigstens ein paar Anhaltspunkte zusammenzutragen!» Er musste kurz und heftig Luft holen, um weiterzuschreien: «Wissen Sie was, Frau Tydmers, ich werde Ihnen morgen Verstärkung nach Juist schicken. Wenn Sie es genau wissen wollen, ich dachte dabei an Ihren lieben Kollegen Axel Sanders. Sie sind sich doch im Klaren, was das für Sie und Ihre Karrierepläne bedeutet, verehrte Kollegin.»

Wencke legte den Hörer auf. Im selben Moment wusste sie

schon, dass es ein Fehler war, doch sie hatte beileibe keine Ahnung, was sie hätte erwidern sollen.

«Tut mir Leid. Herr Hauptkommissar, aber die Menschen, mit denen ich hier zu tun habe, sind irgendwie ein verdrehtes Völkchen.» Oder: «Immerhin weiß ich schon, dass die vermisste Person ein Mordmotiv hat und dass ihr Mann ein ziemlich unsympathischer Zeitgenosse ist.»

Vielleicht hatte er auch Recht mit seinen Vorwürfen, weit waren sie wirklich noch nicht gekommen. Meints Sammelmappe, deren Inhalt auf dem Schreibtisch des kleinen Polizeibüros vor ihr ausgebreitet lag, zählte sechs Vernehmungsprotokolle und eine Hand voll weiterer Notizen. Das war es, was sie sehen wollten. Ermittlungen schwarz auf weiß, bitte sehr. Dass sich in ihrem Kopf ein Puzzle zusammenzufügen begann, interessierte keine Menschenseele. Das Faxgerät spuckte graue Fotokopien von der toten Sanddornkönigin aus, die Papiere landeten in dem eckigen Auffangkorb, und niemand schenkte ihnen Aufmerksamkeit, bis Meint sie mit den anderen Unterlagen in seine Mappe steckte.

«Soll ich uns einen Tee aufsetzen?», fragte der freundliche Inselpolizist.

Wencke und Meint schüttelten beide die Köpfe. Ständig bekam man hier etwas angeboten, dachte Wencke, ihr stand es bis sonstwo. Besonders der Gedanke an Sanders, der nun ab morgen mit von der Partie sein und ihr alle Nase lang klugschwätzerische Sätze um die Ohren hauen würde, machten ihre Kehle trocken vor Wut. Diese Insel war, weiß Gott, schon eng genug: Mit diesem Besserwisser an der Seite würde sie bald Platzangst bekommen, so viel war sicher. Wenn sie nur diese Felten-Cromminga bald zu packen bekämen, dann stünde sie morgen wenigstens nicht ganz so dämlich da.

«Ich gehe kurz an die frische Luft», sagte sie.

Meint saß an der Schreibmaschine und tippte seine Berichte ins Reine. Er blickte nur kurz auf, und sie sah in seinem Blick einen Funken Mitleid. Er kannte sie gut genug, um zu wissen, dass sie sich eben eine gehörige Abreibung hatte einstecken müssen.

Draußen, ein paar Schritte von der kleinen Polizeidienststelle entfernt, stand unter einer großen Silberpappel eine verwitterte Bank, auf die sie sich setzte, die Beine hochgezogen und den Kopf darauf gelegt.

«Scheiße, scheiße, scheiße …», stieß sie leise in die kalte Abendluft. Dann entfuhren ihr grummelnde Laute, von denen sie wusste, dass sie über kurz oder lang ihre Wut abbauen konnten. Bis sich jemand neben sie setzte.

«Du bist wütend», sagte Fokke.

Sie nickte nur. Er sagte eine Zeit lang gar nichts, dann legte er den Arm um sie. Sie erschrak, doch nicht wegen dieser vertraulichen Geste, sondern weil sie nicht für einen Moment daran dachte, ihn von sich zu stoßen. Dass seine Berührung auf ihrer Schulter ein warmes, beruhigendes Gefühl hinterließ, war ihr unangenehm bewusst, denn es war nicht ihre Art, sich von jemandem Trost zu borgen, und es war vor allem nicht gerade professionell, dies ausgerechnet bei dem Sohn einer flüchtigen Tatverdächtigen zu tun. Doch es tat verdammt gut.

Sie griff in ihre Jackentasche und holte die Zigaretten heraus.

«Möchtest du?», fragte sie.

«Ich rauche nicht, hab ich noch nie getan. Es schadet den Geschmacksnerven.»

«Was ist mit deiner Mutter?»

«Es geht ihr gut, ich war gerade bei ihr.»

Wencke hob den Kopf und schaute ihn an. Sein Blick war in die Ferne gerichtet.

«Es wäre gut, wenn ihr sie in Ruhe lassen könntet.»

«Wie stellst du dir das vor? Dir ist doch wohl klar, dass sie sich durch ihr Verhalten in eine ziemlich schlechte Lage gebracht hat. Sie steht ganz oben auf unserer Hitliste der potenziellen Verdächtigen. Wir können sie nicht einfach so in Ruhe lassen.»

«Dann hat mein Stiefvater ja mal wieder alles perfekt manipuliert.»

«Thore Felten, der Puppenspieler, oder was? Ich kann dich beruhigen, er lässt weder mich noch meine Kollegen an seinen Fäden tanzen.»

«Ich kenne ihn. Er bringt es sogar fertig, dass meine Mutter ein Geständnis ablegt, ohne es gewesen zu sein. Frag mich nicht, wie er das macht, aber er schafft es.»

Sie seufzte. Der Gedanke an Manipulation gefiel ihr absolut nicht, schon gar nicht, wenn sie selbst davon betroffen sein sollte. Doch die Fakten lagen nun mal eindeutig auf der Hand.

«Sie hat es quasi schon getan …»

Fokke blickte ihr nun direkt ins Gesicht, sie konnte ihm ansehen, dass seine Gedanken einen Salto schlugen.

«Was hat sie schon getan?»

«Gestanden. Es gibt da ein Tonband, man hört zwar nicht viel, in erster Linie unverständliche, gestammelte Worte, doch es lässt sich nicht leugnen: Sie fühlt sich in irgendeiner Weise schuldig an Ronja Polwinskis Tod in den Dünen. Darüber hinaus haben wir in ihrem Kellerzimmer Klamotten von Ronja gefunden, etwas zu halbherzig versteckt für meinen Geschmack, aber ein eindeutiges Indiz. Und ihr Motiv, verdammt nochmal, Eifersucht ist nun mal ein klassisches Mordmotiv. Etwas abgedroschen vielleicht, aber es kommt direkt nach dem allseits beliebten Raubmord am häufigsten vor, dass vermeintliche Nebenbuhler um die Ecke gebracht werden.» Wencke fühlte sich ganz und gar nicht wohl in ihrer Haut als kühl kalkulierende Kriminalkommissarin, die eins und eins zusammenzählt und dem Mann neben sich die Rechnung präsentiert, dass seine Mutter eine 1a Mörderin abgibt. Denn ihr Bauch, dieses gefühlsduselige Wesen, das sie krampfhaft zu ignorieren versuchte, soufflierte ihr eine ganz andere Wahrheit. «Was wäre, wenn wir sie in Ruhe ließen?»

«Lass alles seinen Weg gehen, und ich verspreche dir, dass sich Thore Felten am Ende selbst entlarvt.» Fokke hatte nun auch die Beine nach oben gezogen, er nahm den Arm von ihrer Schulter und zog seine Schnürsenkel fester. Seine braunen Boots waren sandig.

«Versprochen?»

Er nickte. Weder pathetisch noch ironisch, er nickte einfach nur. Und sie beschloss, dieses eine Mal noch auf ihren Bauch zu hören. Klar, es war ein Blindflug zwischen Himmel und Hölle, und ihre Intuitionen hatten sich bislang als recht dürftiger Autopilot erwiesen. Doch sie konnte nicht anders, Augen zu und durch, Wencke.

# Freitag

Sie war nicht eingeschlafen. Ihr waren noch nicht einmal für einen kurzen Moment die Augen zugefallen.

Doch sie war froh, dass es wieder hell wurde. Der Schreck saß ihr noch in den Gliedern, als sie kurz nach Fokkes Abschied die Männer über die Dünen kommen sah. Flucht wäre nicht möglich gewesen, es waren zu viele, sechs oder sieben mit Lampen und Funkgeräten. Unsinnigerweise hatte sie sich unter dem Fischernetz zu verbergen versucht, ein denkbar schlechtes Versteck, wenn ein halbes Dutzend Feuerwehrmänner in diesen Raum kämen, um ihn zu kontrollieren. Doch sie kamen nicht. Hilke hatte sicher eine halbe Stunde unter den stinkenden Tauen gekauert, bevor sie wieder hervorzukriechen wagte. Und dann war nichts mehr zu hören gewesen. Eine Weile hielt sie sich trotzdem noch geduckt, dann blickte sie aus dem Fenster und wusste, dass sie wieder mit der Dunkelheit allein war.

Das Herzklopfen und die panische Angst hielten sie aber die ganze Nacht wach. Ihr war nicht kalt, der Junge hatte noch etwas Tee dagelassen und sein Schlafsack hielt die klamme, kühle Luft von ihrem Körper fern. Sie saß einfach nur am Fenster und schaute so lange, bis sich ihre Augen in der Finsternis so gut zurechtfanden, dass sie meinte, sogar die Fußspuren erkennen zu können, die die Männer einen Steinwurf entfernt in den Dünensand getreten hatten. Ihre Ohren nahmen Töne wahr, die man fast schon als Stille bezeichnen könnte, wenn das Meer nicht gewesen wäre. Es war immer da und rauschte, wie um seine Gegenwart zu demonstrieren, und sie hatte es so viele Jahre nicht gehört, niemand hörte es mehr hier auf der

Insel. Doch in der letzten Nacht war es ihr so vertraut vorgekommen, dass sie den Atem anhielt, um ihm zu lauschen. Sie würde nie woanders leben wollen als hier.

Sie sah Fokke zwischen zwei Dünen, er war noch einige Schritte von der Hütte entfernt, und sie beschloss, ihm entgegenzugehen. Als sie den Reißverschluss aufzog, musste sie ein wenig nach Luft schnappen, die Morgenluft umfasste ihren Körper mit kalten, gierigen Fingern. Sie stieg aus dem Schlafsack heraus und ging vor die Tür. Erst jetzt fiel ihr auf, wie verbraucht die Luft in dem kleinen Raum war. Der Wind blies ihr die letzte Müdigkeit aus dem Gesicht, und sie überlegte kurz, wie es wäre, den Rest des Lebens hier zu verbringen.

«Hilke, guten Morgen», rief ihr Sohn, als er sie erblickte. Es war erst sieben Uhr, wenn Fokke den ganzen Weg zu Fuß gekommen war, dann musste er ziemlich früh aufgestanden sein. Er winkte ihr mit einem Stoffbeutel in der Hand zu. Wie sie ihn kannte, hatte er sicher ein kleines Frühstück mitgebracht. Dankbar lief sie ihm entgegen.

«War es schlimm heute Nacht?», fragte er.

«Nein, nicht schlimmer als tausend andere Nächte vorher.» Er nahm sie in den Arm und rieb sie warm.

«Es waren Männer hier.»

«Ich weiß, ich habe sie gesehen, als sie den Deich hinuntergingen.»

«Wie hast du sie dazu bewegen können umzukehren?»

Fokke schüttelte nur den Kopf und lächelte. «Lass uns erst einmal hineingehen, Mutter.»

Er breitete auf der Holztruhe eine kleine Tischdecke aus, es war eine braune von früher, sie hatte einmal «Hotel Dünenschloss» auf die Ecke gestickt. Warmer Kaffeeduft mischte sich mit dem feuchten Mief der Holzhütte. Hilke trank einen Schluck und fühlte sich gut.

Fokke holte aus dem Stoffsack einige in Servietten gewickelte Brote heraus.

«Ich konnte mich nicht allzu sehr in der Küche bedienen, ohne dass es aufgefallen wäre. Deswegen sind hier nur ein paar Sandwiches mit allem, was ich so auftreiben konnte.»

Hilke spürte ihren Hunger, die Brote waren reichlich belegt, als sie hineinbiss, quollen an der anderen Seite der Käse und die Tomatensoße hervor. Fokke lachte kurz, dann nahm er das alte Jägermesser, welches auf der Truhe gelegen hatte, und zerteilte das Sandwich.

«Wir haben einen großen Vorteil in diesem ganzen Schlamassel», begann er. Sie schaute ihn erwartungsvoll an, da sie sich nicht vorstellen konnte, was er damit meinte.

«Diese junge Kommissarin, hast du sie mal gesehen? Sie ist in Ordnung. Ich will damit sagen, dass sie Thore auch nicht über den Weg traut, sie scheint eine gute Menschenkenntnis zu haben. Ich habe sie dazu überreden können, dich vorerst in Ruhe zu lassen.»

«Wie stellst du dir das vor? Wie lange soll das denn gutgehen? Dann müsste sie doch etwas Konkretes in der Hand haben, oder nicht?»

«Wir werden ihr etwas Konkretes bieten, Mutter.» Er verschüttete ein wenig Kaffee, der Fleck sah auf der Decke aus wie Wasser. «Wir müssen ihr Beweise liefern, dass Thore den Mord begangen hat.»

Hilke starrte ihn an. Er hatte dieses eben so gelassen ausgesprochen, doch es wühlte sie auf. Es war ein Gedanke, den sie selbst nie gefasst hatte, der ihr ungeheuerlich vorkam, doch der auch einen ganz neuen Weg für sie aufzeigte.

«Bitte, Mutter, schau mich nicht so schockiert an. Er ist das Schwein, er ist schon immer eins gewesen.»

«Fokke, ich weiß, dass du ihn hasst. Er hat dir sicher auch

genügend Gründe dafür geliefert. Aber es ist absurd, ihn eines solchen Verbrechens zu beschuldigen.»

Er lachte bitter auf. «Dass ausgerechnet du ihn jetzt in Schutz nehmen willst, das ist absurd. Überlege doch mal, wohin er dich gebracht hat. Warum geht es dir denn so schlecht, warum musst du vor ihm in die Dünen flüchten wie ein kleines Kaninchen? Er hat dich so weit gebracht. Seinetwegen musstest du Ilka und Dörthe ins Internat geben und bist deinen Töchtern fremder geworden als eine entfernte Verwandte. Seinetwegen wurde dein Zuhause zu einem scheißfeinen Luxushotel, in dem du dir wie eine Gefangene vorkommst. Seinetwegen rennst du zu diesem fetten Psychiater, der dir den Kopf noch mehr verdreht …»

«… und seinetwegen habe ich dich mit zehn Jahren allein gelassen; und du musstest bei deinen Großeltern aufwachsen, wurdest ausgestoßen aus unserer kleinen Familie, warst auf dich selber angewiesen, bist mit der ‹Auster› gescheitert. Nein, mein Junge, so einfach ist das nicht, daran bin ich genauso schuldig. Ich hätte stark sein müssen, von Anfang an, dann wäre dies alles nicht passiert.»

«Du konntest nicht stark sein, er hat dich in die Knie gezwungen, du hattest keine Chance.»

«Selbst wenn es so wäre, es gibt uns dennoch kein Recht dazu, ihm einen Mord in die Schuhe zu schieben, den er nicht begangen hat. Er hat diese Ronja verehrt, vielleicht sogar geliebt. Warum sollte er ihr das Leben nehmen?»

Es war keine Bitterkeit in ihrer Stimme, und Hilke wunderte sich selbst darüber. Erst in diesem Moment wurde ihr bewusst, was sie bislang nicht hatte verstehen wollen: Sie empfand keinen Groll gegen ihren Mann. Sicher, er hatte ihr das Leben alles andere als leicht gemacht, vielleicht hatte er sie sogar mit seiner Assistentin betrogen, doch das war es nicht, was sie in die Tiefe hinabgezogen hatte. Es war sie selbst gewesen, es war die Wut darüber, dass sie dem Leben nicht die Stirn geboten hatte. Sie konnte Thore nicht ans Messer liefern, nur weil sie nicht in der Lage gewesen war, ihren Willen durchzusetzen.

«Ich bin mir sicher», sagte Fokke mit fester Stimme, «ich bin mir sogar verdammt sicher, dass er einen Grund dafür hatte. Mein lieber Stiefvater hat diese schöne, kluge Frau ausgesaugt wie eine Auster. Er hat sich mit ihr geschmückt, er hat sich ihr Wissen angeeignet, und er hat sie wahrscheinlich auch gevögelt, und ich schwöre dir, er hat dies alles getan, um dich kaputtzukriegen. Denn das Einzige, was ihm wirklich etwas bedeutet, ist das Hotel. Und das kann er nur haben, wenn du aus dem Weg bist.»

Hilke lief ein Schauer über den Rücken, als sie das Fünkchen Wahrheit in dem erkannte, was er sagte. Sie hätte sich am liebsten die Ohren zugehalten. Wie schon so oft.

«Doch Ronja war nicht dumm. Sie hat ihn durchschaut, sie hat erkannt, dass auch sie für ihn nur Mittel zum Zweck war. Und wie ich Ronja Polwinski kannte, hat sie ihm ganz genau erzählt, was sie davon hielt. Was meinst du denn, warum sie so kurz vor den ‹Sanddorntagen› noch mal für eine Woche aufs Festland wollte? Sie war außer sich, sie war in Rage, sie wollte Thore eins auswischen, denn sie war keine Frau, die sich nur für eine Sekunde jemandem zum Untertan machen lassen würde. Und das wusste Thore, er befürchtete das Schlimmste, seinen Untergang, oder schlimmer noch, dass sie dich zu ihrer Komplizin machen könnte. Und dann hat er sich an deinem Medizinschränkchen bedient, bevor er sie im Kühlhaus zum Schlafen niedergelegt und ein paar Tage später, steif wie eine Schaufensterpuppe, in die Dünen getragen hat. Im Hinterkopf hat er sich die ganze Zeit überlegt, wie er dir den Mord anhängen kann. Mutter, man hat Ronjas Kleidung in deinem Atelier gefunden, und er hat der Polizei ein Tonband übergeben, auf dem du angeblich den Mord gestehst. Thore Felten ist ein Meister der Berechnung, und er lässt sich von niemandem so leicht einen Strich durch die Rechnung machen.»

Eine Träne lief ihre Wange herunter. Sie wischte sich das Gesicht am Arm ab, an Fokkes Wollpullover, den sie gegen die Kälte trug, die Ärmel waren viel zu lang. Es war ein anderes Weinen als das, welches sie in den letzten Jahren so oft übermannt hatte. Es war still, und es tat nicht weh, es wusch die Augen aus, und sie begann zu erkennen, dass Fokkes Worte kein Märchen waren.

«Warum?», fragte sie, ohne eine Antwort darauf zu verlangen.

Fokke begann damit, die Sachen in den Beutel zu packen. Er sah Hilke entschuldigend an.

«Ich lass dich nicht gern allein hier, Mutter, erst recht nicht, nachdem ich dir so etwas schwer Verdauliches zugemutet habe. Es tut mir Leid, aber ich muss los. Es könnten Fragen im Hotel gestellt werden, wenn ich erst so spät zurück bin, dass es alle mitkriegen. Außerdem, Mutter, du weißt, wie ich bin, ich habe bis morgen noch verdammt viel zu tun. Ich muss morgen gut sein, nein, ich muss noch besser sein. Es ist wichtig, es ist meine Art, es allen zu zeigen. Auch Thore.»

«Ich weiß», sagte Hilke.

«Ich lass dir mein Telefon da. Wenn irgendetwas ist, dann lasse ich es zweimal klingeln, hörst du? Und dann nimmst du deine Sachen mit und verschwindest, so schnell du kannst. Ich werde mich dann wieder bei dir melden, dir sagen, was du tun sollst. Aber bitte geh nur an den Apparat, wenn meine Nummer auf dem Display erscheint, okay?»

Er rannte durch die Dünen davon. Sie schaute ihm noch

lange nach an ihrem kleinen Fenster. Wenn sie zurückblickte, dann kostete sie jeder Tag eine Träne, an dem sie nicht eine Mutter gewesen war, wie sie es ihm hätte sein sollen. Es waren viele Tränen. Ihr Sohn, er war so warm, so gut, es war wunderbar, dass er jetzt bei ihr war.

Die Gedanken an ihn, sie waren die einer Mutter, sie übersah den kleinen Stich, den er ihr versetzt hatte, als sie für einen flüchtigen Augenblick nur erkannte, wie berechnend er war.

Das Frühstücksei blieb unberührt und den Rosinenstuten hatte Wencke trocken und nur zur Hälfte heruntergewürgt. Zum Glück gab es Kaffee. Als sie sich die vierte Tasse einschenkte, bemerkte sie Meints sorgenvollen Blick.

«Aus dir soll mal einer schlau werden. Gestern Abend bläst du mit vollen Trompeten die Suchaktion ab, ohne mir als Kollegen einen triftigen Grund dafür zu nennen, und heute Morgen bist du noch nicht einmal in der Lage, eine anständige Mahlzeit zu dir zu nehmen. War deine Aktion vielleicht doch nicht so gelungen?»

Wencke beneidete Meint um seinen gesegneten Appetit, ihm schien der Fall keine Magenschmerzen zu bereiten. Manchmal wünschte sie ihren Ehrgeiz zum Teufel. Dann könnte es ihr wenigstens egal sein, dass der Chef tobte und ihre Kompetenz infrage stellte. Warum wollte sie eigentlich partout diese Beförderung, wenn sie es so viel einfacher haben könnte, wenn sie Entscheidungen anderer einfach nur hinnehmen müsste, ohne Fragen zu stellen. Sie wusste die Antwort: Weil sie dafür zu gut war. Sie hatte sich schon so oft beweisen müssen. «Werde doch was Künstlerisches», hatten ihr damals, zu Hause in Worpswede, alle geraten, und sie hatten es gut gemeint. Doch Wencke hatte einen anderen Weg für sich gewählt. Sie kannte dieses

Künstlerleben, in ihrer Familie schien eine solche Karriere in den Genen zu liegen, es bedeutete schlafen bis mittags, dann erst einmal mit der ersten hysterischen Kreativitätskrise fertig werden, Tee trinken, Musen treffen, bis man dann abends nach zehn endlich so weit ist, all die Kunst aus sich herausfließen zu lassen und sich die Nacht damit um die Ohren schlagen muss. Sie wurde von allen belächelt, als sie ankündigte, die Beamtenlaufbahn einzuschlagen, sie wurde zum Sonderling in der Familie. Bereits auf der Polizeischule hatte sie geglaubt, es könne schlimmer nicht kommen, da sie es nicht gewohnt gewesen war, sich schikanieren zu lassen oder Männern in Uniformen zu gehorchen, die im Befehlston von ihr verlangten, über eine Drei-Meter-Wand zu klettern. Doch es kam schlimmer, denn sie wurde für mehr als ein Jahr zu Büroarbeit und Kaffeekochen verdonnert. Hätte dieser Job nur eine Woche länger gedauert, sie hätte aufgegeben und irgendetwas Künstlerisches studiert, und keiner hätte es ihr angekreidet außer sie selbst. Doch dann kam dieses Angebot, nach Ostfriesland zu gehen. Aurich, Polizeidienst in der Sonderkommission, flaches Land und hauptsächlich Fälle von Selbstmord. Es war kein begehrter Job, aber Wencke griff zu und war endlich zufrieden. Die Provinz war lebendiger, als sie dachte, die kleine Kreisstadt hatte auch ihre Kriminellen, und Wencke beschloss zu bleiben. Anfangs bekam sie noch viel Besuch aus der Heimat, doch als Ostfriesland mehr und mehr zu ihrem neuen Zuhause wurde, blieben die alten Freunde und Bekannten weg. Auf einmal war sie wieder Single, auf einmal war sie erwachsen, und auf einmal war es so weit, dass ihr der Beruf Spaß machte.

«Tut mir Leid, dass ich dich gestern Abend übergangen habe. Ich denke nur, dass wir einen Fehler gemacht hätten, wenn wir auf dieser winzigen Insel mit einem Großaufgebot an Mannschaften nach Frau Felten-Cromminga gefahndet hätten wie nach einer überführten Mörderin. Denn ich denke nicht, dass sie es ist.»

«Was weißt du denn, was mir bislang entgangen ist? Wir kennen diese Frau doch noch nicht einmal.»

Wencke zuckte mit den Schultern.

«Ich warne dich, Wencke. Mach hier keinen Alleingang. Das endet im Chaos, da gebe ich dir mein Wort drauf.» Meint war sauer, und er hatte auch jeden Grund dafür, das war ihr klar. Doch sie hatte nicht die Energie, ihn zu beschwichtigen, sie konnte ja noch nicht einmal selbst zur Ruhe kommen. Gestern Abend, als dieser Fokke so ruhig und selbstverständlich den Arm um sie gelegt und mit ihr gesprochen hatte, da war ihr alles ganz plausibel erschienen. Sie war ins Büro marschiert und hatte Siemen Ellers die Suchtrupps zurückpfeifen lassen, ohne mit der Wimper zu zucken. Selbst das ungläubige Kopfschütteln ihrer Kollegen und das erneute Gebrüll aus dem Telefonhörer hatten sie nicht einen Moment an der Richtigkeit ihres Entschlusses zweifeln lassen: Keine weitere Suche nach Hilke Felten-Cromminga! Niemandem hatte sie von Fokke erzählt, schon gar nicht von dem Hauch, den ihre Lippen jetzt noch spürten und den man vielleicht für einen Kuss hatte halten können.

Meint schälte sich einen Apfel. Er war so ein Typ, der das Obst in acht gleich große, entkernte Spalten schnitt und in einer Tupperdose verpackt zur Arbeit mitnahm. Wencke biss immer vom ganzen Apfel ab und hatte dann ein viel zu großes Stück im Mund und Schale zwischen den Vorderzähnen.

«Wer war es denn deiner Ansicht nach? Ich sollte schon ein bisschen mehr in petto haben, wenn Sanders gleich hier auf taucht, sonst bin ich noch gezwungen, mich an ihn zu halten, um überhaupt irgendetwas von dem Fall hier mitzukriegen.»

Wencke klaute sich ein Stück Apfel.

«Sagen wir es so: Ich habe gestern einen Tipp bekommen, der mir irgendwie plausibler erscheint als diese Eifersuchtskiste, die Felten uns gestern auftischen wollte.»

«Was war denn daran unglaubwürdig?»

«Thore Felten an sich ist unglaubwürdig. Er scheint uns den Weg zu ebnen, und in Wirklichkeit schmeißt er uns Knüppel zwischen die Beine. Seine kontrollierte Art, verstehst du, zum passenden Zeitpunkt ein Tonband in der Tasche zu haben, zum Beispiel.»

«Meine liebe Wencke, sag jetzt nicht, dass du so etwas wie eine Intrige vermutest …»

«Doch, das sag ich», sagte sie. Aber sie dachte etwas anderes. Verflucht, warum mussten manche Dinge in der Dunkelheit völlig klar erscheinen und dann bei Sonnenaufgang zu Staub zerfallen?

«Wir sind hier auf einer klitzekleinen, friedlichen Insel. Eintausendachthundert Menschen leben hier einträchtig nebeneinander. Seit Jahren hat unser Kollege Ellers mit nichts Schlimmerem zu tun als mit Fahrraddiebstahl oder nächtlicher Ruhestörung. Und deine blühende Phantasie will nun ausgerechnet hier ganz besonders finstere Machenschaften erkennen. Tut mir Leid, Wencke, dann bin ich froh, dass Sanders kommt, auch wenn er ein affektierter Schnösel ist. Aber bei deinen Theorien komme ich leider nicht mehr mit.»

Meint knüllte seine Serviette zusammen, warf sie auf den verkrümelten Teller und ging.

Zu diesem Zeitpunkt hätte sie noch aufstehen und ihm nachgehen können, doch sie blieb sitzen. Von diesem Moment an war sie allein.

«Frau Kommissarin, darf ich Ihnen vielleicht noch etwas Rührei auftun?»

Wencke schaute hoch. Die Pensionswirtin stand in ihrer gestärkten Schürze an ihrem Tisch, und auf dem Tablett in ihrer Hand lag eine klumpige, dampfende Masse.

«Ich kann mir vorstellen, dass Sie in Ihrem Job ein gutes Frühstück brauchen. Es muss schrecklich aufregend sein bei der Mordkommission.»

«Na ja», Wenckes Stimme klang müde. «Im Grunde ist es so, als käme man ins Kino, und der Film ist schon vorbei. Der rechte Nachbar sagt, es war ein Trauerspiel, und der Mann zur Linken findet, es sei eine Komödie gewesen. Und Sie sehen den Nachspann und versuchen herauszufinden, wer von beiden Recht hat.»

Die dicke Frau lächelte, obwohl sie den Sinn wahrscheinlich nicht verstanden hatte.

«Nett haben Sie es hier», sagte Wencke.

«Es freut mich, wenn Sie sich in unserem Haus wohl fühlen. Und? Möchten Sie noch etwas Rührei?»

Wencke hob den Teller an.

«Ja, bitte. Wenn Sie haben, mit Speck.»

Zufrieden häufte die Wirtin einen kleinen Berg auf Wenckes Teller, dann ging sie durch die Tür, auf der «KÜCHE – Zutritt nur für Personal» stand, und wackelte ein wenig mit ihrem dicken Hintern.

Die hat sicher auch 'ne Leiche im Keller, dachte Wencke. Das Rührei schmeckte köstlich, der Speck war salzig und kross. Die Frau hatte Recht, Wencke würde bei ihrem Job noch ein gutes Frühstück brauchen.


Meint «Lexikon» Britzke war in Axel Sanders' Augen ein Schlappschwanz, schließlich war Meint fünf Jahre älter als er, doch der Titel Hauptkommissar war für ihn tabu. Niemand würde je auf den Gedanken kommen, einem schnauzbärtigen

Familienvater mit Hang zum Spießertum das Sagen über die gesamte Auricher Sonderkommission zu übertragen. Glücklicherweise schien sich der Kollege mit seiner Rolle abzufinden. Er holte Sanders brav vom Hafen ab und zeigte ihm in dem kleinen Kabuff, welches man kaum als Polizeirevier bezeichnen konnte, die bisherigen Vernehmungsprotokolle, Beweise und den ganzen schriftlichen Kram. Von Wencke Tydmers war nichts zu sehen und zu hören. Entweder schlief sie noch, jetzt, um zehn Uhr – vorstellbar war bei der Frau ja alles –, oder sie führte im Alleingang wieder irgendwelche tief schürfenden Gespräche mit Zeugen, die ihr das Blaue vom Himmel erzählten. Sollte sie doch ihren Weiberkram erledigen. Er widmete sich den Fakten, schwarz auf weiß lagen sie vor seiner Nase, und dank Britzkes akribischer Pingeligkeit fand Sanders sich schnell zurecht.

«Warum um Gottes willen hat Frau Tydmers denn gestern Abend die Suchaktion abgebrochen?», fragte Sanders gereizt. Er hatte keinerlei Erklärung oder wenigstens einen Anhaltspunkt für dieses Verhalten gefunden. Seiner Ansicht nach war die Suchaktion das einzig Produktive, das seine werten Kollegen bislang auf Juist ins Rollen gebracht hatten. «Diese Felten-Cromminga muss gefunden werden, und zwar so bald wie möglich. Sie kann hier zwar nicht unbemerkt von der Insel verschwinden, aber in ihrem Zustand kann sie sich etwas antun, und dann werden wir nie erfahren, ob und was sie uns zu sagen hatte. Und dass sie etwas weiß, ist doch wohl offensichtlich.»

Britzke sortierte die Blätter neu, Sanders hatte sie achtlos zur Seite gelegt. Er sagte nichts dazu, was für Sanders schon Antwort genug war. Sie hatte wieder mal Mist gebaut, sein Chef hatte gestern Abend schon so etwas angedeutet, als er ihn gebeten hatte, die Kollegen auf der Insel zu unterstützen. Und sogar für Britzke schien diesmal etwas völlig aus dem Ruder zu laufen, Sanders kannte ihn sonst nur mit respektvollem Blick an Tydmers' Seite.

«Kollege Ellers, ich meine, wir sollten die Suche wieder aufnehmen. Können Sie das veranlassen?»

Der winzige graue Mann trug noch eine Uniform, die in Aurich bereits seit zehn Jahren ganz hinten in den Schränken hing. Sanders konnte sich noch erinnern, dass sie aus reinem Polyacryl war und man nach einer Stunde schon erbärmlich nach Schweiß roch. Bei der Umstellung auf atmungsaktive Berufskleidung hatte man diesen armen Zwerg auf der Insel wohl vergessen. Sanders wettete, dass man in Siemen Ellers' Nähe bereits einer unangenehmen Geruchsbelastung ausgesetzt war. Der alte Mann war blass und fahrig, er schien mit der ganzen Situation hier überfordert zu sein.

«Herr Sanders, es tut mir Leid, mir ist nicht eindeutig gesagt worden, wer jetzt das Oberkommando in diesem unglückseligen Fall hat. Ihre Kollegin hat nämlich gestern unmissverständlich angeordnet, dass keinerlei Anstrengungen zur Auffindung von Frau Felten-Cromminga mehr unternommen werden sollen.»

«Was meinen Sie denn nun, warum unser Chef mich auf die Insel geschickt hat? Er hielt die Vorgehensweise meiner Kollegin für unhaltbar und hat mir den Fall übertragen.»

«Davon weiß ich nichts ...», sagte Ellers hilflos und schaute in Meint Britzkes Richtung. Dieser zögerte, er schaute von einem zum anderen, dann sah er aus dem Fenster.

«Leiten Sie die Suchaktion wieder ein, Herr Ellers», sagte Meint schließlich. Er zupfte mit der Unterlippe an seinem Schnauzbart herum, ein sicheres Zeichen, dass er sich wünschte, ganz woanders zu sein, vielleicht bei seiner mageren Frau oder dem ewig brüllenden Kind, doch das war Sanders eigentlich egal, wichtig war, dass er sich auf seine Seite geschlagen hatte.

Ellers hatte den Hörer bereits am Ohr und veranlasste das Nötige. Dumm war, dass die Männer noch einmal ganz von vorn beginnen mussten und die flüchtige Person durch die gestern begonnene Suche vielleicht schon gewarnt war. Doch wohin sollte sie fliehen? Heute, am Tag, hatte sie keine Chance mehr, die Insel zu verlassen.

«Kollege Britzke, wir gehen in dieses Hotel. Zwei Männer von der Spurensicherung haben das Kühlhaus bereits unter die Lupe genommen.»

Sanders warf sich die Daunenjacke über. Es ärgerte ihn, dass sein Sakko unten ein Stück herausschaute, das sah lächerlich aus. Doch heute Morgen hatte er sich entschieden, für den Inselaufenthalt lieber etwas praktischer zu denken, sein heller Mantel wäre vielleicht etwas zu empfindlich für den Job hier gewesen. Als sie vor die Tür traten, pfiff ihnen eine zickige Böe um die Füße, und er war sich sicher, das Richtige getan zu haben.

Sanders machte einen Bogen um die großen Haufen frischer Pferdeäpfel. Es war wirklich originell, dass es hier keine Autos gab, doch hätte er in diesem Moment auch nichts dagegen gehabt, in einem Dienstwagen warm und trocken bis vor den Hoteleingang zu fahren. Im Sommer und bei gutem Wetter mochte Juist vielleicht ein hübsches Fleckchen Erde sein, doch wenn einem wie heute die grauen Regenwolken in die Kleidung zu kriechen versuchten, war es nur trostlos und kalt hier.

«Britzke, Sie sind doch immer so irrwitzig belesen, wissen Sie eigentlich, was der Name ‹Juist› bedeutet?»

Sein Kollege, der ohnehin schon duckmäuserisch durch die Welt ging, schien sich noch wenig kleiner zu machen.

«Ich war schon einmal mit meiner Frau auf Juist, nur ein verlängertes Wochenende, da haben wir auch das Küstenmuseum besucht. Ein sehr interessantes Museum übrigens, zumindest wenn man sich für Sturmfluten und Inseldurchbrüche interessiert. Na ja, auf jeden Fall meine ich da gelesen zu haben, dass ‹Juist› so viel wie ‹unfruchtbar› bedeutet, da durch den ewigen Flugsand und die Hochwasserkatastrophen so gut wie keine Landwirtschaft möglich war. Das Wort kommt wahrscheinlich aus dem Holländischen.»

«Dieses ‹Dünenschloss›, es ist ein Wahnsinnshotel, nicht wahr», wechselte Sanders das Thema, um sich nicht noch mehr Weisheiten aus dem Juister Küstenmuseum anhören zu müssen.

«Sie kennen es?»

«Ich habe in der Zeitung über die Wiedereröffnung gelesen. Der Besitzer hat Großes geleistet, das muss man ihm lassen. Aus einem miefigen Familienhotel so ein Schmuckstück zu zaubern ist ein Mordsaufwand, das muss viel Nerven und vor allem viel, viel Kohle gekostet haben.»

Britzke nickte vor sich hin, er war für seine Verhältnisse wirklich nicht sehr gesprächig heute. Seine Aktentasche hielt er wie einen Schutzschild vor dem Körper.

«Es ist schon erstaunlich, wen dieser Felten morgen in seinem Hause begrüßen kann. Kein Mensch würde freiwillig bei diesem Wetter auf die Insel kommen, da muss man schon mit etwas ganz Besonderem aufwarten. Der Ministerpräsident wird auch anreisen, wussten Sie das?»

«Ja», antwortete Britzke knapp.

«In der Presse hat er sogar angekündigt, dass er den nächsten Parteitag auf diesem Eiland abhalten will. Das wäre für alle hier natürlich eine ziemlich gute Werbung. Die Juister können froh sein, einen Mann wie Thore Felten unter sich zu haben, sonst würde dieser Ort hier vielleicht irgendwann komplett vergessen werden.»

Zu allem Überfluss begann es nun zu regnen, und Sanders hatte keinen Schirm bei sich. Der hätte aber wahrscheinlich auch nicht allzu viel gebracht, denn es schien hier irgendwie von der Seite zu regnen. Die Nässe kam sogar um die Ecken gefegt, und obwohl er dicht an den roten Hausmauern entlang ging, holte sie ihn ein und klebte ihm die Hose ans Bein.

«Es ist nicht mehr weit», beruhigte ihn Britzke. Sie waren dem Wetter nun ausgeliefert, als sie den Weg durch die Dünen hinaufgingen. Sanders beschleunigte seinen Gang und war froh, als sie tatsächlich einen kurzen Moment später vor dem imposanten Gebäude angekommen waren. Bevor sie durch die gläserne Eingangstür das Hotel betraten, richtete er sich vor dem Spiegelbild das Haar. Es war wirr, und er fühlte sich sehr unwohl, wenn seine Frisur nicht das tat, was er wollte.

Im Foyer stand Wencke Tydmers und sprach gestenreich mit einem gut gekleideten Herrn, den Sanders sofort als den Hotelier Thore Felten erkannte. Er konnte dieses Feuer in ihren Augen erkennen, das immer dann aufglühte, wenn sie sich für ihre eigenwillige Art rechtfertigen musste. Sie war auf ihre Weise attraktiv, das hatte Sanders niemals bestritten, wenngleich er fand, dass die Jeans- und Ledermode etwas zu leger für ihren Beruf war. Doch unter anderen Umständen hätte er vielleicht ein Auge auf sie geworfen, er hatte nichts gegen Frauen, die etwas störrisch waren. Mit dieser unkonventionellen Art konnte sie einem Mann mit Sicherheit den Kopf verdrehen. Seiner Ansicht nach hatte sie den falschen Beruf, vielleicht hätte sie etwas Künstlerisches studieren sollen.

Als sie ihn sah, verzog sie ihre Miene, sie machte keinen Hehl daraus, dass sie ihn nicht mochte. Er zog die dicke Jacke aus, ein junges Mädchen eilte herbei und nahm sie ihm ab, dann kamen Tydmers und Felten auf ihn zu.

«Ich bin froh, dass Sie gekommen sind, Herr Kommissar Sanders. Wenn ich ehrlich bin, habe ich so meine Schwierigkeiten mit Ihrer jungen Kollegin», begrüßte ihn der Hotelier. Sanders war froh, dass er sein neues Hemd und die Seidenkrawatte trug, so machte er auf diesen Felten einen ebenbürtigen Eindruck, was zuerst einmal eine wichtige Voraussetzung für gute Zusammenarbeit war.

«Herr Felten, ich bewundere Sie und Ihr wundervolles Hotel, es ist mir eine Freude, Sie persönlich kennen zu lernen, wenn auch die Umstände mehr als traurig sind.» Eine Spur von Anerkennung huschte über das Gesicht seines Gegenübers.

«Darf ich fragen, welcher Art Ihre Schwierigkeiten mit Frau Tydmers sind?», erkundigte sich Sanders.

«Das können Sie mich auch selbst fragen», schaltete sich seine Kollegin ein. Sie ging ihm und Thore Felten höchstens bis zur Brust, beide mussten hinunterschauen, um ihrem wütenden Einwurf zu folgen. «Es passt Herrn Felten nicht, dass wir seine Frau nicht finden wollen, obwohl er selbst bis gestern Abend keinen Finger dafür krumm gemacht hat. Dann stößt es ihm auf, dass unsere Freunde von der Spurensuche das Kühlhaus in Beschlag nehmen, wo er dort doch seine kulinarischen Schätze für morgen Abend aufbewahrt, und einen Termin mit seinem Küchenpersonal für die Ermittlungsgespräche will er uns auch nicht gewähren. Lieber Kollege Sanders, schön, dass Sie da sind, bitte übernehmen Sie!»

Sie drückte ihm irgendwelche Papiere in die Hand, es waren die Durchsuchungsbefehle, dann drehte sie sich um und wollte gehen.

«Also, im ersten Punkt kann ich Sie schon einmal beruhigen, Herr Felten.» Tydmers blieb für einen kurzen Moment stehen. «Die Suche nach Ihrer Frau habe ich soeben wieder in Gang gesetzt, es ist also nur noch eine Frage der Zeit, wann Sie sich keine Sorgen mehr zu machen brauchen.» Seine Kollegin stob davon, an ihrem heftigen Schritt konnte er erkennen, wie sehr es sie in Rage versetzte, dass er nun das Kommando übernommen hatte.

«Ich bin Ihnen sehr dankbar, Herr Sanders, wollen wir nicht in mein Büro gehen? Mareike, bringen Sie uns doch bitte zwei Kaffee, ja?»


Wencke rannte die Treppe hinunter, immer dem Geruch nach, dann fand sie die Küche. Obwohl es noch lange nicht Mittag war, standen mehrere riesige Töpfe auf dem Feuer, das Brodeln darin war trotz des Abzugsgebläses zu hören. Ein Radio spielte zudem noch unüberhörbar eine merkwürdige Musik, die irgendwie russisch klang.

«Mach den Scheiß aus», schrie eine Männerstimme aus der Ecke, «ich kriege das Kotzen bei diesem Gejaule.»

«Leck mich, Gunnar.» Eine zierliche dunkelhaarige Frau zerhackte Kräuter mit einem abgerundeten Messer, dessen Schneidefläche dreimal so groß war wie ihre Hand. Das rasende Tempo, mit dem sie die Klinge hin- und herschwang, war beängstigend.

«Du lahme Schnecke, bei deinem polnischen Heimatgedudel wirst du noch gemütlicher. Wenn du so weitermachst, können wir das Parfait erst nächstes Jahr zu Ostern servieren.»

Die Frau wischte sich ihre Finger an der weißen Schürze ab und ging zum Radio. Sie drehte es lauter und lachte. Der Mann stürzte aus der Ecke hervor und riss den Stecker aus der

Dose. Wencke erkannte den Restaurantleiter. Er hatte sie noch nicht bemerkt und schnippte mit den Fingern die Kochmütze der Frau tiefer, sie rutschte ihr vor die Augen, und im selben Moment schnitt sich die Küchenhilfe in den Finger.

«Arschloch», sagte sie, schob sich die Kappe zurück und lutschte an ihrem Daumen. Dabei lächelte sie immer noch.

«Hallo», machte sich Wencke bemerkbar. Die beiden schauten sie an. «Ich muss sehr dringend zu Fokke Cromminga.»

«Er ist im Kühlhaus», sagte der schlacksige Kellner knapp und wies mit dem Kopf in eine Richtung. Sie konnte nicht glauben, dass dies derselbe Kerl sein sollte, der ihr gestern noch am liebsten die Füße geküsst hätte.

Sie ging an den langen Edelstahlplatten vorbei, unter den von der Decke hängenden Regalflächen baumelten Unmengen von Schöpflöffeln, Schneebesen und langen Gabelspießen, die sich sicher auch hervorragend als Mordwerkzeug eigneten. Töpfe, Pfannen, skurrile Formen und schwere Deckel von der Sorte, die man nicht im Supermarkt kaufen konnte; es musste ein System in diesem Chaos stecken, ansonsten würde sich nie ein Mensch in dieser Küche zurechtfinden.

Im hinteren Teil der Küche schälten zwei milchgesichtige Jungen Kartoffeln und erzählten sich schmutzige Witze. Als sie Wencke kommen sahen, wurden sie rot.

«Kühlhaus?», fragte sie knapp.

«Da lang, hinter der Salatküche rechts.» Sie ging weiter, und die beiden kicherten hinter ihr her.

Sie hatte Schwierigkeiten, die dickwandige Tür zu öffnen, dahinter war es hell und kühl. Bis zur Decke stapelten sich Kisten mit Obst und Gemüse. Eine Art Salat, der aussah wie eine missratene Dauerwelle, stand vor ihren Füßen, sie musste darüber steigen. In einer Holzbox lagen dicke Bambusrohre, Wencke nahm sie in die Hand und fuchtelte ein wenig damit herum, da legte sich eine kalte Hand um die ihre. Fokke war von hinten an sie herangetreten.

«Vorsicht.»

«Warum bewahrt ihr eure Deko im Kühlschrank auf?»

Er lachte, brach ein Stück davon ab und klopfte damit gegen das Metallregal. Der gelbliche Stängel zerbarst, Fokke riss eine Faser des saftigen Marks ab und steckte es ihr in den Mund.

«Es ist Kaugummi», sagte Wencke, als sich der süße Geschmack auf ihrer Zunge ausbreitete.

«Es ist Zuckerrohr. Aus Südamerika. Wir werden es morgen mit der hiesigen Sanddornbeere vereinen, dann wird die Vorspeise ein multinationales Ereignis. Soll ich dich noch mehr kosten lassen? Wir haben hier einige saftige Babacos, sie sehen aus wie Zucchini und schmecken wie Erdbeeren, Papaya und …»

«Fokke, ich wünschte, ich wäre deswegen gekommen. Es ist wegen deiner Mutter. Sie sind wieder auf der Suche nach ihr, ich konnte es nicht verhindern. Du musst dich beeilen.»

«Ich kann hier nicht weg. Jeder würde es merken, und außerdem muss ich das Durcheinander deiner lieben Kollegen wieder ordnen, die, aus welchem Grund auch immer, ausgerechnet unsere Kühlräume durchsuchen wollten.»

Wencke rieb sich die Arme, dies war kein Ort, an dem sie sich schlafen legen wollte.

«Gehen wir kurz nach oben? Dort ist es wärmer, und wir können miteinander reden.» Er nahm eine grüngelbe Frucht in die Hand und führte Wencke aus dem Kühlhaus. «Ich nehme uns eine Babaco mit. Und … danke, dass du gleich gekommen bist.»

«Ich hoffe, es ist noch nicht zu spät.»

Fokke hastete durch die Küche. Neben der Tür hing ein Telefon, er nahm den Hörer ab und wählte eine lange Nummer, legte dann aber nach kurzer Zeit wieder auf, ohne mit jemandem gesprochen zu haben.

«Gunnar, ich bin fast schon wieder da. Frau Tydmers muss mich kurz in Beschlag nehmen.»

Sein Kollege nickte kurz und klopfte grinsend mit der Handfläche auf seine Faust. Wencke hatte diese Geste noch nie verstanden.

«Tut mir Leid, Wencke, manchmal benimmt er sich ziemlich peinlich.»

«Lass nur, so ist er mir wesentlich lieber, als wenn er seine Bücklinge im Hotel aufführt.»

Schweigend benutzten sie den Personalaufzug, Fokkes Zimmer war ein Stockwerk über Feltens Wohnung, es war winzig, wenn man bedachte, dass ein erwachsener Mann darin lebte.

«Nicht so schlimm, ich bin nur selten hier. Mein Zuhause ist die Küche, und sonst bin ich lieber an der frischen Luft als hier drinnen.»

Sie warf einen Blick aus dem kleinen Fenster, man schaute direkt auf ein kleines Vordach, dahinter zeigten sich die Dächer der Juister Häuser. Das «Dünenschloss» überragte sie alle, lediglich der Kirchturm, der aussah wie ein spitzer Bleistift, war in derselben Höhe. Sie hörte die Glocken läuten, die Töne schienen in all den verwinkelten Straßen und Häuserecken widerzuhallen, das Geläut schwoll an und wurde unüberhörbar. Es war zwölf Uhr. Zu Hause hatte sie schon seit Ewigkeiten nicht mehr die Mittagsglocken wahrgenommen.

Aus Platzmangel setzte Wencke sich auf den schwarzen Drehstuhl, der vor einem voll bepackten Schreibtisch unter der Dachschräge stand. Kein Computer, keine Fotos, keine ausgerissenen Kochrezepte aus «Bild der Frau», dieses Zimmer gab nur wenig Auskunft über den Mann, der darin wohn-

te und für den sie weiter gegangen war, als es ihrem Berufs-
ethos entsprach. Er schnitt mit einem Brotmesser die Babaco
in Scheiben und legte sie mit einer Drehbewegung auf eine
Untertasse, die Frucht zerfiel in einen harmonischen Fächer,
und Wencke dachte an Meints kantige Apfelspalten, die kreuz
und quer auf dem Teller gelegen hatten.

«Essen ist etwas Wunderbares, die Zunge ist eines der sinn-
lichsten Organe, viel sensibler als diese anderen Körperteile,
denen wir immer so viel Bedeutung beimessen.» Es klang
kein bisschen schlüpfrig, wie er das sagte, obwohl es vielleicht
durchaus so gemeint war. Doch es stieß Wencke nicht ab.
«Eben unten, am Telefon, ich habe sie gewarnt. Sie wird sich
aus dem Staub gemacht haben, kaum dass der letzte Piepton
verklungen war. Wir müssen nur eine neue Lösung für meine
Mutter finden.»

«Tut mir Leid, das Ganze, aber ich befürchte, ich habe nicht
mehr allzu viel Einfluss auf den Fall. Mein Chef hat einen meiner Kollegen auf die Insel geschickt, und das ist ein ziemlich
unangenehmer Kommissar. Wenn ich ihm unsere Beweggrün-
de darlege, wird er deine Mutter umso intensiver suchen. Und,
wenn ich ehrlich bin …»

«Ja …?», fragte er nach einem längeren Zögern.

Sie konnte es ihm nicht sagen, die Gedanken überschlugen
sich in ihrem Kopf, sie hätte keinen vernünftigen Satz zustande gebracht. Er hatte ja keine Ahnung von dem Dilemma, in
dem sie sich befand, er wusste nichts von ihren Rivalitäten mit
Sanders, von den Vorwürfen, die sie sich selbst von Meint hatte anhören müssen, und von ihrer Einsamkeit, die weit über
diesen Fall hinaus ging. Als sie Axel Sanders vorhin in die Eingangshalle hatte kommen sehen, hatte sie verstanden, dass sie
auf verlorenem Posten stand, sollte sich ihre Entscheidung
von gestern Abend als Fehler erweisen. Eigentlich hatte sie nur

noch eine Chance: Sie musste den eingeschlagenen Weg zu Ende gehen. Entweder fände sie letztlich die richtige Fährte, und Sanders stand im Regen, oder sie konnte in Aurich ihre Koffer packen. Ihr großer Vorteil bei der Sache war, dass sie Sanders bei diesem Spiel in die Karten schauen konnte. Sie würde ihm scheinbar hilfreich zur Seite stehen, wie man es von ihr erwartete. Der Nachteil war, dass sein Blatt eindeutig mehr Asse enthielt. Auf ihrer Hand lag alles Mögliche und ein Herzbube.

Wencke holte ihren Rucksack hervor, sie wusste, die Zimmerschlüssel waren irgendwo in der Seitentasche, ein schwerer Anker war der Anhänger.

«Sie soll sich bei mir verstecken. Dort wird sie mit Sicherheit niemand suchen.»

Fokke nahm mit großen Augen die Schlüssel entgegen.

«Bist du dir sicher?»

«Es ist Zimmer sieben. Dass sie sich nicht sehen lassen soll und das Licht ausbleibt, versteht sich von selbst. Zum Abendbrot und Frühstück werde ich in der Pension auftauchen, dann wird niemand etwas bemerken. Nur schlafen muss ich woanders, ich bin mir sicher, unsere eifrige Vermieterin würde sonst dahinter kommen, dass ich nicht allein gewesen bin, und das würde mich um Kopf und Kragen bringen.»

Er kam auf sie zu und umarmte sie für einen kurzen Augenblick mit festem Druck.

«Ich will dich nicht zu irgendetwas drängen, Wencke, und ich bin mir sicher, du würdest dies auch niemals zulassen, aber es wäre am einfachsten, wenn du heute Nacht bei mir schläfst. Ich meine, in meinem Bett, für mich ist es kein Problem, eine Nacht in der Küche zu verbringen. Besonders in Hinblick auf morgen würde es niemanden verwundern. Bist du einverstanden?»

«Mal sehen», sagte sie zögerlich, doch sie war froh, dass er ihr entgegenkam.

Fokke nahm kurz ihre Hand, dann ging er zum Telefon. Er schien auf eine Verbindung zu warten, doch Wencke hörte kaum hin, sie versuchte sich ganz auf ihr Vorgehen zu konzentrieren. Es würde nicht einfach sein, Sanders zu täuschen, er war ein ziemlich gerissener Kerl, und sie konnte nicht gut lügen. Wenn sie nicht wollte, dass jemand die Wahrheit erfuhr, dann hielt sie lieber ihren Mund, statt Dinge zu sagen, die so nicht stimmten. Dieses Mal würde es sich nicht vermeiden lassen, das war ihr klar. Wenn sie am Ende dem richtigen Täter die Handschellen umlegte, dann würde man ihre Unwahrheiten als clevere Taktik verzeihen. Wenn Sanders triumphierte, so konnte sie wegen Behinderung der Ermittlungsarbeit mit einer saftigen Disziplinarstrafe rechnen, wenn sie nicht sowieso gleich den Dienstausweis in den Reißwolf stecken konnte. Wencke war kein Typ für Stoßgebete, doch in diesem Moment ertappte sie sich dabei, wie sie kurz und inbrünstig ihr Schicksal um Gnade anflehte.

Als das Telefon zum ersten Mal klingelte, war Hilke hellwach. Sie hatte keine Ahnung, wie lange sie bereits geschlafen hatte. Die Müdigkeit musste sie hinterrücks überfallen haben, sie saß noch immer auf der Truhe am Fenster, den Oberkörper an die Wand gelehnt. Nie hätte sie es für möglich gehalten, dass sie in der Lage war, in einer solchen Position zu schlafen, ihre Knochen schienen zu jammern, und der Nacken war steif. Sie fühlte sich hundsmiserabel, schlechter als vor ihrem unfreiwilligen Nickerchen, doch als das Handy nach dem zweiten Klingeln verstummte, vergaß sie ihre Schmerzen. Sie waren wieder hinter ihr her.

Ohne überlegen zu müssen, hatte sie ihre wenigen Dinge beisammen, sie steckte die Kleinigkeiten in den Schlafsack und warf ihn sich über die Schulter wie ein Dieb auf Beutezug.

Es war nicht möglich, den kleinen Trampelpfad zu nehmen, obwohl es bequemer gewesen wäre, denn als sie hastig die Jagdhütte verließ, hörte sie bereits Stimmen aus dieser Richtung kommen. Es blieb nur Zeit für einen kurzen Rundumblick, dann entschied sie sich, weiter Richtung Osten zu fliehen. Sie musste so schnell wie möglich außer Hörweite kommen, falls das Telefon erneut ging. Hinter der Hütte erhob sich eine Düne, dichtes Brombeergestrüpp erschwerte ihr den Aufstieg, doch als sie in geduckter Haltung die höchste Stelle überquert hatte, kam sie schneller voran.

«Jibbo, schau in der Jagdhütte nach», hörte sie ein lautes Männerrufen hinter sich. Ihre hastigen Schritte wurden von dem losen Dünensand gebremst, es kam ihr vor, als bewegte sie sich kaum von der Stelle, so zäh war das Vorankommen. Der Schlafsack machte es nicht leichter für sie, zwischen dem engen Buschwerk am Ende der kleinen Kuhle hindurchzukriechen. Er blieb an einem spitzen Ast hängen, und sie überlegte kurz, ihn zurückzulassen, riss ihn dann aber mit einem kräftigen Ruck los. Sie durfte keine Spuren hinterlassen, es würde schwierig genug werden, den Verfolgern zu entkommen, und wenn sie erst wussten, dass sie hier war, dann hätte sie keine Chance mehr.

Der Abstieg in das Dünental war steil, sie wand sich an einem scharfkantigen Abriss vorbei und machte einen gewaltigen Satz nach unten, die Wucht des Aufkommens zwang sie für einen kurzen Moment in die Knie, dann rannte sie weiter. Wenn sie die nächste Düne hinter sich gelassen hatte, würde ihr der kurze Vorsprung einen Moment zum Atemholen lassen. Ihr rechter Fuß versank im weichen Sand eines Kaninchenloches,

sie blieb darin hängen und musste sich ein Stück emporzie-
hen. Sie bekam einen Bund Strandhafer zu fassen, die Halme
schnitten in ihre Handflächen, waren aber verwurzelt genug,
ihr genügend Halt zu geben. Sie hatte es fast geschafft, auf allen
vieren kroch sie über den Dünenkamm. Dahinter breitete sich
der Kalfarmer aus, ein neues Stück Insel, das erst vor zwanzig Jahren mit Juist zusammengewachsen war. Hilke erinnerte
sich noch gut, wie dieses Stück Land bei jeder höheren Flut
überspült worden war. Die bewachsene Fläche war unbarmherzig weit und flach, nahm ihr jede Möglichkeit, unbemerkt
davonzukommen. Hier waren die Dünen und somit auch ihre
Flucht zu Ende. Sie legte sich schwer auf den sandigen Unter-
grund, eine Welle von Übelkeit übermannte sie.

Ein vorsichtiger Blick zurück ließ sie kurz aufatmen, es war
ihr niemand gefolgt. Vielleicht hatte sie Glück und der Such-
trupp hielt sich etwas länger in der Hütte auf. Es blieb ihr
nichts anderes übrig, sie musste es schaffen, von den Männern
unbemerkt in die andere Richtung zu gelangen. Fokke würde sich bestimmt bald melden und ihr weitere Anweisungen
geben. Dann würde es irgendwie weitergehen, da war sie sich
sicher. Sie musste nur diese Dünen hier verlassen, denn hier
saß sie hoffnungslos in der Falle.

In südlicher Richtung waren die Dünen stärker bewachsen,
Hilke ließ sich ein Stück weit den Dünenabhang zum Strand
hinunter und versuchte zu rennen. Es kam ihr vor wie die
Fahrt in einer Achterbahn, die sanften, nahezu unbewachse-
nen Sandberge zwangen sie zu einem steten Auf und Ab. Sie
wusste, sie kam nur langsam voran, doch waren die Männer
hinter ihr mit Sicherheit auch nicht viel schneller zu Fuß.

Erst meinte sie, es sei nur eine stürmische Windböe, doch
als das grummelnde Geräusch lauter wurde, schaute sie in
den grauen Himmel. Der Hubschrauber war noch über dem

äußersten Zipfel der Nachbarinsel Norderney, doch er kam sehr schnell näher. Sie erstarrte kurz, dann stieg sie im rechten Winkel die Randdüne empor, bei jedem Schritt nach oben sackte sie ein, als ob sie auf einer nach unten laufenden Rolltreppe hinaufgelangen wollte. Sie hörte das Telefon, doch es war ihr unmöglich, an den Apparat zu gehen. Das flatternde Dröhnen der Rotoren rückte näher, Hilke warf sich mit letzter Kraft über die letzte Erhöhung und ließ sich mit geschlossenen Augen den Abhang hinunterrollen. Es war ihr egal, wo sie landete, sie war am Ende. Wenn der Hubschrauber ihretwegen in der Luft war, dann war alles verloren. Der braune Schlafsack wand sich um ihren Körper, schnürte ihn ein und schützte ihn vor den unsanften Stößen des festen Wurzelwerkes. Ein dorniger Strauch bremste ihren Absturz, sie spürte einen reißenden Schmerz in der Wange, und als sie die Augen öffnete, sah sie, dass sie sich in einem Sanddorngebüsch verfangen hatte. Sie war unter die dichten schwarzen Äste gerollt und lag nun in einer engen Höhle, die sich um den Stamm herum gebildet hatte. Als Kinder hatten sie früher in solchen Verstecken die Nachmittage verbracht. Jeder hatte seinen eigenen Geheimplatz gehabt. Und dies war nun ihrer. Das Telefon war wieder still, Hilke hoffte, dass Fokke es wieder versuchen würde, und behielt den Apparat in der Hand. Sie zerrte den Schlafsack von ihrem Körper und stieg hinein, die dunkle Tarnfarbe konnte ihr von Nutzen sein, dann rollte sie sich zusammen, machte sich so klein wie möglich und kauerte dicht am Stamm.

«Wenn sie hier nicht ist, dann hat es keinen Sinn, überhaupt weiterzusuchen.» Keine fünfzig Schritte entfernt tauchten zwei junge Männer auf. Der eine schob die Zweige einer Apfelrosenhecke auseinander, der andere blickte angestrengt um sich. Sie kannte die beiden, es waren Schulfreunde von Fokke, gerade erwachsen gewordene Jungen, die sie früher ausgeschimpft hatte, wenn sie die Schuhe nicht abgetreten hatten. Nun hatte sie Angst vor ihnen.

«Wenn wir sie nicht finden, dann die Verstärkung aus der Luft», sagte der Größere von beiden, der David oder Daniel hieß und einmal ein frecher kleiner Kerl gewesen war. Er schaute in den Himmel, der Hubschrauber hatte die Insel jetzt erreicht, er flog ziemlich tief, und der Lärm wurde ohrenbetäubend. Sand pustete durch die dornigen Äste.

Fast hätte Hilke das erneute Telefonklingeln überhört. Ängstlich schaute sie zu den Jungen, sie kamen immer näher heran, doch das Getöse von oben hatte sie nichts mitbekommen lassen.

«Mama? Mama, was zum Teufel ist da los? Wo steckst du?»

Sie musste den Apparat ganz fest an ihr Ohr pressen, um überhaupt ein Wort zu verstehen.

«Ich steck in den Dünen, ein Hubschrauber scheint das Gelände abzusuchen, und dicht neben mir stehen zwei von der Feuerwehr. Mach schnell, solange der Lärm alles übertönt.»

«Okay. Pension Inselfreude, Zimmer sieben, gleich neben der Treppe links. Kein Licht oder Lärm, das versteht sich von selbst. Der Schlüssel ist …»

Der Flieger ging noch weiter herunter, sie duckte sich, hoffentlich hatten sie nichts gesehen, sie verstand Fokke am anderen Ende nicht mehr. Sie konnte den Piloten erkennen, er gab den beiden unten stehenden Männern Zeichen, dann drehte er noch eine tiefe Runde im Dünental und stieg fast senkrecht wieder auf. Langsam driftete der Hubschrauber gen Norden.

«Wo ist der Schlüssel?», schrie sie in den Hörer. Doch es kam keine Antwort mehr. Fokke musste aufgelegt haben oder die Verbindung war aus einem anderen Grunde gekappt worden.

Sie steckte das Handy in ihren Schlafsack ein, dann schaute sie wieder auf und erschrak.

Neben dem Busch standen zwei dunkelblaue Stiefel, sie hörte die Äste über sich knacken.

Dann ein hervorgestoßener Fluch: «Scheiß Sanddorn, Mist. Hab mir 'nen Stachel reingejagt.»

«Lass uns aufhören», rief der andere. «Die Jungs da oben haben bessere Chancen, sie hier zu finden. Außerdem haben wir jetzt wirklich jeden Stein umgedreht und jedes Gebüsch durchforstet. Schluss für heute!»

«Du sprichst mir aus der Seele.»

Hilke wagte nicht zu atmen, als sich die Stiefel langsam von ihrem Versteck entfernten. Sie rechnete jeden Moment damit, dass sie noch mal kehrtmachen könnten, doch die beiden Burschen gingen über den Dünenkamm und hinunter an den Strand.

Nach ein paar Minuten war es wieder still, der Hubschrauber schien sich weiter entfernt zu haben, und es waren keine Männer mehr aufgetaucht. Hilke hoffte, dass Fokke sich noch einmal meldete, doch das Telefon schwieg. Wahrscheinlich hatte er gedacht, sie hätte bereits alles verstanden. Sie war froh, überhaupt etwas mitbekommen zu haben, auch wenn sie sich beileibe keinen Reim darauf machen konnte, wie und warum Fokke sie ausgerechnet in einem Pensionszimmer unterbringen konnte. Doch sie vertraute ihm. Langsam befreite sie sich aus dem Schlafsack, der sie vor dem Entdecktwerden bewahrt hatte, dann kroch sie auf allen vieren unter dem Dornenstrauch hervor. Sie richtete sich auf, Wirbel für Wirbel, es tat unendlich gut, und sie verspürte endlich keine Angst mehr.


So ließ es sich arbeiten. Der Regen tropfte auf das gläserne Dach und konnte ihm nichts mehr anhaben. Ein kleines Tablett mit schmackhaft belegten Broten stand neben seiner halb vollen Tasse Tee. Das Gespräch mit Thore Felten war viel versprechend verlaufen. Zwar hatte sich der Hotelier als wenig auskunftsfreudig gezeigt, wenn es um persönliche Dinge ging, vor allem seine nervenkranke Frau schien ein Tabuthema für ihn zu sein, aber Axel Sanders hatte es mit einem alten Trick versucht und schon hatte Felten geplaudert. Es war ein Kniff aus dem Lehrbuch der Polizeischulen: Stell dich mit deinem Gesprächspartner auf eine Stufe, und er wird Vertrauen zu dir fassen.

Sanders hatte nur ein wenig über sensible, gefühlsduselige Frauen reden müssen, in diesem Fall über Wencke Tydmers und ihre wenig professionelle Art der polizeilichen Ermittlung. Gleich nachdem er in freundschaftlichem Plauderton sein Leid geklagt hat, wie gut eine Frau es vermag, mit einem ewigen «Nun-sieh-aber-auch-mal-die-andere-Seite» den Fortschritt zu bremsen, kannte er Feltens Geschichte: ein heruntergekommenes Hotel und die Vision, daraus ein Schmuckstück zu machen. Eine Ehefrau, die lieber ein wohl geordnetes Familienleben als beruflichen Erfolg haben wollte und zudem noch eine gluckenhafte Mutter war. Dann die attraktive und begabte Mitarbeiterin, die nur als Nebenbuhlerin angesehen wurde, bis hin zu der Weigerung, die eindeutig diagnostizierte Depression in einer Klinik behandeln zu lassen …

Sanders konnte sich aus diesen Erzählungen sowohl ein Bild von Thore Felten als auch eines von der ihm bislang noch unbekannten Hilke Felten-Cromminga machen. Es war kein schönes Bild, eher ein frustrierendes, welches Polwinskis Jekyll-und-Hyde-Theorie, von der er in den Ermittlungsakten gelesen hatte, leider bestätigte.

Meint Britzke brachte ihm mehrere Blätter Millimeterpapier, weiß der Himmel, woher er es so schnell aufgetrieben hatte. Sanders hatte seines zu Hause vergessen, doch er brauchte es für jeden Fall, den er zu lösen versuchte. Er hatte sich diese Methode bei einem Karrierecoaching angeeignet. Ein Diagramm, waagerecht standen Begriffe wie «Motiv», «Potenzial», «Beweislage» und «Alibi», die Senkrechte war eine nach oben und unten offene Richterskala, und jedes Blatt war ein Verdächtiger. Er brauchte vorerst zwei: für Hilke Felten-Cromminga und Thore Felten. Der erste Verdacht lag klar auf der Hand, aber auch der zweite hatte sich für Sanders schnell ergeben: Felten hatte zwar kein Motiv, eher war der Tod Polwinskis ein Verlust für ihn und so trug Sanders einen nach unten verlaufenden Balken bei «Motiv» ein. Dafür schoss bei «Potenzial» der Wert in die Höhe: Felten war vom Ehrgeiz besessen, was in Sanders' Augen zwar keine negative, aber in jedem Fall eine typische Eigenschaft für einen potenziellen Mörder war. Die Beweislage unterschied sich nicht von der seiner Frau, beide hatten an das Schlafmittel und in die Tiefkühlräume gelangen können, auch wenn es ihm sicher ein wenig leichter gefallen wäre, die Leiche anschließend in die Dünen zu schleppen. Dafür hatte man aber an ihrem Arbeitsplatz die Bekleidungsgegenstände der Toten gefunden. Natürlich konnte sie jeder dort hinter den Stoffballen versteckt haben, aber es sprach in erster Linie gegen Hilke Felten-Cromminga. Ärgerlich war, dass er bei «Alibi» gar nichts einzutragen vermochte. Es war lediglich bekannt, dass Ronja Polwinski am Freitag zum letzten Mal lebend gesehen wurde, sämtliche näheren Angaben zum Todeszeitpunkt waren von der eisigen Kälte vernichtet worden.

«Es konnten keine Beweismittel im Kühlraum gefunden werden», berichtete Britzke.

«Also könnte Frau Polwinski in jeder anderen x-beliebigen Tiefkühltruhe erfroren sein», schlussfolgerte Sanders ärgerlich.

«Wie man es nimmt», sein Kollege schien etwas in den Unterlagen zu suchen, dann hielt er ein Aussageprotokoll in der Hand. «Der Restaurantleiter Gunnar Diekhoff hat gestern zu Protokoll gegeben, dass hier im Hotel das Kühlaggregat defekt war und am Freitag von einer Kältetechnikfirma ausgewechselt wurde. Bis Montag war das Kühlhaus dann außer Betrieb, Dienstagmorgen wurde es gründlich gereinigt und wieder in Gang gesetzt, am Nachmittag wurde wieder Ware darin gelagert.»

Sanders rechnete nach. «Wie lange braucht ein Kühlhaus, um kalt genug zu sein, und wie lange, um wieder aufzutauen?»

Britzke zuckte mit den Schultern. «Keine Ahnung. Soll ich die Firma mal anrufen, die die Reparaturarbeiten gemacht hat?»

«Ja, bitte. Wenn wir diese Daten haben, dann können wir eventuell Genaueres über den Todeszeitpunkt erfahren. Denn wenn in der Zeit, wo das Ganze angeblich außer Betrieb war, das Kühlhaus in Gang gesetzt und wieder abgetaut und dazwischen die Polwinski noch tiefgekühlt wurde, dann haben wir mit Sicherheit eine etwas enger gesteckte Spanne, in der der Mord passiert sein könnte.» Er strich sich mit der Hand über sein glatt rasiertes Kinn. «Und dann muss dieser Mord zudem geplant gewesen sein.»

Er setzte sich wieder an die Diagramme und zeichnete bei Thore Felten ein Stück an den «Potenzial»-Balken an. Bei dessen Frau zeichnete er an derselben Stelle nach unten.

«Wo ist eigentlich die Aussage von Fokke Cromminga?»

«Wir haben noch keine Aussage von ihm.»

Sanders schnappte gereizt nach Luft. «Warum nicht?»

«Nun, Frau Tydmers hat bereits mit ihm gesprochen, allerdings ohne mein Beisein, da ich zu diesem Zeitpunkt am Telefon verlangt wurde.»

«Von Ihrer Frau?», konnte Sanders sich nicht verkneifen.

Doch Britzke ließ sich nicht aus der Ruhe bringen.

«Wir wollten gestern nochmals zu Cromminga, doch leider war er nicht aufzufinden. Uns erschien es zu diesem Zeitpunkt auch wichtiger, mit Felten über das Verschwinden seiner Frau zu sprechen.»

«Ist denn keiner von Ihnen auf die Idee gekommen, dass dieser Cromminga vielleicht etwas zu sagen hat, was wir wissen sollten? Es wäre doch denkbar, dass er längst weiß, wo seine Mutter steckt. Viele Frauen haben zu ihren Söhnen ein innigeres Verhältnis als zu ihren Angetrauten.»

Meint Britzke gehorchte, noch bevor Sanders ihm den Auftrag erteilt hatte, Fokke Cromminga in den Wintergarten zu holen. Sanders lehnte sich zurück, schloss die Augen und genoss den kurzen Moment der Ruhe. Es gefiel ihm, hier zu sein, vor allem, hierher gerufen worden zu sein. Der Fall war fast schon Nebensache für ihn, es kam auf etwas ganz anderes an: Wencke Tydmers. Sie war gescheitert, und das legte ihm ein leises, vielleicht etwas boshaftes Lächeln auf die Lippen. Nicht dass er seine Karriere jemals als ernsthaft gefährdet gesehen hatte, doch als er davon erfahren hatte, dass auch sie sich für die Beförderung interessierte, da war er seiner Sache nicht mehr ganz so sicher gewesen. Es war nicht ihr Können, das ihn verunsicherte, es war diese lächerliche Frauenquote und das Glück, das seine Kollegin so oft zu haben schien. Anders konnte er es sich nicht erklären, dass sie mit ihrer planlosen Ermittlungsarbeit auch nur einen Mörder hatte überführen können. Diese Person machte sich weder Notizen, noch folgte sie irgendeinem nachvollziehbaren Schema. In seinen Augen schien sie nur in ihrer flapsigen Art daherzuquatschen, stellte oft abstruse Vermutungen auf und ließ sich von den billigsten Ganoventricks hinters Licht führen. Warum sie dabei bislang so viel Erfolg gehabt hatte, war ihm schleierhaft. Doch der Fall mit dem fetten Zuhälter hatte ihr schon fast das Genick gebrochen, und diese erbärmlichen Ermittlungen, die sie bislang hier auf der Insel fabriziert hatte, würden ihren Kopf wohl endgültig ins Rollen bringen. Fast tat sie ihm Leid, er hatte ja nichts gegen sie.

Er fühlte sich in seinen Gedanken ertappt, als sie mit einem Mal neben ihm stand, die Hände in den Taschen und ein provokantes Lächeln im Gesicht.

«Axel Sanders, mein Lieblingskollege, herzlich willkommen auf der Insel. Wie war Ihr Gespräch mit dem Schlossherren?»

Er nahm die Beine zusammen, die er für einen kurzen Moment behaglich lang ausgestreckt hatte.

«Ich hatte den Eindruck, er ist froh, wenn der Spuk hier vorbei ist. Sie nicht?»

Sie zog nur die Augenbrauen hoch.

«Wollen wir gemeinsame Sache machen oder direkt in den Zweikampf übergehen?»

«Schön, dass Sie das Thema ansprechen, Tydmers.» Er reichte ihr seine Rechte. «Von mir aus gehen wir ab jetzt gemeinsam vor. Wenn wir das schaffen …» Sie drückte seine Hand, vielleicht eine Spur zu fest, ihm war die Geste mit einem Mal etwas peinlich.

«Meint Britzke hat Ihnen ja bereits die Unterlagen zu lesen gegeben, es ist wahrscheinlich nicht allzu viel in Ihren Augen, Sie kennen ja meine Art, alles hinter der Stirn zu notieren.»

«Zum Glück war ja unser fleißiger Kollege bei Ihnen, sonst müssten Sie mir nun Rede und Antwort stehen, damit ich überhaupt erfahre, was Sie bislang so auf Juist getrieben haben, dienstlich, versteht sich. Er holt uns übrigens gerade den Chef de Cuisine nach oben, diesen Fokke Cromminga. Ich hörte, Sie hatten bereits das Vergnügen?»

«Sowohl kulinarisch wie auch kommissarisch, ja.»

«Was können Sie mir denn nun aus Ihrem hübschen Köpfchen servieren?»

Sie verzog keine Miene, obwohl er wusste, dass er sie auf diese Weise aus der Reserve locken konnte. Es war zu schade.

«Ich halte Fokke Cromminga für einen authentischen Mann, der viel arbeitet und froh ist, in diesem Hotel hinter den Kulissen zu wirken. Er mag seinen Stiefvater nicht besonders, wohl weil er als uneheliches Kind seiner Mutter in der neuen Familie niemals eine Chance bekommen hat. Doch ich glaube, dass er mit sich und der Welt im Reinen ist.»

Sanders amüsierte sich über die Art, wie Wencke Tydmers Personenbeschreibungen vornahm. Ein wenig blumig für seinen Geschmack, er hätte die selbe Person wahrscheinlich ganz sachlich als «charakterstark» bezeichnet.

«Wie ist seine Beziehung zur Mutter?»

«Das müssen Sie ihn selbst fragen, so weit waren wir noch nicht.»

«Kann es sein, dass Sie mich nicht doch ein klein wenig ablehnen, hier an Ihrer Seite?»

«Wieso?»

«Tydmers, bitte keine Spielchen, ja? Wir haben hier unsere Arbeit zu verrichten, und es würde uns beiden gut zu Gesicht stehen, wenn wir unsere zweifelsohne bestehenden Konkurrenzkämpfe ein anderes Mal austragen.»

Sie nickte ernsthaft.

«Ich werde dieses auch lobend bei unserem Chef erwähnen.»

Er hatte genau gesehen, dass sie kurz davor war, ihm mit einer bissigen Antwort zu kommen, doch in diesem Moment trat Meint Britzke ein, kurz dahinter ein kleiner, stämmiger Kerl mit Kochmütze.

«Herr Kommissar, ich wäre Ihnen dankbar, wenn wir es kurz machen könnten. Sie haben doch von unserem großen Gala-Abend morgen gehört ...»

«Kommt ganz auf Sie an, Herr Cromminga.»

«Ich werde mein Bestes geben.»

Sanders schaute den Koch skeptisch an. Er schien clever zu sein, und das schien er auch zu wissen. Und solche Gesprächspartner erwiesen sich oft als harte Nuss.

«Hatten Sie privat und beruflich mit Frau Polwinski zu tun?»

«Ja, in beiderlei Hinsicht. Privat bin ich mit ihr ein paar Mal aus gewesen, zumindest am Anfang ihrer Zeit hier. Als sie sich dann immer besser mit meinem Stiefvater verstand, ist der Kontakt zwischen uns abgeflaut.»

«Warum?»

«Es hatte keine weltbewegenden Gründe. Dass ich meinen Stiefvater nicht besonders gern mag, ist ja allgemein bekannt, und so kollidierte ihr Kontakt mit ihm ein wenig mit unserem guten Verhältnis. Aber es war keine Eifersucht oder Ähnliches im Spiel, falls Sie darauf ansprechen.»

«Das hatte ich nicht vor.»

«So ganz glaube ich Ihnen das nicht.» Cromminga lächelte ihn direkt an, sein Selbstbewusstsein war unverschämt. «Ronja Polwinski war eine schöne Frau, ganz ohne Zweifel. Doch sie war sich dessen zu bewusst und hat für meinen Geschmack zu sehr damit kokettiert. Das war schade, denn sie war außergewöhnlich intelligent und gebildet, manchmal hatte ich den Eindruck, dass ihr gutes Aussehen diese viel wertvolleren Eigenschaften in den Hintergrund gedrängt hat.»

«Und wie kamen Sie beruflich mit ihr zurecht?»

«Sie hatte viel Ahnung von Psychologie, von der Erwartungshaltung der Gäste und den Problemen des Personals und so weiter, sie hatte viel Ahnung von Touristik, von Werbemaßnahmen und Logistik, ja, sie hatte verdammt viel in ihrem hübschen Kopf. Aber in der Küche war sie eine Niete. Sie konnte noch nicht einmal ein Spiegelei braten und schmeckte keinen Unterschied zwischen Lamm und Wild. Hätte sie sich aus meiner Arbeit herausgehalten, dann wäre alles in Ordnung gewesen. Leider meinte sie aber, auch hier ihren Senf dazugeben zu müssen, so sind wir öfter mal aneinander geraten.»

«Wollte sie Ihnen Vorschriften machen?»

Cromminga schüttelte lachend den Kopf. «Das hätte sie nie gewagt. Aber sie konnte sehr belehrend sein.»

Sanders sagte einen Moment lang gar nichts. Er wusste, dieser Cromminga hatte es eilig, er sah, wie sein Gegenüber auf dem Stuhl hin und her rutschte. Ungeduld war ein bewährter Helfershelfer auf dem Weg zur Wahrheitsfindung.

Leider spielte Cromminga nicht mit.

«Sie werden mich sicher gleich nach meiner Mutter fragen. Ich habe keine Ahnung, wo sie steckt. Gestern war ich auf der Suche, so um die drei Stunden lang, leider ohne Erfolg.»

Sanders tat ihm nicht den Gefallen, etwas zu erwidern.

«Und da wir gerade bei meiner Mutter sind: Mein Verhältnis zu ihr ist gut, wenn auch zurzeit durch ihre Krankheit und meinen Stress bedingt etwas auf Eis gelegt. Ich trage es ihr nicht nach, dass sie mich nach ihrer Hochzeit mit Felten bei ihren Eltern zurückgelassen hat, da sie mir ansonsten immer zur Seite stand, wie es sich für eine anständige Mutter gehört.»

«Wie sah das denn aus?»

Cromminga zögerte einen kleinen Augenblick.

«Als ich damals das Restaurant meines Vaters, ‹Die Auster›, übernahm, hat sie mir bei der Renovierung geholfen. Sie hat sämtliche Tischdecken, Servietten und Gardinen genäht, heimlich, müssen Sie wissen.»

Sanders horchte auf.

«Ihr Mann durfte davon nichts wissen, mein Stiefvater hätte mir bei meinem beruflichen Fortkommen am liebsten wortwörtlich in die Suppe gespuckt, ihm war ‹Die Auster› ein Dorn im Auge. Ich würde sagen, zum Teil aus Neid, zum Teil aus Rivalität. Jedenfalls weiß er bis heute nicht, dass Mutter hinter seinem Rücken mehrere hundert Meter Leinenstoff für die Konkurrenz genäht hat. Es wäre auch besser, wenn es so bliebe.»

«Und warum sind Sie jetzt ausgerechnet bei ihm in der Küche angestellt?»

«Ich konnte den Laden meines Vaters nicht halten, leider. Wissen Sie, wie die Menschen sind? Wenn die Geflügelleberpastete im Restaurant um die Ecke einen Euro weniger kostet, dann gehen sie dort hin, egal, wie sehr das arme Tier gestopft und gequält wurde.»

«Könnte es sein, dass Ihre Ansprüche zu hoch waren?»

«Bitte, Herr Kommissar, erzählen Sie mir nichts über Ansprüche. Ich habe mein Lehrgeld bezahlt, nun habe ich hier meine Arbeit, und ich bin dabei, es wieder zu schaffen, wieder dort anzukommen, wo ich in der ‹Auster› den Löffel abgeben musste. Thore Felten hat die Gelegenheit ergriffen, zu seinem neuen Hotel passte die gutbürgerliche Kost nicht mehr, er ist froh, in mir einen Koch gefunden zu haben, der den Stil des Hauses auf die Teller bringt. Ansonsten gehen wir uns nach wie vor aus dem Weg.»

«Hatte Ihr Stiefvater ein Verhältnis mit Ronja Polwinski?» Sanders warf diese Frage scharf in den Raum. Man musste die wirklich wichtigen Fragen ohne Voranmeldung stellen, dann konnte man der Antwort am meisten abgewinnen.

«Ich denke ja», antwortete Cromminga schnell und ohne Irritation in der Stimme.

«Halten Sie es für möglich, dass Ihre Mutter den Mord begangen haben könnte?»

«Zwar ist sie nun schon seit einem Jahr in Therapie bei einem gewissen Dr. Gronewoldt, der sie noch kränker zu machen scheint, als sie ohnehin schon ist. Ich bin mir sicher, so kaputt ist sie nicht, dass sie es getan haben könnte.»

«Und wer ist Ihrer Meinung nach der Täter?»

«Das ist Ihr Job.»

«Hatte Frau Polwinski Feinde?»

«Bestimmt jede Menge, sie war eine intelligente Frau.» Sanders stoppte das Verhör, er hatte ein sicheres Gespür dafür, wenn ein Zeuge dicht machte und man nichts mehr an ihm gewinnen konnte. Bei Cromminga war es so weit. Trotzdem gab er ihm kein Zeichen, sich zu erheben, er wollte diesem unerschütterlich wirkenden Mann noch ein paar Minuten demonstrieren, dass er als Kommissar eindeutig in der besseren Position war.

Alle schwiegen. Meint Britzke schien einige Protokollangaben zu ergänzen, Wencke Tydmers saß hinter seinem Rücken an der gläsernen Wand des Wintergartens, er wollte sich nicht zu ihr umdrehen, doch er war sich sicher, dass sie einen verständnislosen Gesichtsausdruck hatte.

«Herr Kommissar, wie gesagt, ich bin in Eile ...»

Darauf hatte Sanders gewartet, es war seine Genugtuung. Mit einer gebieterischen Geste zeigte er in Richtung Tür.

«Vielen Dank, Herr Cromminga.»

Als sie wieder unter sich waren, konnte Sanders nicht widerstehen, er wandte sich seiner jungen Kollegin zu und gab ihr mit einem zufriedenen Lächeln zu verstehen, dass er sein Handwerk verstand. Sie wandte den Kopf zur Seite und sah aus dem Fenster.

Sanders trat zu ihr. Merkwürdigerweise sagte erst niemand

ein Wort, als sie Fokke Cromminga eilig durch die Dünen verschwinden sahen.

«Er geht eine rauchen», vermutete Wencke. «Und vielen Dank für die Lehrstunde, Herr Kollege.»

«Bitte bitte!», gab er im selben bissigen Tonfall zurück.

«Wir haben sie gefunden.» Siemen Ellers trat in den Wintergarten und nahm in einer altmodischen Geste seine Dienstmütze vom Kopf.

Sanders fuhr hoch, doch ihm entging es nicht, dass Wencke Tydmers ebenfalls aus ihrer Lethargie erwacht zu sein schien.

«Nun ja, ich meine, wir haben die Stelle gefunden, wo sie heute Nacht gewesen sein muss.» Er drehte seine Kappe verlegen in den Händen, dann holte er eine beigebraune Decke hervor. «In einer Holzhütte am Ostende der Insel lag diese Tischdecke, sie stammt aus dem Hotel. Wir nehmen an, dass sie Frau Felten-Cromminga gehört.»

«Glauben Sie wirklich, dass sie in ihrer panischen Flucht gestern daran gedacht hat, unbedingt eine Tischdecke mitzunehmen?» Wencke Tydmers stieß einen verächtlichen Ton aus.

«Außerdem haben wir das hier gefunden.» Er hielt ein großes Messer hoch, so eines, wie man es zum Schlachten oder Ausnehmen benutzte. Sanders hatte solche Waffen bei einem früheren Fall bereits kennen gelernt.

Der Griff war mit abgewetztem Leder bezogen, doch die Klinge glänzte wie neu. Blutrote Spuren zogen sich über das Metall.


Wenckes Ohr war klebrig und heiß, sie war froh, als sie den Hörer endlich aus der Hand legen konnte. Und obwohl sie kein Mensch war, der sich Notizen machte, starrte sie nun auf einen Stapel voll geschriebener Blätter. Nur sie würde in der Lage sein, diese flüchtige Sauklaue zu entziffern, und die Kritzeleien, die sie in die Ecken gezeichnet hatte, sollte besser nie ein Graphologe zu sehen bekommen. Ein tausendmal umrandetes Messer, dunkle Tropfen an dessen Spitze, Stufengebilde, die weder nach oben noch nach unten zu führen schienen. Es war normalerweise Meints Aufgabe, dienstliche Telefonate zu führen, doch Sanders hatte heute sie dazu verdonnert. Er hatte sie damit sicher demütigen wollen, zumindest ließ sein kühles Lächeln darauf schließen, das seine Lippen umspielte, als er mit Meint zu weiteren Ermittlungen in die Juister Inselwelt hinausging. Er konnte nicht ahnen, dass er Wencke einen Gefallen damit getan hatte.

Schon während des Verhörs mit Fokke waren ihr unzählige Fragen in den Kopf geschossen, die sie lieber auf eigene Faust beantwortet haben wollte. Es hatte ihr regelrecht unter den Nägeln gebrannt, dass die Kollegen endlich den Wintergarten verließen und sie in aller Ruhe den eigenen Spuren folgen konnte. Der Anruf bei der Firma für Kältetechnik war schnell erledigt gewesen. Sie suchte die Notizen, die sie Sanders vor die Nase knallen würde, wenn er von seinen wichtigen Ermittlungen zurückkam. Sie nahm sich vor, ein grimmiges Gesicht dabei zu machen. Sollte er ruhig glauben, er hätte sie getroffen. Der Zettel war so gut wie unleserlich:

Neues Kühlsystem, Kaltluftvermischung durch Ventilatoren, zwölf Kubikmeter, rasches Einfrieren durch Schockfroster, Alarmsystem bei Temperaturanstieg, Auftauzeit bei offener Tür etwa zwei Stunden … Wencke hatte sich bemüht, dem Fachchinesisch zu folgen. Doch Sanders hatte sich von diesem Telefongespräch sicherlich mehr erhofft.

Sie legte das lose Blatt Papier auf den Tisch, den er sich wie ein Pult in die Mitte des Raumes hatte stellen lassen.

Die anderen Blätter steckte sie sich in den Rucksack. Auf diesen Seiten standen ganz andere Dinge, es hätte ihn brennend interessiert, wenn er davon auch nur die leiseste Ahnung gehabt hätte.

Denn er hatte Dr. Gronewoldt nicht kennen gelernt, er hatte nicht gesehen, wie dieser dicke Mann breitbeinig in der Wohnstube der Feltens gesessen hatte. Dass sich ein Therapeut gut im Seelenleben seiner Patienten auskennt, mag eine unverdächtige, wenn auch nicht selbstverständliche Tatsache sein. Doch dass er sich in deren Privaträumen herumlümmelt, kam ihr in dem Moment auffallend vor, als Fokke so distanziert vom Seelendoktor seiner Mutter sprach. Aus dem Verhalten Gronewoldts und auch aus dem Gespräch mit ihm hatte Wencke gedeutet, dass er so etwas wie der Freund der Familie sein musste. Doch Fokkes Worte hatten diesen Eindruck verwischt. Was nur eine Erklärung zuließ: Dr. Gronewoldt schien zwar ein Freund von Thore Felten, jedoch weniger von Hilke Felten-Cromminga zu sein. Ein Anruf bei seiner Sekretärin tat sein Übriges:

«Hotel Dünenschloss auf Juist, Rezeption, Warfsmann am Apparat. Herr Felten möchte sich gern noch mal den Termin mit Herrn Dr. Gronewoldt bestätigen lassen. Könnten Sie mal nachschauen?»

Am anderen Ende hörte Wencke ein kurzes Rascheln.

«Ich finde hier nichts, ging es denn um Herrn oder Frau Felten?»

«Es ging um den Termin, den Herr Felten mit ihrem Chef gemacht hat.»

«Privattermine notiere ich nicht für meinen Chef, und ich nehme mal an, dass sich die Herren außerhalb unserer Praxis treffen», sagte die hilfsbereite Stimme am Telefon. «Soll ich Sie verbinden?»

«Nein, vielen Dank. Ich werde Herrn Felten Bescheid geben, dann kann er sich selbst darum bemühen.»

«Wenn Sie meinen …»

Es bewies im Grunde nichts, außer dass sich die beiden Männer privat kannten und trafen, doch Wencke war sich sicher, dass diese Tatsache irgendetwas zu bedeuten hatte. Und sie brauchte nicht lange darüber nachzugrübeln, was dahinter stecken könnte. Ein Anruf beim zuständigen Liegenschaftsamt bestätigte ihre Vermutung: Es ging um das Hotel.

Thore Felten war eigentlich ein Nichts und Niemand, wenn man die Grundbucheintragungen betrachtete: Alles gehörte seiner Frau. Welcher Teufel ihn auch immer geritten haben mochte, vielleicht war es eine romantische Geste gewesen oder es steckten Erbschulden dahinter, Fakt war, dass er seit dem Tag der Eheschließung arm wie eine Kirchenmaus war. Und bei all seinen hochtrabenden Plänen war ihm stets seine Frau im Wege gewesen. Vielleicht hatte sie sich nie richtig dafür interessiert und somit auch kein Hindernis für ihn dargestellt. Doch wenn er sich von ihr lossagen wollte, dann sah die Sache anders aus.

Er konnte nicht mit ihr und nicht ohne sie. Es gab eine Möglichkeit, einen Zwischenweg, eine Lösung, die mehr Abgründigkeit von einem Menschen verlangte, als Wencke es sich vorzustellen wagte. Er musste sie zerstören. Aber nicht wirklich, denn wenn sie starb, fiel ihr Erbe in mehrere Hände, in die der Töchter und, was Thore mit Sicherheit zu vermeiden suchte, in die Hände des unehelichen Sohnes, in Fokkes Hände. Thore Felten musste die Hülle seiner Frau bewahren, doch ihr Innerstes zu zerstören, das war eine andere Sache. Eine Frau, die keine Kraft mehr hatte, sich gegen Intrigen zu wehren, die vielleicht sogar zum Pflegefall entmündigt in einem Sanatorium den Rest des Lebens verdämmerte, das brachte

Thore Felten genau dorthin, wo er allem Anschein nach sein wollte. Er hätte freie Hand, was das Hotel und auch was sein Liebesleben anginge.

Wencke versuchte, objektiv zu denken, versuchte, ihre Abneigung gegen diesen Menschen außer Acht zu lassen, doch sie kehrte immer wieder zu diesem Ergebnis zurück. Es war ein Ränkespiel um Macht und Geld, eines von der Art, wie man es kopfschüttelnd und ungläubig in einem schlechten Kriminalroman vorgesetzt bekam. Es war ein Verbrechen.

Aber es war kein Mord. Ronja Polwinski hat vielleicht ihre Finger im Spiel gehabt, hat den reichen Hotelier eventuell um die selbigen gewickelt und seiner Frau noch kräftig zugesetzt. Doch dass sie ermordet wurde, dass sie betäubt in die eisige Kälte eines Gefrierhauses gelegt und anschließend steif gefroren in den Dünen zu Grabe getragen wurde, das passte nicht ins Bild. Wencke war sich sicher, dass Hilke Felten-Cromminga übel mitgespielt wurde, doch die Tote im Sanddorn war womöglich ein anderes Kapitel.

Auf Sanders' Tisch lagen Zettel, ungeheftete Skizzen, die zwar ordentlich zusammengelegt waren, jedoch handgeschrieben. Wencke hatte schon einmal einige Kollegen über Sanders' Diagrammtick witzeln hören, sie nahm die Blätter zur Hand.

Es waren drei, das erste war mit Hilke Felten-Cromminga betitelt, auf dem nächsten stand der Name ihres Mannes. Beide Diagramme sahen in Wenckes Augen etwas unverständlich aus, doch sie konnte daraus ersehen, dass ihr Kollege auf diese Art und Weise seine Hauptverdächtigen zu katalogisieren versuchte. Sie blätterte um. Auf dem dritten Blatt stand Fokke Cromminga.

Wencke überlegte kurz, dann griff sie zum Telefonbuch.

Sanders erkannte seine Kollegin kaum wieder, als er sie schon von weitem auf der eintönigen Flugplatzstraße auf sich zukommen sah. Sie hatte ihn bereits per Handy darüber informiert, dass sie etwas herausgefunden hatte, und ließ sich nicht davon abbringen, ihnen entgegenzulaufen. Sie winkte ihnen zu, dann schien sie ihre Schritte zu beschleunigen, so als könne sie es nicht erwarten, ihn und Meint Britzke zu treffen. Über ihren Köpfen setzte gerade eines dieser kleinen, aber lauten Propellerflugzeuge zur Landung an. Die Maschine machte einen ohrenbetäubenden Lärm, doch vielleicht fiel es ihm auch nur so auf, weil er seit heute Morgen kein Motorengeräusch mehr gehört hatte.

Für einen kurzen Moment war Sanders geneigt, seine Meinung über Wencke Tydmers zu revidieren. Vielleicht war sie wirklich und ernsthaft an ihrem Job interessiert und dazu eventuell auch noch lernfähig. Wenn er die Leitung in Aurich übernahm, dann würde sie schon eine Bereicherung für sein neues Team darstellen, denn erstens war sie eine Frau und konnte mit ihrer bloßen Anwesenheit die männlichen Kollegen zu mehr Disziplin und weniger Flegelhaftigkeit animieren, zweitens hatte sie eine Art, die als Ergänzung zu seinem logischen und taktischen Vorgehen sicherlich auch das eine oder andere sinnvoll in einen Fall einbringen konnte. Man nannte es wohl weibliche Intuition.

«Haben Sie etwas erreicht?», fragte Tydmers, als sie in Hörweite herangekommen war.

«Nein, der Weg hat sich wirklich nicht gelohnt», stöhnte Britzke. Nun gut, er hatte zwar die schwere Aktentasche zu tragen, jedoch kam Sanders zu der Vermutung, dass Frau und Kind schlechte Auswirkungen auf die Kondition eines Mannes hatten.

«Sie scheint wirklich in dieser Hütte übernachtet zu haben,

doch jetzt ist keine Spur von ihr zu erkennen. Dieses Jagd-
häuschen ist allerdings ungefähr drei Kilometer von hier entfernt, und nur um sich zu vergewissern, dass sie dort gewesen
sein könnte, dafür ist der Gewaltmarsch eindeutig zu lang.
Autofreiheit ist im Urlaub zwar eine ganz nette Idee, im Be-
rufsleben ist es ein Hohn.»

«Was ist mit dem Messer?», fragte Tydmers.

«Es scheint aus der Hütte zu stammen. Eine Truhe war
aufgebrochen, und darin lagen noch anderweitige Waidmann-
sutensilien.»

«Und das Blut?»

Sanders schüttelte den Kopf und er sah, dass Britzke ebenfalls einen resignierten Gesichtsausdruck hatte.

«Fragen Sie lieber nicht, ob wir uns darüber freuen oder
ob wir enttäuscht sind, keine Spuren von Gewalt gefunden
zu haben. Warten wir die Laborberichte ab. Das Messer und
die Decke sind eben mit dem Flieger zum Festland gebracht
worden. Aber liebe Frau Kollegin, was gibt es so Aufregendes?
Sagen Sie bloß, Sie haben den Fall aufgeklärt.»

Obwohl Sanders damit gerechnet hatte, verzog Tydmers
keine Miene. Stattdessen ging sie friedlich an seiner Seite zurück in die Richtung, aus der sie gekommen war. Zu ihrer Linken blubberte das Watt. Es schickte seinen modrigen Duft mit
dem Wind zu ihnen herüber, genau wie die kurzen, spitzen
Schreie der Möwen, die sich in der braungrauen Schlickmas-
se niedergelassen hatten. Doch Sanders hörte nicht hin, er
lauschte Wencke Tydmers, die ihm eine Geschichte vortrug,
auf die er im selben Moment, da er sie hörte, eingestiegen war.
Ein kleines Fünkchen Achtung für die Kollegin stob in sein
Bewusstsein, denn es passte alles zusammen, was sie ihm ein
wenig atemlos erzählte:

Der Ehemann und der Psychotherapeut sind nachweislich

alte Freunde, sie machen gemeinsame Sache und versuchen, die Ehefrau systematisch zugrunde zu richten mit dem Ziel, im Falle einer Entmündigung das alleinige Sagen über das Familienhotel zurückzubekommen. Als Verstärkung kommt eine junge, attraktive Psychologin ins Team, was den seelischen Schaden der latent eifersüchtigen Ehefrau noch verschlimmert. Kurz vor dem Ziel verkracht sich das Dreiergespann. Gründe dafür mag es genug geben, vermutlich mal wieder das liebe Geld, zumindest hat es dazu geführt, dass ein Mord geschehen musste. Diese Tat hat den praktischen Nebeneffekt, dass man sie hervorragend der ohnehin als psychisch krank abgestempelten Frau in die Schuhe schieben konnte, mit einem mehr oder weniger erzwungenen Stammelgeständnis auf Band kein großes Problem.

Sanders blickte seine kleine Kollegin respektvoll von der Seite an.

«Es hört sich griffig an, Frau Tydmers, zugegeben. Wie können Sie Ihre Vermutungen belegen?»

«Das Übliche. Erstunkene und erlogene Vorwände, um unter falschen Namen bei den richtigen Personen anzurufen. Ich habe inzwischen erfahren, dass Felten und Gronewoldt dasselbe Internat besucht haben, und zwar zur selben Zeit, 1965 in Bederkesa. Zudem hat Dr. Gronewoldt seit seiner Scheidung finanziellen Notstand, wie mir seine Exfrau bereitwillig erzählt hat. Ronja Polwinski hat er nach Juist geholt. Er kannte sie nach eigener Aussage von einem Seminar und durch ihre Forschungen am Jekyll-und-Hyde-Prinzip und wollte sie aus diesem Grunde mit Thore Felten und Frau bekannt machen. Merkwürdigerweise haben aber alle anderen Personen aus diesem Hotel ausgesagt, dass sie sich mit der Gästebetreuung und dem Personal beschäftigte. Zudem habe ich von unserer Pathologie erfahren, dass die Medikamente, die Frau Felten-

Cromminga verschrieben bekommen hatte, absolut daneben waren. Mal angenommen, Herr Dr. Gronewoldt hat tatsächlich eine Depression bei ihr diagnostiziert, dann hätte er seiner Patientin Aufputschmittel oder zumindest ein Antidepressivum verordnen müssen. Stattdessen hat Hilke Felten-Cromminga laut der Aussage ihres Apothekers eine hohe Dosis eines Mittels genommen, das als Nebenwirkung unter anderem Persönlichkeitsverlust und Wahrnehmungsstörungen auf dem Beipackzettel anführt.»

«Es ist unglaublich, welche Informationen Sie innerhalb von …», Sanders schaute auf die Uhr, «von zwei Stunden auftreiben konnten. Ich hoffe, Sie haben nicht zu sehr geschummelt.» Er klopfte ihr freundschaftlich anerkennend auf den Rücken, und erst als sie einen Schritt nach vorn machte, um das Gleichgewicht wiederzuerlangen, fiel ihm auf, dass er diese kumpelhafte Geste einer Frau hatte zuteil werden lassen. «Entschuldigung», murmelte er.

«Wir müssen Hilke Felten-Cromminga finden», sagte Britzke mit fester Stimme.

«Ja, das müssen wir so schnell wie möglich», pflichtete Wencke ihrem Kollegen bei.

Sanders nickte nur mit nach unten verzogenen Mundwinkeln. Er war zufrieden, es schien alles nach Plan zu verlaufen. Er hatte seine Leute voll im Griff.

Er war der richtige Mann.


Der Schlüssel war unter dem losen Stein im Gemäuer ihres Elternhauses versteckt. Es war vielleicht ein wenig riskant von Fokke gewesen, dieses Versteck zu wählen. Zwar lag das kleine Gebäude etwas abseits, doch die lebhafte Friesenstraße würde sie nicht umgehen können. Außerdem wurde dieser Ort sicher beobachtet, da man damit rechnen konnte, sie hier zu treffen. Hilke war sich sicher, dass Fokke nichts Unüberlegtes getan hatte, er vermochte die Situation sicher gut einzuschätzen. Als sie das poröse Stück Backstein aus der Wand neben dem Geräteschuppen lockerte, da musste sie mit dem Verlangen kämpfen, auf die Erde zu sinken und den Erinnerungen freien Lauf zu lassen. Es war schon immer ihr geheimer Platz gewesen, sie hatte dieser alten Mauer schon mehr Geheimnisse anvertraut als einem Menschen aus Fleisch und Blut.

Alles hatte damit angefangen, dass sie dort mit ihrer ersten großen Liebe die Dinge getauscht hatte, die niemanden etwas angingen. Erst waren es Liebesbriefchen gewesen, dann waren es Kinokarten, und als sie sechzehn war, hatte sie dem Jungen aus der Nachbarschaft den Haustürschlüssel bereitgelegt. Einige Zeit darauf legte sie wieder einen Zettel in die unauffällige Nische. «Ich bin schwanger. Was sollen wir tun?» Dann hatte jahrelang nichts mehr in dem Versteck auf sie gewartet. Bis sie sich als junge Frau wieder daran erinnerte und dort einen Umschlag mit einem großen Schein und einem kleinen Brief deponierte. «Lieber, lieber Fokke. Es tut mir unendlich Leid, mein neuer Mann will nicht, dass du zur Hochzeitsfeier kommst. Gib ihm etwas Zeit, mein lieber Sohn, er wird dich eines Tages in sein Herz schließen, und dann sind wir eine richtige Familie, versprochen! Deine Mama.»

Es schnürte ihr die Kehle zusammen, wenn sie daran dachte, dass sie damals wirklich an diese Worte geglaubt hatte. Sie hatte ihm noch tausend Male auf diese Weise etwas zukommen lassen, zuerst wurde sie von ihm deshalb mit selbst gemalten Bildern belohnt, oder er legte ein Schulheft hinein, wenn unter einer Arbeit eine gute Note gestanden hatte. Irgendwann hatte sie dann keine Antworten mehr erhalten. Sie fühlte, wie ihr ein warmer Schauer durch das Herz floss, denn er hatte sich heute an dieses gemeinsame Geheimnis erinnert, und dass sie nun den rettenden Schlüssel in der Hand halten durfte, war wie ein Verzeihen seinerseits.

Ihr Elternhaus war bereits seit Jahren verkauft, die neuen Eigentümer waren nur in den Sommermonaten auf der Insel, und aus diesem Grund konnte sie unauffällig um die Hausmauern schleichen. Der weitere Weg wurde schwieriger. Es war zwar bereits ein wenig dunkel, der graue Himmel hatte die Sonne an diesem Tag in Schach gehalten und nun war es bereits früher Abend. Doch Hilke konnte es nicht vermeiden, sie musste zwei Straßen überqueren, auf denen die Juister wie im Feierabendverkehr unterwegs waren. Es kannte sie jeder, und sie war sich auch nur zu sicher, dass jeder von ihrem Verschwinden und der Suche nach ihr wusste. Auf einer so kleinen Insel war man einander so vertraut, dass man sich bereits durch den typischen Gang oder die jedem bekannte Wetterjacke verriet.

Hilke fiel die Tischdecke ein, sie wollte sich das Tuch irgendwie über den Kopf werfen, doch ein Blick in den Schlafsackbeutel jagte ihr einen kurzen Schauer über den Rücken: Sie hatte also eine Spur in der Hütte hinterlassen. Schließlich steckte sie sich den Schlafsack unter den Pullover und warf ihre Jacke linksherum über die Schultern. Auf die Idee mit dem Handy kam sie, als ihr das Telefon aus der Brusttasche fiel. Niemand würde sie näher betrachten, wenn sie sich das Telefon zwischen Schulter und Kinn klemmte und polnisch in den Hörer quatschte oder zumindest ein Kauderwelsch, das irgendwie polnisch klang. Ihr lief der Schweiß den Körper hinab, als sie auf die Straße trat. Eigentlich waren es nur ein paar Schritte, vielleicht achtzig Meter bis zur Pension «Inselfreude», doch begegneten ihr nahezu sofort zwei Vereinsmitglieder aus der plattdeutschen Theatertruppe, für die sie noch bis vor drei Jahren die Kostüme genäht hatte, dann überholte sie ein Getränkelieferant, mit dem sie sogar per Du war. Er blickte sich kurz um, knurrte ein «Moin» und fuhr weiter. Er hatte sie nicht erkannt, er grüßte alles, was weiblich war. Sie fühlte den harten Schlüssel warm in ihrer Hand liegen. Dann war sie endlich da.

Die Haustür war verschlossen, was sie irgendwie erleichterte. Auf der Insel wurden die Türen, wenn überhaupt, nur dann verschlossen, wenn niemand zu Hause war.

Sie schlich sich durch den langen Pensionsflur, stolperte über ein kleines Körbchen, in dem sich Reinigungsbenzin und ein Schild «Bitte die Schuhe vom Teer am Strand reinigen» befanden. Die Treppe am Ende des Ganges knarrte, wie es sich für eine Holztreppe gehörte, Hilke hastete hinauf und hielt den Zimmerschlüssel bereits im Anschlag, mit dem sie die Tür Nummer sieben öffnete. Das Zimmer dahinter konnte sie im Dämmerlicht kaum noch ausmachen, nur das Bett breitete sich unübersehbar vor ihr aus. Dankbar ließ sie sich darauf sinken, zweimal wandte sie noch den Kopf, dann war sie endlich, endlich eingeschlafen und bewegte sich jenseits der Angst, die nun schon seit mehr als vierundzwanzig Stunden ihre Begleiterin gewesen war.

Ein lautes Klopfen riss sie kurz aus ihrem traumlosen Schlaf, sie versuchte unter größter Anstrengung, auf die leuchtenden Ziffern des Radioweckers zu schauen, es war 20.45 Uhr. «Frau Kommissarin, haben Sie das Schild im Flur nicht gelesen? Ihre verschmutzten Schuhe haben mir den ganzen Teppich versaut, vom Eingang bis direkt vor Ihre Zimmertür. Frau Kommissarin? Sind Sie da?» Hilke vernahm ein mürrisches «Dann eben nicht». Gleich darauf entfernten sich die Schritte von ihrer Tür und sie hörte die Stufen knarren.

Hilke wurde von ihrem rasenden Herzklopfen kurz daran

gehindert, doch nach nur wenigen Augenblicken war sie wieder eingeschlafen, noch fester als zuvor.

Wencke hasste es, angezogen zu schlafen. Egal, ob Sommer oder Winter, sie brauchte im Bett das Gefühl von uneingeengter Gemütlichkeit, sie liebte das Streicheln der ungebügelten Bettwäsche auf der Haut. Sie zögerte. Zwar war Fokke wie versprochen sofort wieder aus dem Zimmer gegangen, nachdem sie ihre Jacke ausgezogen hatte, doch ein wenig befremdlich war die Situation schon.

Die Gewohnheit siegte, es war noch nicht sehr spät, gerade kurz nach halb zehn, als sie sich nach einer dürftigen Katzenwäsche nackt unter die frisch bezogene Bettdecke verkroch. Ihre Augen gewöhnten sich an die Dunkelheit, sie erkannte ein Foto an der Wand neben dem Bett, auf dem Fokke vor dem Eingang eines Restaurants stand, stolz lächelnd die Hand an der Kochmütze, neben sich den schlaksigen Kellner von unten. Drei mittelgroße Zimmerpflanzen machte sie in dem Schatten der Ecke gegenüber aus, eine Luftaufnahme der Insel prangte an der Tür. Wencke hatte nicht gewusst, wie schmal und lang dieses Eiland wirklich war, es hob sich vom Wasser rundherum ab wie ein sandiges Versehen.

Genau wie ich, dachte sie. Ständig musste sie sich beweisen, vor den männlichen Kollegen, den Unkenrufen aus der Heimat und, was am allermeisten an die Substanz ging, vor sich selbst. Es war, als müsse sie jeden Tag aufs Neue eine Rechtfertigung dafür finden, nicht ihrer Begabung, sondern ihren Interessen gefolgt, nicht Schauspielerin oder Graphikerin, sondern Polizistin geworden zu sein. Eigentlich ging es nun schon so viele Jahre gut, bislang hatte niemand sie wirklich einer Nachlässigkeit bezichtigen können. Doch sie war immer noch auf der Hut, und sie war immer noch verdammt verwundbar.

Heute Nachmittag nach den Telefonaten, da hätte sie wirklich glauben können, auf dem richtigen Weg zu sein: Sie hatte tatsächlich eine fiese, hinterhältige Intrige aufdecken können, an die niemand außer ihr vorher glauben konnte. Doch Sanders' Verdacht war auf Fokke gefallen, und aus welchem Grund auch immer, sie sah sich dazu verpflichtet, diesen Verdacht auszuräumen, und hatte dafür all ihre Trümpfe in Sanders' Hand gelegt. Letztlich würde sie dann für die Mithilfe an diesem Fall eine lobende Äußerung von ihrem Vorgesetzten bekommen, doch die Beförderung konnte Sanders nun einstreichen. Warum hatte sie ihre letzte Chance vertan? Wegen Fokke? Sie kannte ihn kaum, er lebte in einer völlig anderen Welt als sie, er sah noch nicht einmal besonders aufregend aus mit seinem harmlosen Jungengesicht. Doch er war da gewesen, als sie sich am Ende geglaubt hatte. Er hatte den Arm um sie gelegt, als sie sich von Gott und der Welt verlassen fühlte. Er hatte irgendetwas in ihr zum Pochen gebracht, was zwar in dieser Situation mehr als unangemessen, aber trotzdem ein wunderbar lebendiges Gefühl war. Er war zurzeit der einzige Mensch, bei dem sie nicht dieses unglückselige Gefühl des Erfolgsdruckes verspürte. Und das dankte sie ihm.

Egal, wenn das elende Selbstmitleid vorhatte, ausgerechnet hier und heute mal wieder Besitz von ihr zu ergreifen, dann wollte Wencke sich nicht zur Wehr setzten. Sie war zu müde dazu, also ließ sie Rotz und Tränen in das unbekannte Kissen laufen in der Hoffnung, dass die Personalbutzen nicht allzu hellhörig waren und im Zimmer nebenan sich niemand Gedanken um das weibliche Geheul aus Fokkes Zimmer machte.

Dummerweise fiel der Lichtstrahl ausgerechnet auf ihr verquollenes Gesicht, als Fokke die Tür öffnete. Wencke versuchte sich noch schnell zur Seite zu drehen, doch er hatte sie bereits in ihrem Zustand gesehen.

«Hey, was ist denn mit meiner sonst so unerschütterlichen Kommissarin los?», sagte er, als er sich auf die Bettkante setzte wie ein Vater, der die heulende Tochter zu trösten versuchte. Der Schuss ging nach hinten los, sie fühlte sich von einem erneuten Gefühlsausbruch übermannt und verbarg den Kopf unter dem Kissen.

Dumpf konnte sie seine Worte hören.

«Ich habe dir noch gar nicht richtig danke gesagt, und das wollte ich jetzt noch unbedingt loswerden. Du hast einiges auf deine Kappe genommen, um meiner Mutter und mir zu helfen …», sie schluchzte erneut, «ich hoffe, du heulst nicht deswegen?»

Sanft nahm er das Kissen herunter, sie drehte sich mit dem Gesicht zur Wand und atmete tief durch. Dann spürte sie seine Hand auf ihrem Haar und wusste sofort, dass sie ihn nicht abweisen würde, wenn er anfangen sollte, sie zu streicheln.

«Ich heule doch gar nicht», kam es stockend über ihre Lippen, die vom Schluchzen ganz spröde geworden waren.

Er lachte kurz und warm.

«Es ist nur», Wencke zögerte kurz, «vielleicht mag es lachhaft klingen, aber ich bin doch auch nur ein Mensch aus Fleisch und Blut, so ein Mist aber auch …»

Nun begannen seine Daumen, ihren Nacken zu massieren. «Das war sogar das Erste, was mir an dir aufgefallen ist.»

Nun hatte sie den Mut, sich umzudrehen und ihm ins Gesicht zu sehen. Er nahm seine Hände nur kurz von ihr fort, dann legte er sie wie selbstverständlich an ihre Schläfen und begann, den Haaransatz mit den Daumen zu streicheln.

«Ich habe mir, ehrlich gesagt, Kriminalkommissarinnen immer ganz anders vorgestellt», sagte er.

Sie lächelte. «Vielleicht bin ich ja gar keine echte Kriminalkommissarin …»

«Wenn nicht du, wer dann sonst?»

Er konnte nicht ahnen, wie gut ihr diese Worte taten.

«Musst du nicht Kartoffeln schälen?», fragte sie, als er sich weiter zu ihr herunterbeugte.

«Wenn ich morgen so ein gutes Gefühl im Bauch habe wie jetzt gerade in diesem Moment, dann werde ich sowieso das Essen versalzen, also vergiss die Kartoffeln.»

# Samstag

Rote Haare kitzelten ihn wach, er blinzelte nur kurz, der Schein der Hotelbeleuchtung drang durch die Jalousien ins Zimmer und hinterließ streifige Schatten auf der schlafenden Gestalt neben ihm. Sie hatten viel zu lange geschlafen. Gerade heute. Fokke lächelte bei dem Gedanken, dass dieser Tag nicht besser hätte beginnen können.

Eine Erinnerung zwang ihn, sich noch einmal umzudrehen. Eine Erinnerung an einen anderen Morgen im Sommer, als rote Haare ihn wachkitzelten und er das Gefühl hatte, für einen Tag die Hebel der Welt zu bewegen. Ronja und er waren erst um zehn der Wärme des Bettes entstiegen und hatten auf dem Flachdach vor seinem Zimmerfenster Avocados und Hummer gefrühstückt. Die Sicht war schöner gewesen als jemals zuvor oder danach, die nahezu unbewohnte Vogelinsel im Westen gab sich ungewöhnlich freizügig. Man konnte sogar das alte Gestell im Wattenmeer erkennen, auf dem vor Jahren das Memmertfeuer gethront hatte, welches nun im Juister Hafen die erwartungsfrohen Sommergäste mit einem kulissenhaften Leuchten begrüßte. Sie hatten in der Ferne das Festland mit den riesenhaften Windkraftanlagen ausmachen können und sich davon inspirieren lassen, eine moderne Variante von Don Quichotte zu ersinnen. Genau wie dieser sagenhafte Antiheld war auch Fokke damals ein weltfremder Idealist gewesen, der meinte, sich mit einem schönen Frühstück ein schönes Leben erkaufen zu können. Der Sommertag war viel versprechend gewesen, das Meer hatte beschlossen, ausnahmsweise mal über siebzehn Grad warm zu sein, und als er Ronjas schlanken Körper die Schaumkrone einer gewaltigen Welle durchbrechen sah, da hätte er schwören können, dass es immer so weitergehen würde. «Wer am längsten tauchen kann», hatte Ronja ihm zugerufen, und er war mit geschlossenen Augen in ihre Richtung geschwommen, bis ihre Köpfe unter Wasser aneinander stießen und sie sich am Meer verschluckten vor lauter Lachen. «Komm mit», hatte sie geflüstert, hatte er damals eigentlich auch etwas gesagt? Er war ihr gefolgt, unterbrochen von salzigen Küssen waren sie bis zum Deich gelaufen, dessen Gras so hoch stand, dass man sie nicht sehen konnte, als sie sich nur drei Meter vom Fußweg entfernt liebten. Zwei Kinder hatten ihren bunten Drachen direkt über ihnen steigen lassen und kamen dicht an ihnen vorbeigerannt, lachend und kreischend, keiner hatte Ronjas Seufzen gehört.

Dann schlenderten sie durch den lebendigen Ort zurück, sie hatten das Gefühl, dass jeder ihnen ansehen konnte, was sie eben noch getrieben hatten, und es kam ihnen vor wie eine Provokation, sich neben ein älteres Ehepaar auf eine Bank zu setzen und dem Kurorchester beim «Ave Maria» zu lauschen. Hatte er es damals laut gesagt oder nur gedacht, dass er sich kleine rothaarige Kinder wünschte, die ihn mit verschmierter Schnute um ein Zimteis anbettelten?

Es war nur dieser eine Tag im Sommer gewesen. Am nächsten Tag hatte er zum ersten Mal von dem Gerücht gehört, dass Thore und Ronja es miteinander trieben.


Sanders hatte nicht gut geschlafen. Obwohl es eigentlich gar nicht seine Art war, hatten ihn die Gedanken an den Fall und merkwürdigerweise auch die Gedanken an Wencke Tydmers wach gehalten. Er war froh, als es endlich sieben Uhr war und aus dem Frühstücksraum nebenan der Geruch von starkem Kaffee in sein Zimmer drang.

Es war ungewohnt, ohne Morgenzeitung zu frühstücken. Daran konnte auch das Geplauder der eifrigen Pensionswirtin nicht viel ändern. Und so begann sein Gedankenkarussell wieder zu rotieren. Beim ersten Glas Orangensaft schwor er sich, noch heute Hilke Felten-Cromminga ausfindig zu machen. Sie konnte schließlich nicht spurlos von der Insel verschwunden sein, es sei denn, sie wäre geschwommen. Als er das Ei köpfte, nahm er sich vor, Thore Felten in die Mangel zu nehmen, ihn auf Herz und Nieren zu prüfen und zu den neuesten Erkenntnissen zu befragen. Als er die dritte Tasse Kaffee getrunken hatte, stand er auf.

Er hatte keine Lust zu warten, bis seine Kollegen so weit waren, um halb acht stand er in der klaren Morgenluft und beschloss, nicht auf dem kürzesten Weg zum «Dünenschloss» zu gehen, sondern der geschrienen Einladung der Möwen ins Watt zu folgen. Er brauchte nur die Straße zu überqueren, sie war einseitig bebaut, gegenüber breitete sich bereits der Deich aus, und dahinter lag eine graugrüne Wiese, die nahezu nahtlos ins Wattenmeer überzugehen schien. Er ging fast bis zu der Stelle, wo das Salzwasser bereits müde an den Grassoden leckte. Die Halme sahen fast außerirdisch aus, sie waren zerrauft und faserig und rochen nicht, wie Pflanzen zu riechen pflegen, sondern eher wie vermoderter Fisch oder eine Muschelkonserve. Sanders sog trotzdem den Atem tief durch die Nase ein, er hatte während seiner schlaflosen Nacht versucht, sich mit einer Insellektüre abzulenken, und hatte dort etwas über den ungewöhnlich hohen Anteil an Jod, Salz und Brom in der Juister Luft gelesen. Vielleicht konnten heilsame Aerosole ihm diese Hirngespinste aus dem Kopf vertreiben, die ihn so gnadenlos wach gehalten hatten.

Es ging um Thore Felten, es ging um Ronja Polwinski, und es ging zu seinem Erstaunen immer wieder um Wencke

Tydmers. Sie hatte sich gestern wider Erwarten als effiziente Mitarbeiterin bewiesen. Sie hatte nachgehakt, sie hatte kombiniert, sie hatte ihn an ihrem Wissen kollegial teilhaben lassen. Er wünschte sich, in Zukunft öfter in einem Team mit ihr zu ermitteln, doch wenn er erst einmal die Leitung übernommen hatte, lag es ohnehin in seinem Ermessen, die Gruppen einzuteilen.

Er war nur wenige Schritte am Wasser entlanggegangen, als sich vor ihm ein schmaler, feuchter Schloot auftat. Sanders schaute sich um, der Graben reichte fast bis zum Deichfuß, es machte also wenig Sinn, um ihn herumzulaufen. Er ging ein kleines Stück rückwärts, überprüfte mit einem kurzen Blick, ob er unbeobachtet war, dann nahm er Anlauf und sprang hinüber. Sein Herz spürte einen kleinen Ruck kindlicher Freude, wie es bei Sanders schon viel zu lange nicht mehr vorgekommen war. Als er den nächsten Graben sah, rannte er wieder schneller, nach dem zweiten Sprung wurde er gar nicht mehr langsamer, sondern tollte ausgelassen über die Hellerwiesen, bis ihm die Luft ausging und noch ein bisschen länger. Atemlos ließ er sich am Deichfuß nieder, der Boden war noch feucht von gestern, doch das störte ihn kaum, er stützte sich nach hinten mit den Ellenbogen ab und bekam erdige Flecken am Jackenärmel, doch es war ihm egal. Er wollte noch einen Augenblick auf das friedliche Wattenmeer starren, die gesunde Luft in sich hineinlassen und warten, dass sein Herz wieder im gewohnten Rhythmus schlug. Er wartete lange, die Nässe kroch in seine Kleidung, und ihm wurde kühl, doch sein Herz schien noch immer zu tanzen. Er hatte es geahnt. Oder auch nicht. Es war der Gedanke an Wencke Tydmers, der den Puls beschleunigte.

Du hättest mich wecken müssen», fluchte Wencke. Sie waren um neun Uhr im Frühstücksraum verabredet, wenn sie nicht innerhalb einer halben Stunde dort auftauchte, dann würden Meint und Sanders anfangen, sorgenvoll gegen die Zimmertür zu klopfen. Fokke kam bereits frisch geduscht in das Zimmer, er sah zweifelsohne appetitlich aus. Doch obwohl sie gestern mit einem breiten Grinsen auf dem Gesicht eingeschlafen war, hatte ihr der Schreck, verschlafen zu haben, die Lust und Laune für heute gründlich verdorben.

«Ich bin selbst erst vor zehn Minuten aufgewacht. Tut mir Leid, nach so viel Entspannung gestern Abend muss ich heute morgen wohl den Wecker überhört haben.»

Sie grinste nicht zurück, sie ertappte sich dabei, sein jungenhaftes Gehabe ein wenig zu lässig zu finden. Es ging hier nicht um Schmusen und Knutschen bei Sonnenaufgang, es ging um ihren Job.

«Du bist ein Morgenmuffel? Passt zu dir», sagte er keine Spur schlechter gelaunt. Sie stand auf und schämte sich einen kurzen Augenblick für ihre hängenden Brüste, dann stieg sie umständlich in ihre Lederhose und warf den hellen Baumwollpulli über. Ein grüner Fettfleck, es war die Salatsoße von gestern Abend, versetzte ihrer Verfassung einen empfindlichen Schlag, sie konnte nur noch lustvoll an eine warme Dusche denken.

«Ich mach mich dann jetzt an die Kartoffeln», sagte Fokke, und trotz der lieb gemeinten Anspielung auf den Verlauf des gestrigen Abends drehte sie den Kopf zur Seite, als er sie auf den Mund küssen wollte. Seine Lippen trafen ihr Ohr, er flüsterte irgendetwas Zärtliches, auf das sie keine Lust hatte, dann ging er hinaus.

Wencke wünschte sich, sie hätte etwas mehr Zeit zum Durchatmen und Revue passieren lassen. Stattdessen kämpfte sie sich mit dem Herrenkamm durch die vom Wühlen in den Kissen zerzausten Haare, spülte den Mund mit Leitungswasser aus und schnappte sich ihren Kram, um so schnell wie möglich zu verschwinden.

Leise schloss sie die Tür hinter sich. Der Flur war noch halb dunkel, sie fand den Lichtschalter nicht, also versuchte sie, in der Dämmerung den Weg zur Treppe zu finden. Den Fahrstuhl zu benutzen wäre zu riskant. Eine Tür wurde geöffnet, eine lange Gestalt trat in den Gang, blieb vor ihr stehen und knipste die Deckenstrahler an. Wencke fühlte sich ertappt.

Es war Gunnar Diekhoff.

«Guten Morgen, Frau Kommissarin», sagte er. Es klang weder ironisch, noch klang es verwundert. Sie blickte zu ihm auf. «Ich möchte Sie nicht erschrecken und am allerwenigsten möchte ich Sie maßregeln, verehrte Frau. Ich habe es mir schon gedacht, dass ich Sie heute morgen auf unserem Stockwerk antreffen könnte.»

«Wie Sie sich sicher vorstellen können, habe ich es ein wenig eilig, damit außer Ihnen nicht unbedingt jeder weiß, dass ich heute nicht in der Pension ‹Inselfreude› genächtigt habe.»

«Von mir wird es sicher auch keiner erfahren. Wir Hotelmenschen sind Diskretion gewöhnt, und zudem mag ich meinen Chef eigentlich ganz gern und gönne ihm jeden Leckerbissen außerhalb des Jobs. Ich bin nur hier, weil ich dachte, Sie sollten sich dies hier mal anschauen.»

Er reichte ihr einen Schnellhefter, unter der durchsichtigen Plastikhülle konnte sie das Titelblatt erkennen. «*Alternativvorschläge zur effektiveren Arbeit in Küche und Restaurant*».

«Was soll ich damit?», fragte sie und wagte kaum, die Papiersammlung entgegenzunehmen, da sich in ihrem Hinterkopf bereits ein kleiner Verdacht breit machte.

«Es ist wissenswert für Sie. Frau Polwinski hat es erarbeitet und zwei Tage vor ihrem Verschwinden an Fokke und mich weitergereicht. Ich hoffe wirklich, es erweist sich als unwichtig, aber ich konnte es Ihnen einfach nicht vorenthalten. Besonders jetzt nicht, wo Sie mit so viel ... Körpereinsatz dabei sind.»

Die letzte Bemerkung hätte er sich sparen können.

«Ich werde es lesen», versprach sie, dann ließ er sie vorbei, und Wencke hastete zur Treppe, den Hefter unter dem Pullover verborgen.

Es war perfekt. Fünf Mädchen waren damit beschäftigt, den Saal herzurichten. Über jedem Tisch wurde ein sanfter Baldachin gespannt, die Tafel war mit schwarzem Samt bedeckt, und die Dekorateurin drapierte den orangefarbenen Tischläufer gekonnt zufällig, arrangierte dazu Sand und Zweige, an denen pralle, leuchtende Sanddornbeeren hingen.

Hilke fehlte. Fokke wusste, wie sehr sie das Ausstaffieren einer festlichen Gesellschaft liebte, er wusste auch, dass sie die Urheberin dieser Ideen aus Form und Farbe war, es tat ihm Leid, dass sie das Ergebnis nicht mit eigenen Augen sehen konnte.

Der erste Tisch war eingedeckt. Er kontrollierte die silbernen Platzteller auf Wasserflecken, rückte die polierten Orgelpfeifen aus Gläsern hier und da etwas zurecht, doch er hatte nichts wirklich zu beanstanden. Die Menükarten wiesen aufrecht den Weg durch den heutigen Abend, das schwere Besteck stellte die Weichen, die Messerspitzen zeigten exakt zu den Weingläsern, die den dazugehörigen Gang begleiteten, bis zum Dessertlöffelchen gab es kein Entrinnen aus der Melodie, die er für heute Abend komponiert hatte. Es war perfekt.

Die Musik hatte ihm lange Zeit Kopfzerbrechen bereitet. Ronja hatte bereits einer Chansonette aus Bremen den Auftritt an diesem Abend mündlich zugesagt gehabt, was in Fokkes

Augen wiederum ein Indiz dafür war, dass diese Frau von seinen Vorstellungen nichts begriffen zu haben schien.

«Es werden Menschen kommen, die jeden Abend überdurchschnittliche Musik aller Kategorien zu hören bekommen und dabei perfekt kredenzte Nouvelle Cuisine futtern wie andere ihre Stullen bei der Daily Soap. Wenn wir einen Abend rund um die Sanddornbeere gestalten, dann können wir keine Musik spielen, die wie Schokolade klingt. Wir müssen diese Menschen an unserem Sanddornabend wachrütteln, sonst haben wir keine Chance, mehr als nur eine recht angenehme Erinnerung für sie zu werden.» Ronja hatte nur die Augen gerollt, doch als er ihr dann die Kassette vorspielte, eine laienhafte Aufnahme des niederländischen Sängers, der eigenwillige Experimente auf dem Akkordeon wagte, da hatte sie ihn für komplett verrückt erklärt.

«Besser eine recht angenehme Erinnerung als ein Witz, über den noch Jahre später gelacht wird», war ihr Kommentar gewesen. Er hatte sich durchgesetzt.

Der Musiker war gerade angekommen und stellte sich einen schwarzen Barhocker auf die kleine Bühne, er brauchte keinen Verstärker, kein Mikrophon, keinen Bühnenstrahler. Das Gesicht des Künstlers war von Narben gezeichnet, sein Bart sah ungepflegt aus, und das Instrument war sicher genau so alt wie er, kein Teil aus Plastik, der Klang etwas schräg. Fokke wusste, er hatte die richtige Entscheidung gefällt. Das Publikum würde ihn lieben.

Stimmengewirr schallte von der Eingangshalle herein. Fokke blickte durch die Glastür. Die ersten Gäste waren eingetroffen, niemand Besonderes, er erkannte lediglich den Chefredakteur der Ostfriesen-Zeitung und dessen Frau. Doch gleich würden die Menschen kommen, auf die es ankam. Es waren noch zwei Stunden Zeit, dann erlebten sie seine Inszenierung.

Er sah Thore Felten zwischen den Menschen. Er schüttelte Hände, verbeugte sich leicht und schien den ankommenden Damen mit geneigtem Kopf originelle Komplimente zu machen.

«Ja, zeig dich nur von deiner besten Seite», dachte Fokke, «lass sie nur alle glauben, du wärest der Allergrößte. Denn je höher sie dich jetzt jubeln, desto tiefer wirst du heute Abend fallen. Sei dir deiner Sache sicher, glaube nur, dass dir und deinen fiesen Machenschaften keiner je auf die Schliche kommen wird. Denn dann wirst du beim süßen Dessert einen bitteren Nachschlag erhalten. Wenn du meinst, du bist ganz allein auf dem Höhepunkt angekommen, dann werde ich hinter dir stehen, dich vom Thron stoßen und deinen Platz einnehmen. Denn nur vom Händeküssen ist noch keiner in den Olymp aufgestiegen. Ich habe heute Nacht die Kommissarin geküsst, mein Lieber, und das ist die Einzige, auf die es heute ankommt bei unserem Duell, von dem du noch gar nichts ahnst.»

Als diese kleine, etwas burschikose Frau ins Zimmer kam, da hätte Hilke sie am liebsten in die Arme genommen. Teils aus Dankbarkeit, dass sie sich das Bett und die Unbescholtenheit der Kommissarin für eine Nacht hatte ausleihen können, teils weil sie froh war, dass diese Wencke Tydmers die Sorte Mensch war, der sie Vertrauen entgegenbringen konnte.

«Ich bin Ihnen etwas schuldig», sagte sie leise.

«Gut, dann tun Sie mir doch bitte den Gefallen und lesen sich das hier mal durch.» Wencke warf ihr einen Plastikhefter auf die Bettdecke. «Ich muss dringend duschen; wenn ich fertig bin, sagen Sie mir, was das zu bedeuten haben könnte. Ach, ich hatte heute Morgen keinen Appetit …»

Sie hatte sich zwei belegte Brötchen mit nach oben genommen und reichte sie Hilke. Dann entkleidete sie sich rasch, Hilke vermied einen Blick auf ihre Nacktheit, und verschwand ins Badezimmer.

Das erste Brötchen war mit getrocknetem Schinken belegt, eigentlich war es Hilke zu salzig, aber da sie seit gestern Morgen nichts Vernünftiges mehr zu essen hatte, war sie nicht wählerisch. Schon gestern Abend hatte der Magen geknurrt, zum Glück hatte sie noch zwei kleine Gummibärchentüten gefunden, die wohl als Betthupferl gedacht auf den Kopfkissen gelegen hatten. Doch im Grunde störte sie der Hunger gar nicht so sehr. Sie bemerkte nur immer mehr, dass sie ihre Medikamente nicht dabeihatte. Zuerst hatte sie es am Zittern der Finger bemerkt, was sie als Müdigkeit abgetan hatte. Doch dann war ihr der kalte Schweiß ausgebrochen, einfach so, ohne Grund, sie hatte gefroren und geschwitzt, und ihr Puls war in eine rasende Frequenz umgeschlagen. Dieser Zustand hatte sie in dieser Nacht mehrere Male aus dem Schlaf gerissen und nur die endgültige Erschöpfung hatte sie immer wieder in einen Dämmerzustand versetzt. Nach den ersten Bissen fühlte sie sich wunderbar gestärkt. Das Wissen, zumindest für eine kurze Zeit nicht mehr allein im Zimmer sein zu müssen, machte sie ruhiger.

Sie lehnte sich gegen das Kopfteil des Bettes, zog die Beine an und begann zu lesen.

«*Alternativvorschläge zur effektiveren Arbeit in Küche und Restaurant*». Es war von Ronja.

Sie schluckte und musste ein paar Krümel forthusten, die sich in ihrem trockenen Hals festgesetzt hatten. Auf dem Nachttisch stand ein Becher mit Leitungswasser. Sie spülte nach.

Nur flüchtig überflog sie das Anschreiben auf der ersten Seite. Es war an Fokke gerichtet, jedoch standen auch Thore und der Restaurantleiter Diekhoff als Empfänger zwecks Kenntnisnahme notiert. Doch die erste Seite brachte sie bereits zum Stocken:

«Wer besucht unser Hotelrestaurant?

70 % Hotelgäste, 20 % Inselgäste, 10 % Insulaner.

Wie sind die Altersstrukturen?

80 % über 60, 12 % zwischen 40 und 59, 7 % zwischen 20 und 39, 1 % zwischen 0 und 19.

Wie sind die Altersstrukturen auf der Insel?

13 % über 60, 43 % zwischen 40 und 59, 38 % zwischen 20 und 39, 6 % zwischen 0 und 19.

Fazit: Wir decken mit dem Angebot unseres Restaurants zwar den Bedarf unserer Hotelgäste gut ab, vernachlässigen aber den Bedarf der Juist-Urlauber».

Es bestand kein Zweifel, und Hilke hatte es eigentlich bereits gewusst: Ronja Polwinski war eine gewiefte Geschäftsfrau gewesen, die Dingen auf den Grund ging, die bislang noch niemand infrage gestellt hatte. Hilke las weiter:

«Wie ist die Erwartungshaltung bei einem Restaurantbesuch a) bei unseren Restaurantgästen, b) bei den Juist-Gästen, die nicht unser Restaurant besuchen?

a) 37 % gutes Essen, 24 % gehobenes Ambiente, 22 % Nähe zum Hotel, 9 % guter Service, 6 % Preis-Leistungs-Verhältnis, 1 % Familienfreundlichkeit, 1 % Vielseitigkeit des Angebotes

b) 31 % gutes Essen, 20 % Familienfreundlichkeit, 15 % Preis-Leistungs-Verhältnis, 14 % Vielseitigkeit des Angebotes, 10 % guter Service, 8 % gehobenes Ambiente, 2 % Nähe zum Hotel

Fazit: Das gute Essen steht bei beiden Gruppen an erster Stelle, ansonsten differieren die Erwartungshaltungen auffällig voneinander. Eine gezielte Umstrukturierung des

Restaurants wird uns bessere Auslastung garantieren. In erster Linie müssten die Punkte ‹Familienfreundlichkeit› und ‹Preis-Leistungs-Verhältnis› überarbeitet werden, wobei wir den guten Service und das gehobene Ambiente nicht außer Acht lassen sollten. Wenn wir im gewohnten Stil weiterarbeiten, ist zu befürchten, dass wir in absehbarer Zukunft nur noch Hausgäste beköstigen. Da wir hier aber bereits an einer Konzeption zur Verjüngung unserer Hotelgäste arbeiten, wäre es ratsam, die Entwicklung des Restaurants in die Planung mit einzubeziehen.»

Hilke wickelte das zweite Brötchen aus der Serviette und biss hinein. Sie war wie gebannt. Diese Entwicklungen hatte sie in keiner Weise miterlebt, sie begann sich zu fragen, wo ihr Kopf in den letzten Monaten gesteckt haben könnte. Mit zitternden Händen griff sie zum Becher, und es war, als gäbe ihr der eigene Körper bereits eine Antwort: die Tabletten. Niemand hatte sie gezwungen, diese Pillen zu schlucken, sie hatte einfach nur klein beigegeben, als sie merkte, dass es mit ihnen einfacher war.

«Wie können wir unser Restaurant sinnvoller einsetzen, ohne bereits vorhandene Stammgäste zu vertreiben?

1. Die Qualität der Küche muss erhalten bleiben.

2. Der Service und das Ambiente sollten ihr Niveau halten.

3. Wir sollten Familien ein einladenderes Auftreten bieten (vielleicht ist Schwellenangst bei Familien mit Kindern ein Grund für das Fernbleiben).

4. Die Preise sollten heruntergesetzt werden.

5. Die Auswahl an Speisen und Getränken sollte vielseitiger sein.

Wir können diese Punkte erreichen, indem wir eine neue Restaurantform anstreben: das Büfettrestaurant!»

Hilke klappte den Hefter zu. Die junge Kommissarin war aus

dem Badezimmer gekommen und frottierte sich das kurze Haar. Ihr Blick ging zu Hilke herüber.

«Sie lesen nicht mehr weiter? Was ist?»

«Es liegt schwer im Magen.»

«Die Brötchen oder die Lektüre?» Wencke Tydmers kramte ihre unausgepackte Reisetasche aus dem Schrank und wühlte darin, bis sie eine Jeanshose und einen schwarzen Pullover hervorgezogen hatte.

«Diese Ronja Polwinski war drauf und dran, meinem Sohn ein zweites Mal seinen Lebenstraum zu zerstören.»

Den Pulli nur halb über den Kopf gezogen, hielt die junge Frau inne. «Was soll das heißen?»

«Sie wissen es vielleicht nicht, aber mein Sohn war schon einmal Besitzer eines Feinschmeckerlokales.»

«Die Auster?»

Hilke war erleichtert, dass Fokke oder sonst jemand dieser Frau bereits davon erzählt hatte, sie wäre sich sonst wie eine Verräterin vorgekommen.

«Er hatte es von seinem leiblichen Vater geerbt, genau wie er auch dessen Hang zum Perfektionismus und das Talent zum Kochen in die Wiege gelegt bekommen hat.»

«Und es ist Konkurs gegangen, nicht wahr?» Die Kommissarin setzte sich zu ihr auf die Bettkante. Sie saßen jetzt beieinander wie zwei dicke Busenfreundinnen, die sich ihre allerletzten Geheimnisse anvertrauten, jedenfalls stellte Hilke sich vor, dass es bei Busenfreundinnen in etwa so aussehen musste, denn sie selbst hatte nie so etwas erlebt. Zu der Zeit, als ihre Mitschülerinnen kichernd auf ihren Tagesdecken geplaudert hatten, war sie schon Mutter gewesen, ausgestoßen von der Schule und gemieden von den anderen Insulanern. Nur mit Ronja, mit ihr hatte sie einmal so etwas wie eine Frauenfreundschaft gehabt, anfangs …

«Fokke konnte das Lokal nur drei Jahre halten. Es stand bereits bei der Übernahme in den roten Zahlen, doch er wollte das Pferd von hinten aufzäumen: alles renovieren, Top-Personal, Essen nur vom Besten und Feinsten und leider eben auch vom Teuersten. Mein Mann stand damals in direkter Konkurrenz zu Fokke, und da ein großes Hotel anders kalkulieren kann als ein kleines Restaurant, hat er meinen Sohn mit einem harten Preiskampf in die Knie gezwungen. Ich weiß, es hat Fokke damals härter getroffen, als wir alle nur ahnen können. Es ging erst wieder bergauf, als er seinen Stolz über Bord geworfen und die Küchenleitung im ‹Dünenschloss› übernommen hat. Zum Glück hat Thore ihm hier weitestgehend freie Hand gelassen, und auch die ‹Sanddorntage› sind eine enorme Herausforderung, die mein Sohn braucht, um das Selbstwertgefühl wieder zu mobilisieren. Es schien sich eigentlich alles zum Guten gewendet zu haben.»

Wencke Tydmers nahm die Mappe zur Hand und blätterte darin herum, scheinbar ohne sich den Inhalt wirklich anzusehen.

«Was hat es dann damit auf sich? Was steht in diesen Blättern, was Fokkes Lebenstraum … wie sagten Sie … zerstören könnte?»

«Nun, so wie ich es auf den ersten Blick verstanden habe, hat Ronja Polwinski einen Vorschlag erarbeitet, wie man den Stil des Restaurants dem Bedarf und der Altersstruktur der Juist-Gäste anpassen kann. Sie schreibt hier etwas von einem familienfreundlichen Büffetrestaurant. Warten Sie, ich lese mal weiter.» Sie nahm Wencke Tydmers die Mappe aus der Hand und schlug die nächste Seite auf.

«Familien mit Kindern müssen oft auf gehobenes Ambiente, Spitzenservice und exzellente Küche verzichten, da unter ‹Familienfreundlichkeit› meist verstanden wird, dass alles abwaschbar ist, es ruhig laut sein kann und auf der Speisekarte Spaghetti Bolognese steht. Wir sollten diese Marktlücke schließen:

Kinderbetreuung in einem abgetrennten Raum, in dem die Kleinen auch essen können (ebenso hochwertige Küche wie bei den ‹Großen›).

Flexibleres Esserlebnis in kalt/warmer Buffetform, das thematisch wechseln kann (‹Italienische Nacht›, ‹Aus Neptuns Schatzkiste›, ‹Ostfriesenbüfett› etc.), durchgehend von 11.30 Uhr bis 22.30 Uhr geöffnet.

Weitere Vorteile dieser Idee: Zwei Personalstellen im Restaurantbereich werden eingespart, effektiveres und preisgünstigeres Einkaufen als bei à la carte, mit Büfett-Abo können Stammgäste gefunden werden, neue Werbeidee ‹Familien-Gourmetrestaurant›.» Hilke nahm einen Schluck Wasser, ihr Mund war ausgetrocknet.

Die Kommissarin biss in einen Apfel, den sie aus ihrem Rucksack geholt hatte. «Ich finde, die Idee klingt großartig. Warum sollte Fokke sich darüber aufregen?»

«Weil er es nie zulassen würde, dass aus seinem Feinschmeckertreff ein Laden wird, in dem sich die Gäste Essensberge einverleiben, um möglichst viel für ihr Geld zu bekommen. Wissen Sie, mein Fokke ist wirklich ein Künstler, nichts liegt bei ihm zufällig auf dem Teller, es ist alles eine wohl dosierte Liebkosung der Sinne, sowohl für den Gaumen als auch für das Auge. Ich glaube, er würde daran zugrunde gehen, für Menschen zu kochen, die sich dann die Vorspeise direkt neben den Hauptgang klatschen, um nicht zweimal aufstehen zu müssen.»

«Ist er so?», fragte die Frau an ihrer Bettkante nachdenklich. Hilke nickte, und dann schwiegen beide für einen kurzen Moment, und Hilke konnte förmlich spüren, dass die Gedanken in dem Kopf neben ihr fast dieselben waren wie ihre.

Wie weit würde Fokke für seinen Traum gehen?

«Würde er so etwas tun?», fragte die Kommissarin.

Diese Frage schmerzte Hilke geradezu. Sie dachte an Fokke, wie er als kleiner Junge voller Stolz erzählte, dass er einer Schnecke beim Überqueren der Friesenstraße geholfen und ihr somit den sicheren Tod unter einem Fahrradmantel oder Pferdefuhrwerk erspart hatte. Und würde er heute so etwas tun?

«Fokke würde vielleicht über Leichen gehen, wenn es seinen Ehrgeiz betrifft. Aber ich kann mir einfach nicht vorstellen, dass er Ronja Polwinski mit meinen Schlafmitteln betäubt und dann im Kühlhaus jämmerlich erfrieren lässt.»

Wencke Tydmers starrte sie an.

«Woher wissen Sie das?»

«Was meinen Sie?»

«Woher kennen Sie diese Details?»

«Fokke hat es mir erzählt. Wieso?»

Sie konnte genau beobachten, wie es im Kopf der jungen Frau zu arbeiten begann.

«Weil Fokke es nicht wusste. Zumindest gestern Vormittag noch nicht. Er hat sich gewundert, warum die Spurensuche das Kühlhaus inspiziert hat. Ich habe es ihm nicht gesagt.»

Hilke spürte ein Pochen hinter ihrer Schläfe, fast wünschte sie, dieses Gespräch einfach so beenden zu können, bis hierher und nicht weiter. Denn sie befürchtete, dass die Worte sie zu einer Erkenntnis bringen könnten, die sie lieber im Dunklen lassen würde.

«Frau Felten-Cromminga, was hat Ihr Sohn Ihnen noch erzählt?»

Diese Frau drängte sie weiter, es gab kein Entkommen, kein Ohrenzuhalten. «Er hat mir eine Geschichte erzählt, die von seinem Stiefvater handelt, von unserem Hotel und von einem Mord, der nun mir in die Schuhe geschoben werden soll.»

«Ich fürchte, diese Geschichte stimmt. Ich habe gestern eine Spur verfolgt und dabei festgestellt, dass Ihr Mann und Ihr Therapeut Dr. Gronewoldt gemeinsame Sache gemacht haben.»

Obwohl sie es bereits geahnt hatte, versetzte ihr die Bestätigung des Verdachtes einen Schock.

«Wie sind Sie denn auf diese Spur gekommen?»

«Weibliche Intuition», sagte Wencke Tydmers schlicht.

Hilke fühlte in diesem Moment, dass sie dieser Frau trauen konnte, ohne Zweifel und ohne doppelten Boden, diese Frau war ehrlich, und dieses Gefühl tat unendlich gut.

«Fokke hat mir gesagt, dass er Sie dazu überreden konnte, ein Auge auf meinen Mann zu haben und mich zu verschonen. Dass Sie eine von den Guten sind, hat er gesagt.»

Die Kommissarin lachte kurz, und es klang irgendwie bitter. «Von den Guten ... Es kommt immer darauf an, aus welchem Blickwinkel man schaut.» Dann sah sie Hilke direkt ins Gesicht, und ohne Zweifel schien ihr diese Frage schwer von den Lippen zu kommen: «Frau Felten-Cromminga, versuchen Sie, objektiv zu sein, wem trauen Sie diesen Mord eher zu, Ihrem Mann oder Ihrem Sohn?»

Hilke musste nicht lange überlegen.

«Beiden.»

«Wie können wir weiterkommen?»

«Ich denke, wenn ich mit einem von beiden reden könnte, ihm diesen Verdacht auf den Kopf zusagen könnte, dann würde ich erkennen, ob er es war oder nicht.»

«Woran würden Sie es erkennen, Frau Felten-Cromminga? Woran?»

Sie zuckte schwach mit den Schultern. «Weibliche Intuition», antwortete sie.

«Dann sollten wir es versuchen.»

# Aperitif

Thore Felten stieg die drei kurzen Stufen zum Bühnenpodest empor. Seine Präsenz ließ das allgemeine Getuschel im Saal verstummen, ohne dass Felten hierzu hätte aufrufen müssen. Eine mädchenhafte Bedienung balancierte ein Tablett mit einem orangeroten prickelnden Aperitif durch die Menschengruppen, auch Sanders wurde ein Glas angeboten, doch er lehnte ab, da er im Dienst war.

Thore Felten stand jetzt einfach nur da, ein, zwei Köpfe höher als die anderen Anwesenden, die noch nicht Platz genommen hatten, kein Scheinwerfer warf einen auffälligen Lichtkegel auf ihn, und kein Mikrophon kündigte durch ein rückkoppelndes Kreischen seine Rede an. Er lächelte in seinem makellos schwarzen Anzug und überblickte die illustre Schar, die sich in seinem Hotel eingefunden hatte.

Sanders, der sich diskret hinter einer weißen, verzierten Säule plaziert hatte, konnte nicht anders, als ihm heimliche Bewunderung zuteil werden zu lassen. Charisma war eine der wichtigsten und beachtenswertesten Eigenschaften, die auch Sanders sich brennend wünschte, denn er wusste, diese allgegenwärtige Aura besaß er noch nicht. Seine Freunde und Kollegen mochten ihn wohl als Respektsperson und Charakterkopf bezeichnen, doch mit dem bloßen Auftreten Hunderte von Leuten in seinen Bann zu ziehen, das war ihm noch nicht gelungen. Er wusste, er würde Thore Felten allein deswegen heute besonders im Auge behalten, doch auch, weil er ihn mit ziemlicher Wahrscheinlichkeit für den Mörder von Ronja Polwinski hielt. Wenn Felten heute nur ein einziges Mal den Anlass bot, dann würde er mit Freuden die Handschellen um seine gestärkten Manschetten schnappen lassen, auch wenn es hier vielleicht nicht der richtige Ort zu sein schien.

«Meine sehr verehrten Damen, meine hoch geschätzten Herren, es ist eine wunderbare Aussicht von hier oben, und das Wissen, dass Sie alle unserer Einladung zu den ersten Juister ‹Sanddorntagen› gefolgt sind, macht mich und das gesamte Personal des Hotels ‹Dünenschloss› sehr stolz.» Seine Stimme klang über das Mikrophon fest und freundlich, trocken und angenehm. Sanders würde sich diesen Tonfall merken, er spürte, wie der Hotelier seine Gäste allein mit dem Klang der Stimme herzlich willkommen heißen konnte.

«Sie werden sicherlich verstehen, dass ich einen Gast noch besonders hervorhebe: Wir haben heute auch den niedersächsischen Ministerpräsidenten und seine verehrte Gattin unter uns. Wir freuen uns ganz besonders, Sie aus Ihren Amtsgeschäften heraus auf unsere zauberhafte Insel gelockt zu haben. Dies ist ein sehr erfreulicher Anlass, der uns auch die Aufmerksamkeit der Presse sichert. Leider war der Anlass, mit dem die Medien sich in den letzten Tagen beschäftigten, alles andere als erfreulich.» Eine dunkle Stimmung legte sich spürbar auf die lauschenden Gäste.

«Unsere von allen geschätzte Mitarbeiterin Ronja Polwinski, deren konstruktiver Arbeitsweise auch die Idee zu den heutigen ‹Sanddorntagen› entsprungen ist, weilt leider nicht mehr unter uns. Zu unserem Entsetzen müssen wir davon ausgehen, dass sie hier auf der Insel einem Gewaltverbrechen zum Opfer gefallen ist. Wir hoffen auf die Arbeit der Auricher Kriminalpolizei, die seit einigen Tagen ihre Ermittlungen in diesem Fall führt. Frau Polwinski werden wir ein ehrenvolles Andenken in unserem Hause bewahren. Sie sollte heute Abend die Repräsentantin sein, die ‹Sanddornkönigin› haben wir sie genannt. Nun können wir dieses Gourmettreffen lediglich in ihrem

Sinne, leider aber für immer ohne ihre so angenehme Anwesenheit zelebrieren.»

Am anderen Ende des Saales öffnete sich die schwere Glastür, jemand kam herein, doch Sanders konnte nicht erkennen, wer es war. Das Raunen, das durch die Menge ging und Thore Feltens aschfahles Gesicht ließen ihn ahnen, dass niemand damit gerechnet zu haben schien.

Die Menschenmenge bildete einen Gang, und dann konnte auch Sanders sie sehen: Eine schöne, stolze Frau schritt über das Parkett der Bühne entgegen, schaute lächelnd nach links und nach rechts und umhüllte alle Anwesenden mit ihrem Blick. Das Kleid an ihrem Körper war vielleicht ein wenig zu grell für ihr Alter, es war orangerot und mit Pailletten kunstvoll bestickt, doch da es sicherlich als Hommage an die Sanddornbeere zu verstehen war, konnte man diese stilistische Sünde ohne weiteres verzeihen. Das kinnlange tiefschwarze Haar war schlicht und edel nach hinten gekämmt. Auf Make-up und Schmuck hatte die ihm völlig Unbekannte ganz verzichtet, eine feine Schramme zog sich über die linke Wange, doch war diese Frau reizvoller und auf natürliche Art schöner als die meisten der zurechtgemachten Damen hier im Saal. Sie ging ebenfalls die Bühnentreppe hinauf, stellte sich neben Thore Felten und ergriff das Mikrophon. Das Lächeln, welches sie den Menschen vor ihr schenkte, war strahlend und schön, es zog die Aufmerksamkeit aller auf diese Frau, und Thore Felten wirkte ein bisschen blutleer neben ihr. Sein Blick verriet, dass er um Fassung rang.

Sanders erwartete, dass diese Frau zu singen begann, sie war sicherlich die Musikerin des Abends und hatte ihren Auftritt etwas zu früh gewählt.

«Vielen Dank an meinen Mann für diese warmen Worte, an dieser Stelle möchte auch ich Sie in unserem Hotel begrüßen und Ihnen einen unvergesslichen Tag sowohl kulinarischer als auch unterhaltsamer Art wünschen.» Die Menschen applaudierten.

Sanders klatschte ebenfalls. Es war Hilke Felten-Cromminga. Die Frau, nach der sie ergebnislos gesucht hatten, stand nun einfach hier, inmitten von hundert oder hundertfünfzig Menschen und hielt eine Rede, eine kleine, kurze, überaus charmante Rede. Sanders erwog nur einen kurzen Augenblick, auf die Bühne zu stürzen und sie in Gewahrsam zu nehmen. Doch dann ließ er dieser bemerkenswerten Frau ihren Auftritt, denn er vermutete, dass sie irgendetwas in der Hand haben musste, um so zu handeln. Sie war so wach, so klar bei Verstand, sie würde sich nicht zum Abschuss freigeben, wenn sie nicht irgendetwas damit bezwecken wollte. Sie war ganz anders, als Sanders es vor seinem inneren Auge gesehen hatte: keine schwache, unscheinbare Person in Grau. Sie war stark, attraktiv und lebensfroh. Sie hakte sich bei ihrem Mann unter. Dieser schien sich inzwischen mit dem Spiel abgefunden zu haben und hatte ein Lächeln auf den Lippen, wenngleich auch ein etwas gezwungenes.

«Und so erlaube ich mir, zusammen mit meinem Mann für uns alle das Glas zu erheben, es ist Champagner mit einem, na, sagen wir mal, mit dem Kuss der Sanddornbeere. Wir trinken auf Ihr Wohl, vielen Dank, dass Sie erschienen sind!»

Alle Gläser im Raum hoben sich nahezu tänzerisch für einen kurzen Moment in die Höhe, ein paar diskrete «Zum Wohle» wurden gemurmelt, dann sah er Dutzende von Lippen an den zarten, dünnen Gläserwänden nippen. Es war fast geräuschlos in dem riesigen, prunkvollen Saal, und als mit einem Mal der traurig-kreischende Klang eines Schifferklaviers ertönte, erschraken die meisten Gäste, und ein wenig Champagner wurde verschüttet.

Ein Kellner trat an die Menschen heran und wies ihnen die Sitzplätze zu. Als die Ersten sich gesetzt hatten, stellte Sanders fest, dass Thore Felten und seine Frau nicht mehr in seinem Blickwinkel waren. Er schaute sich um. Der Saal war groß, es gab ein paar Nischen und Ecken, doch nirgendwo waren die Gastgeber zu entdecken. Sanders ärgerte sich über seine eigene Unaufmerksamkeit und kam hinter seiner Säule hervor.

Auf der Bühne saß nun ein abenteuerlich aussehender Mann mit Akkordeon; Sanders versuchte, so unauffällig wie möglich zu ihm hinauf und dann hinter den dunkelblauen Vorhang zu gelangen. Da der Anblick des Musikers nicht gerade appetitanregend war, schienen sich die Augen der Gäste bereits abgewandt zu haben, vielleicht hatten sie die Ohren noch auf Empfang, doch Sanders machte keinen Lärm, und niemand bemerkte ihn. Hinter dem Vorhang war eine Tür, wie er vermutet hatte, sie war nur angelehnt, und dahinter brannte Licht. Zuerst wollte er gleich hindurchgehen, doch dann bemerkte er, dass Hilke Felten-Cromminga und ihr Mann ganz allein in diesem Garderobenräumchen zu sein schienen. Zum Glück war Thore Felten kein leiser Zeitgenosse, Sanders verstand jedes Wort.

«Du gehörst in eine Anstalt und nicht hierher. Allein schon diese Geschmacklosigkeit, in Ronjas Kleid aufzutauchen, ist doch ein Zeichen, dass du nicht mehr klar bei Verstand bist.»

«Es ist mein Kleid. Ich habe es entworfen, ich habe es genäht, es passt wie angegossen. Das einzige Mal, wo ich nicht bei Verstand gewesen bin, war, als ich es Ronja auf den Leib geschnitten habe. Ansonsten geht es mir nämlich sehr gut.»

«Schatz, du siehst wirklich fabelhaft aus.» Sanders konnte in seinem Versteck den ironischen Unterton hören.

«Nach all den Jahren traust du dich mal wieder, aus der Versenkung aufzutauchen, und meinst, alles könnte sein wie früher, als du noch jung und attraktiv warst. Da lebst du aber verdammt noch mal an der Realität vorbei, meine Liebe. Dr. Gronewoldt hat es mir wirklich dringend ans Herz gelegt, dich einweisen zu lassen, und nach deinem Auftritt vorhin bin ich mir immer sicherer, dass er Recht hat.»

«Nun tu doch nicht so, als richtest du dich nach dem, was Dr. Gronewoldt sagt. Ist es nicht viel eher so, dass er sich mit dem, was er sagt, nach dir richtet?»

Eine kurze Weile war es still im Raum hinter der Bühne, dann zischte ein bitteres Lachen aus Feltens Mund.

«Verfolgungswahn ist wohl auch so eine Psychose von dir.»

«Wenn mein Psychotherapeut weiß, wo mein Badezimmer ist, ohne vorher mit mir in unserer Wohnung gewesen zu sein, dann werde ich trotz dieser Hammerpillen, die er mir verordnet hat, hellhörig. Und wenn mir seine Sekretärin von euren freundschaftlichen Treffen als alte Schulkameraden erzählt, ich von Gronewoldts akuten Geldsorgen erfahre und mich dann wieder daran erinnere, dass das ‹Dünenschloss› mir und nur mir allein gehört, dann kommt mir ein sehr konkreter Verdacht, mein Lieber.»

«Erzähl mir von deinen Hirngespinsten, Hilke …»

«Auch wenn es das Schäbigste ist, was man einem Menschen antun kann und ich meinen Töchtern absolut keinen Vater wünsche, der zu so etwas imstande ist, denke ich, du wolltest mich für unzurechnungsfähig erklären lassen, um im Hotel weiter schalten und walten zu können, wie es dir gefällt.»

«So ein Schwachsinn. Du bist krank, Hilke, es ist noch schlimmer, als ich befürchtet hatte. Du hast dich doch seit Jahren schon für nichts mehr interessiert, warum sollte ich mit dieser Situation nicht einfach zufrieden sein und dich in Ruhe lassen?»

Feltens Stimme klang in Sanders' Ohren nicht mehr annähernd so beherrscht und sicher wie noch vor ein paar Minuten auf der Bühne. Nur seine Frau ließ sich nicht beirren, ihre Worte waren gefasst und klar.

«Vielleicht wolltest du immer mehr? Noch mehr Geld ausgeben für die Erfüllung deines Traums vom Luxushotel auf Juist. Das hätte ich nicht zugelassen, du weißt es. Ich hätte zu verhindern gewusst, dass du sämtliche Sicherheiten unserer Familie, unserer Kinder auf eine Karte setzt.»

«Ja, weil du halt keinen Sinn fürs Geschäft hast. Wenn alles nach dir gegangen wäre, dann säßen wir immer noch in diesem muffigen Zwei-Sterne-Hotel mit Etagendusche und Essensgeruch in den Tapeten.»

«Vielleicht wolltest du mich auch einfach loswerden? Mich, den ewigen Klotz am Bein, diese graue Maus ohne einen Funken Ehrgeiz …»

Jetzt hatte sie ihn so weit. Sanders glaubte seinen Ohren nicht zu trauen. Diese Hilke Felten-Cromminga zog mit ihrem eigenen Ehemann ein Verhör durch, das es in sich hatte. Nur noch ein paar Minuten, und er hätte das Mordgeständnis, ohne einen Finger krumm gemacht zu haben.

«Du wolltest mich eintauschen gegen eine wie Ronja Polwinski, ist es nicht so? An ihrer Seite ist dir erst bewusst geworden, was bei mir fehlt.»

«Soll ich anfangen, es aufzuzählen?»

«Nein danke, das kannst du mir mal aus dem Knast schreiben, wenn sie dich eingelocht haben. Da hast du viel, viel Zeit, dir zu überlegen, ob es so gut war, die Geliebte gleich mit aus dem Weg zu räumen, als sie anfing, dein schäbiges Spiel zu durchschauen.»

«Ja, klar. Ich werde dir dann einen langen Brief zukommen lassen mit all den Details. Wie sie Mitleid mit dir hatte, weil ich so berechnend mit dir umging. Wie sie kurz erschrak, dass sie auf einmal so müde wurde von dem Getränk, in das ich deine Schlaftabletten gemixt hatte. Willst du all diese Schauerlichkeiten wirklich wissen? Du bist verrückt, Hilke, du bist hoffnungslos verrückt.»

Es war still, der Musiker hatte aufgehört zu spielen, höflicher Beifall setzte ein. Sanders schob sich an der Wand entlang, hinter einem Rednerpult konnte er sich verstecken, dann kam der Künstler schon nach hinten, schob den Vorhang zur Seite und betrat das Hinterzimmer.

«Verzeihen Sie, wir gehen selbstverständlich sofort», hörte er Felten sagen. «Es wird Zeit, den ersten Gang anzusagen.» Sanders schaute ein kleines Stück hinter dem Pult hervor, Felten musste schon gegangen sein, seine Frau stand noch hinter dem Vorhang und richtete sich vor einem halbblinden Spiegel das Kleid. Sie sah weder erschüttert noch triumphierend aus, vielleicht nur ein wenig traurig. In Sanders Augen sah sie ganz und gar nicht so aus wie eine Frau, die ihrem Mann soeben ein Mordgeständnis entlockt hatte.

# Vorspeise

Wencke hatte Hilkes Einzug mit Genugtuung vom Foyer aus beobachtet. Bereits im kleinen Nähatelier war eine Verwandlung mit dieser Frau geschehen, die ihr den Atem genommen hatte. Eben waren sie noch wie zwei Kriminelle durch die Dünen zum Hotel geschlichen, hatten nach links und nach rechts geschaut, als wären sie auf der Flucht. Sie waren dabei, sich möglichst unauffällig direkt in die Höhle des Löwen zu begeben. Die Idee war noch nicht einmal ihrem kreativen Köpfchen entsprungen. Nachdem sie mit Leitungswasser aus Zahnputzbechern auf ihre gemeinsame Sache und ihre Vornamen angestoßen hatten, war Hilke aufgestanden, hatte sich vor den Ganzkörperspiegel gestellt und gefragt: «Meinst du, Orange würde mir stehen?»

Der Plan war genial: Wenn sie selbstverständlich in den voll besetzten Speisesaal hineinspazierte, dann hätte Thore Felten keine Wahl, als sie gewähren zu lassen. Einen Eheskandal vor all diesen für ihn bedeutsamen Menschen würde er in jedem Fall vermeiden wollen. Dass sie bei der Begegnung auch noch das Kleid von Ronja Polwinski tragen würde, bedeutete für Felten noch einen weiteren Hieb, der ihn in die Ecke manövrieren könnte, in der sie ihn haben wollten: Er sollte außer sich sein, er sollte zum Zerreißen gespannt sein, er sollte schutzlos ihren direkten Anschuldigungen ausgeliefert sein. Denn was er dann sagen würde, wäre die Wahrheit.

Wencke ahnte, dass es für Hilke ein ebenso befreiendes wie grausames Spiel sein musste, genau wie auch sie selbst nicht zu sagen vermochte, ob sie den Enthüllungen gewachsen wäre. Denn der Verdacht, der beiden Frauen gleichzeitig fast schleichend, aber mit Gewalt gekommen war, brächte für keine von beiden den Sieg: Fokke Cromminga hatte einen verdammt guten Grund gehabt, Ronja aus der Welt zu schaffen, vielleicht hatte er sogar das stärkste Motiv von allen. Er wollte nicht ein zweites Mal als Spitzenkoch den Traum vom Gourmetrestaurant zu Grabe tragen, er wollte bei einem Zweikampf mit dem Stiefvater nicht schon wieder den Kürzeren ziehen, er wollte sich von niemandem mehr Steine in den Weg legen lassen, den er entschlossen war zu gehen.

Wencke sah vor dem inneren Auge diese seltsamen Diagramme ihres Kollegen Sanders vor sich, und bei Fokke stand nicht nur der Balken beim «Motiv» an oberster Stelle, nein, auch die anderen Kriterien konnte er ohne weiteres erfüllen: Er hatte die Möglichkeit, ohne Aufsehen zu erregen, das Kühlhaus in Beschlag zu nehmen. Er hatte das Potenzial, da er von seinem Perfektionismus besessen war. Wenckes weibliche Intuition hatte noch einen weiteren Punkt auf Sanders' Werteskala hinzugefügt: die «Handschrift». Eine malerische Schönheit in den Dünen, es konnte kein Zufall sein, dass Ronja Polwinski wie dekoriert ausgesehen hatte, wie garniert. Ihr kam die Leichtigkeit und Selbstverständlichkeit in den Sinn, mit der Fokke ihr das exotische Obst gereicht hatte. Und ab diesem Moment war sie sich fast schon zu sicher gewesen, den größten Fehler ihres Lebens begangen zu haben: Sie war mit einem Mörder ins Bett gegangen.

Wencke stand noch immer im Foyer, Felten hatte seine Frau nach dem Trinkspruch hinter die Bühne gezerrt, unauffällig und mit sanfter Gewalt, außer ihr hatte es wohl niemand bemerkt. Sie suchte in der verwirrenden Menschenmenge nach Meint und Sanders, doch selbst als die Gäste die Plätze eingenommen hatten, war ihr noch keiner der beiden Kollegen aufgefallen. Sie hatte damit gerechnet, dass sie sich unter die

Leute gemischt hätten, und ein wenig Befürchtungen gehabt, Sanders könnte in seinem blinden Ehrgeiz Hilke Felten-Cromminga von der Bühne holen. Nichts dergleichen war geschehen. Vielleicht waren die beiden gar nicht hier, sie gingen heute alle getrennte Wege, Sanders war noch nicht einmal zum Frühstück erschienen, was Wencke nur recht war.

Den Musiker am Akkordeon nahm sie erst so richtig wahr, als er seine erste Pause machte. Nach einem höflichen Applaus verließ er die Bühne, Wencke schaute gebannt, was nun geschehen könnte. Nach nur wenigen Augenblicken trat Thore Felten ans Mikrophon, Hilke war nicht zu sehen, sie musste immer noch hinter dem dunklen Vorhang stecken. Wencke wünschte, sie könnte für einen Moment zu ihr. Sie konnte aus der Entfernung nicht einschätzen, in welcher Verfassung Thore Felten war. Auf den ersten Blick wirkte er, als wäre nichts geschehen. Erst als er die ersten Worte an das Publikum richtete, wurde sie seiner Angespanntheit gewahr.

«Vielen Dank an unseren Musiker, ähm … entschuldigen Sie vielmals. Noch einmal: Vielen Dank an Ruven Aechterbroek aus Groningen am Schifferklavier. Er wird uns durch das heutige Menü musikalisch begleiten.» Der Applaus, der nun einsetzte, war verhalten, Wencke registrierte einige Köpfe, die sich irritiert einander zuneigten, und ein leises, kaum wahrnehmbares Flüstern erfüllte für einen kurzen Moment den Saal. Felten suchte mit den Fingern in seiner Innentasche und holte ein kleines Blatt hervor. Er musste seine Rede ablesen. Wencke hätte schwören können, dass er es anders geplant hatte. Er räusperte sich. «Seine Musik ist keine gewöhnliche Tafelmusik, genau wie die Sanddornbeere, die wir heute sozusagen adeln möchten, keine gewöhnliche Zutat für Tafelfreuden ist. Doch wer ein bisschen Bitterkeit schätzt und weiß, dass diese die Süße erst zum Glänzen bringen kann, der wird heute sowohl von der Musik als auch von dem Menü begeistert sein.»

Der schwere Vorhang hinter ihm schob sich auseinander, und Hilke betrat die Bühne. Sie war strahlend und ruhig, Wencke konnte es fast nicht glauben, dass dies dieselbe Frau sein sollte, die man ihr als verängstigt und gebrochen beschrieben hatte. Genau wie bei ihrem ersten Auftritt nahm sie Felten erneut das Mikrophon aus der Hand. Vereinzelte Lacher an den Tischen ließen darauf schließen, dass die Gäste das Ganze für eine originelle Art der Unterhaltung hielten. Im Grunde war es auch nichts weiter als Theater. Wenn es nicht bereits so todernst geworden wäre.

«Mein Mann ist kein guter Redner, wenn er hungrig ist», sagte Hilke trocken, und die Lacher wurden lauter. «Was er Ihnen sagen möchte, kann er nicht, da ihm dann das Wasser im Munde zusammenläuft. Wir präsentieren ihnen jetzt die Vorspeise: Carpaccio vom Wild auf Zuckerrohr-Sanddornsorbet! Genießen Sie, liebe Gäste! Anschließend wird unsere Küche Sie mit einem Austernschaumsüppchen mit Sanddorngarnelen begeistern.»

Ein Raunen schwoll an den Tischen an, die Damen und Herren rückten sich auf ihren Stühlen zurecht, und einige von ihnen entblätterten die kunstvoll geformten Servietten. Hilke verließ das Podest und wurde kurz von ihrem Mann am Ärmel gehalten, es war wieder diese Geste kaum sichtbarer Gewalt, der sie sich flüchtig entzog. Felten schaute sich um, er schien von hinten gerufen worden zu sein, und mit einem heftigen Schrecken sah Wencke, dass ihr Kollege Sanders vor den Behang getreten war. Er musste die ganze Zeit über dort gesteckt haben, er war Zeuge gewesen, alles das, was Hilke ihr nun gleich erzählen würde, hatte er selbst mitangehört. Er war ihr wieder einmal zuvorgekommen. Doch ihr blieb keine

Zeit, sich darüber zu ärgern, sie nahm die kleine Treppe, die hinter der Rezeption in den Keller führte, und ging eilig zum Atelier.

Hilke war schon dort, sie hatte den Weg durch die Küche genommen. Sie saß auf dem Tisch, ihre Miene war versteinert, und Wencke war unfähig, eine Regung darin zu erkennen.

Sie schloss die Tür. Keiner hatte bemerkt, dass sie sich hier trafen. Hoffentlich.

Hilke blickte auf und schüttelte kaum merkbar mit dem Kopf.

«Was glaubst du jetzt?»

«Er hat es nicht getan.»

«Was genau hat er gesagt, Hilke, wie hat er reagiert?»

«Er war zornig, er hat versucht, mir die Sicherheit zu nehmen, wie er es immer getan hat. Damit habe ich auch gerechnet.» Hilke sprach seltsam langsam und stockend, fast klang es, als wäre sie nicht mehr in der Lage, ein klares Wort über die Lippen zu bringen.

«Und wie hat er auf die Sache mit Gronewoldt reagiert?» Wencke wollte nicht so ungeduldig klingen, doch man konnte ihr anmerken, dass sie es keine Sekunde länger aushielt.

«Ja, das hat er getan. Er hat es zugegeben, mit seiner unbarmherzig kalten Art hat er mir gesagt, dass er mich nicht mehr sehen wollte, dass er mich entsorgen musste. Er war noch nicht einmal schockiert, dass ich dahinter gekommen bin.»

Wencke ging auf sie zu und nahm sie sanft bei den Schultern. Hilke zitterte.

«Ja, aber was ist mit Ronja Polwinski?»

Hilkes Kopf fiel schwer nach vorn, sie fing ihn mit dem Oberarm auf und ließ ihn dort liegen. Hilkes Worte konnte Wencke kaum verstehen.

«Er hat so lapidar dahergeredet, dass man meinen könnte,

ihm wäre diese schreckliche Tat nicht einen ernsthaften Gedanken wert. Er hat mich sogar glauben lassen, er hätte sie selber verübt.»

«Aber?»

«Ich kenne meinen Mann. Ich kenne ihn in- und auswendig. Mit dieser Finte wollte er mich nur zur Verzweiflung bringen, aber die Wahrheit ist anders. Ich bin am Ende, ich fühle mich, als hätte er mir mit seiner Eiseskälte die Sinne blockiert. Aber eines weiß ich genau: Er hat es nicht getan! Denn wäre er es gewesen, hätte er Ronja Polwinski das Leben genommen, er hätte es mir niemals gesagt.»

«Bist du dir sicher? Du weißt, was das bedeutet?»

Hilke hob den Kopf wieder an, sie hatte nicht geweint, sie sah makellos aus, noch nicht einmal ihre Haare waren in Unordnung. Wie hatte jemals ein Mensch von ihr denken können, sie wäre verrückt?

«Du musst Fokke verhaften. Er hat es getan.»

Die beiden Frauen schauten sich an. Wencke zweifelte nicht einen Moment an der Wahrheit, die lediglich auf einem Gefühl, auf einer Intuition beruhte, die noch nicht einmal ihrem eigenen Bauch entstammte. Sie wusste, diese Frau hatte etwas gesagt, das ihr schwerer fiel als eine Verleumdung, mit der sie ihren Mann hätte strafen können.

Sie hatte ihren eigenen Sohn verraten.

Es blieb keine Zeit, sie zu trösten.

«Hilke, bitte sag meinem Kollegen Sanders Bescheid, er soll in die Küche kommen, sofort! Ich habe ihn vorhin bei deinem Mann gesehen. Sag ihm, ich brauche dringend seine Unterstützung.» Wencke ließ sie in dem kleinen Raum zurück und hoffte, dass sie ihr ein klein wenig Stärke zurückgelassen hatte.

Sie rannte den Gang hinunter, obwohl ihre Beine schwer

waren und sie sich selbst gern ein wenig Zeit gelassen hätte, bevor sie die Tür zur Küche öffnete.

Dahinter war die Luft heiß und feucht, sie konnte im ersten Moment kaum eine Gestalt ausmachen, doch dann erkannte sie weiß gekleidete Menschen, die zwischen den kantigen Küchenelementen in alle Richtungen hasteten, alle schienen einer einvernehmlichen Ordnung zu gehorchen, es wurde sich geduckt, wenn ein anderer mit schweren, fettspritzenden Pfannen über die Köpfe hinweg hantierte, man drängte zur Seite, wenn dampfende Töpfe von der Größe eines Kleinkindes zum Abgießen gewuchtet wurden, fast ohne Worte funktionierte diese Welt. Wencke konnte darin kein System erkennen, sie fühlte sich hin- und hergeschoben, obwohl sie noch immer am Eingang und dicht an die Wand gedrängt stand.

Dann entdeckte sie Fokke. Er war der Dirigent. Seine Augen schienen überall zu sein, und mit seinen beiden Händen vermochte er in diesem Moment wohl zehn verschiedene Handgriffe zu verrichten. Er war präsent, er war bis in die letzte Sehne genau bei dieser Sekunde, in der er die schalenförmigen weißen Suppentassen mit sämiger Suppe gefüllt mit den Fingern nur zu überfliegen schien. Ein kleines Bild schien er darauf zu pinseln, ein wenig Grün und Orange, eine Skulptur nach oben ziehend, ein Teller um den anderen wie viele kleine Noten in einer Partitur, fast identisch aussehend ergaben sie für sich und als Gesamtheit einen Einklang.

«Weg, weg, weg», rief er nur kurz und nicht laut, fast hatte er es noch nicht ausgesprochen, da waren die Teller von einer anderen Hand davongetragen, er war nur einen Meter weiter gerückt und dirigierte erneut.

«Weg, weg, weg.»

«Fokke.»

Die Hände hielten für den Bruchteil einer Sekunde inne. «Wencke.»

«Wer ist die Schnepfe? Raus mit ihr», eine Stimme schien sich zu überschlagen.

«Sie können Herrn Cromminga jetzt nix stören, auf gar keine Fall.» Die kleine dunkelhaarige Polin trat auf sie zu und wollte sie hinausschieben.

«Marietta, ist schon in Ordnung.» Fokke schaute nicht auf, er verlor nicht den Rhythmus und nicht die Ruhe. «In drei Minuten, Wencke. Geh nach hinten durch.»

«Bist du verrückt, Chef? In drei Minuten? Wir stehen kurz vorm Hauptgang!»

Wencke zögerte nur kurz, dann schob sie sich an der Wand entlang. Sie versuchte, zum Gefrierhaus zu gelangen. Ein Kellner fluchte, als sie ihm für einen kurzen Augenblick in die Quere kam, er ging weiter zu einem Tisch, auf dem die Suppen abgestellt wurden, fasste mit jeder Hand zwei der bauchigen Teller und trug sie davon. Eine junge Frau kam ihm entgegen und tat es ihm gleich, so ging es wie in einem unhörbaren Takt hinein und hinaus, einer um den anderen, sie beobachtete das Treiben und hatte schon nach kurzer Zeit den Überblick verloren, wie oft jede Bedienung nun schon an ihr vorbeigehastet kam. Sie kamen mit angespannten Blick und verließen die Küche kerzengerade mit einem Lächeln auf den Lippen, keiner schwitzte, keiner war außer Atem, keiner wurde langsamer oder schneller, fast wie Aufziehpuppen.

Dann blieb der Tisch leer, keiner kam mehr durch die Tür, es schien ein kurzer Moment einzutreten, in dem alle still standen. Dem war natürlich nicht so, es wie ging ein Ruck durch die Menschen, die in dieser Küche standen, jemand hatte den Hebel umgelegt, Kochgeschirr wurde fortgetragen, und neue Töpfe und Pfannen fanden ihren Platz auf dem Feuer. Auf einmal stand Fokke neben ihr. Seine Augen waren voll von irgendwelchen Gefühlen, die ihn in einen Trancezustand zu versetzen schienen.

Einen flüchtigen Augenblick hatte Wencke Mitleid, sie überlegte, es nicht zu tun.

«Ist was mit meiner Mutter? Ich habe gehört, sie ist hier?»

«Wo können wir kurz unter vier Augen sprechen?»

Er wies sie in das Kühlhaus.

Auf einem riesigen silbernen Tablett vor ihr breitete sich die Silhouette der Insel aus. Schlank und schön schien sie auf einem Meer aus Früchten und geschlagener Creme zu schwimmen, Dünen aus weißem Samt erhoben sich sanft, kleine orangefarbene Häuser bevölkerten zuckersüß die Täler aus Kristall. Juist aus Eis.

«Es ist nicht wegen Hilke, es geht ihr gut. Fokke, ich muss dich verhaften.»

«Du musst was?» Er trat auf sie zu. Hoffentlich kommt Sanders gleich, ging es ihr durch den Kopf. Auf einmal verspürte sie Angst.

«Wegen Mordes an Ronja Polwinski. Du bist es gewesen.»

Fokke starrte sie an. Er unternahm keinen Versuch, sich zu rechtfertigen, er sagte keine Silbe, die ihn hätte entlasten können. Seine Hände griffen hart an ihren Hals.

«Du kannst das jetzt nicht machen, Wencke. Jetzt nicht!»

«Ich muss es jetzt machen. Verstehst du? Es ist mein Job, es ist meine verdammte Pflicht, den Mörder von Ronja Polwinski sofort zu verhaften. Du hattest Zeit genug, dich aus dem Staub zu machen, als ich noch dumm genug war, auf deine Spielereien hereinzufallen. Jetzt ist es aus.»

«Ich warne dich, wenn du auch so dumm bist, dich mir in den Weg zu stellen. Ich lasse mich von dir nicht ruinieren! Von dir genauso wenig wie von Ronja!»

«Fokke, du hast dich selbst ruiniert. Warum auch immer dir diese beschissene Kocherei das Hirn kaputtgemacht hat, jetzt ist Schluss damit.»

Er drängte sich fest an sie, sein Atem schlug ihr ins Gesicht. Sie flehte still, dass endlich die Tür aufgehen und Sanders sie aus dieser Lage befreien würde. Doch die Tür blieb geschlossen. Fokkes Hand legte sich enger um ihre Kehle, und sie musste quälend nach Luft schnappen.

«Du kannst mich hier nicht erwürgen», keuchte sie, «das wäre krank, Fokke. Hör auf damit.»

Er presste sie gegen die kalte Wand, sein Ellenbogen keilte sich schmerzhaft unter ihre Brust, dann sah sie, dass er mit der anderen Hand eine Tür hinter sich öffnete. Eiskalter Dunst quoll hervor. Mit einem gewaltigen Ruck drehte er sie um und hob sie an seinen Körper, sie stemmte sich mit beiden Beinen gegen den Türrahmen, doch er schlug mit der freien Hand gegen ihre Kniekehlen, die nachgaben. Sie schrie, doch ihr Hals war noch immer von seinen sehnigen Fingern umklammert, sie versuchte, ihn zu treten, wohin auch immer, ihre Arme fuchtelten wild herum und bekamen seine Schürze zu packen, doch sie schaffte es nicht, sich aus seiner Umklammerung zu lösen. Fast hatte er sie in den dunklen Raum geschoben, mit letzter Kraft hob sie das Knie und stieß mit ihrer Hacke fest zwischen seine Beine, er fiel ein Stück nach hinten und riss das silberne Tablett mit sich. Aus den Augenwinkeln konnte sie erkennen, wie die eisige Insel an der glatten Fläche herunterrutschte, wie die Soßen auf die Fliesen tropften, bis alles nur noch ein einziger Brei aus süßen Zutaten war.

Die Gewalt, mit der er sie nun packte, nahm ihr jede Kraft. «Du hast es geschafft, du verfluchte Schlampe, du hast es tatsächlich geschafft.» Er riss sie hoch und warf sie durch die Tür. Sie schlug mit dem Kopf gegen eine Kante, raffte sich auf, zog sich mit einer Hand hoch, sah ihm direkt ins Gesicht. Dann schloss sich die Tür.

Sie warf sich dagegen, versuchte mit ihren eisigen Fingern den Griff zu bewegen, doch sie konnte diesen Raum nicht verlassen.

Es war dunkel. Und es war kalt. Es war zum Sterben kalt.

Wo steckte Wencke Tydmers? Sanders hatte sie bereits von der Bühne aus im Publikum zu finden gesucht, doch er hatte ihren kurzen roten Haarschopf zwischen all den ondulierten, hochgesteckten und pomadisierten Frisuren nicht entdecken können. Er hätte sie jetzt gut gebrauchen können. Thore Felten war zwar ohne größere Schwierigkeiten mit ihm in den Wintergarten gegangen, doch als er hörte, worum es ging, entwickelte sich das Gespräch zu einem Desaster. Meint Britzke hatte kaum eine Chance, dem Wortgefecht zu folgen. Sein Kugelschreiber raste über den Block und beschrieb bereits das dritte Blatt Papier.

«Hören Sie, ich hatte Sie eigentlich für einen umgänglicheren und intelligenteren Polizisten gehalten als Ihre vorlaute Kollegin, aber was Sie mir hier nun unterstellen, entbehrt jeder Vernunft.» Thore Felten hatte sichtlich Mühe, sich auf dem Platz zu halten, sein Verhalten schwankte zwischen unterdrücktem Zorn und aggressiver Demut. Er schien alle Register zu ziehen, um dieser Situation so schnell wie möglich zu entkommen. «Und es ist mir auch egal, was Sie meinen mitangehört zu haben. Fakt ist, dass meine Frau mich hier vor allen Leuten zum Vollidioten gemacht hat. Sie verschwindet zwei Tage lang, und ich vergehe vor Sorge um sie. Und dann taucht sie so mir nichts dir nichts auf, als wenn nichts gewesen wäre, noch dazu in einem Kleid, das Ronja Polwinski auf den

Leib geschneidert wurde, und konfrontiert mich mit Vorwürfen, dass ich sie angeblich aus böser Absicht in die Klapsmühle einweisen lassen wollte. Wie hätten Sie denn reagiert, Kommissar Sanders? Vernünftig und besonnen? Hätten Sie ganz ruhig geantwortet: ‹Nein, mein Liebling, du irrst dich, ich habe niemanden in den Wahnsinn getrieben und auch niemanden getötet …?› Ich bitte Sie, Herr Kommissar, machen Sie sich nicht lächerlich.»

«Herr Felten, der Verdacht gegen Sie bestand schon, bevor ich das Gespräch zwischen Ihnen und Ihrer Frau zu hören bekam.» Sanders war es langsam Leid, das Gespräch drehte sich im Kreise. Er hoffte inständig, dass Tydmers endlich käme, er hatte mehrere Leute darum gebeten, nach ihr zu suchen. Nur sie konnte dem leidigen Verhör einen neuen Impuls geben, er gab es nur ungern zu, aber ihre weibliche Ader konnte ihm in diesem Moment von Nutzen sein.

Thore Felten erhob sich ruckartig von seinem Sessel, seine Stirn glänzte schwitzend, und Sanders meinte, hektische Flecken in seinem Gesicht erkennen zu können.

«Ich werde hier keine Sekunde länger sitzen bleiben.»

«O doch, das werden Sie!»

«Hören Sie, machen Sie Ihre Arbeit gründlich und lassen Sie mich die meine tun. In meinem Speisesaal sitzen hundertachtzig geladene Gäste, die von ihrem Gastgeber erwarten, dass er sie erstklassig betreut. Und von Ihnen wird erwartet, dass Sie den Mörder von Ronja Polwinski erwischen. Da ich nicht der bin, den Sie suchen, lassen Sie mich gehen, und erledigen Sie endlich Ihren Job.» Er ging zur Tür, erst zögernd, doch ohne sich umzublicken. Als er sicher war, dass niemand ihn aufhalten würde, beeilte er sich, die Chance wahrzunehmen.

«Warum haben Sie ihn gehen lassen?», fragte Britzke.

«Wohin sollte er flüchten?»

«Sie hätten ihn verhaften können nach all dem, was Sie gehört haben.»

Britzke hatte einerseits Recht, andererseits hatte er die Situation nicht wirklich durchschaut. Es wäre möglich gewesen, Thore Felten jetzt und hier festzuhalten und ihn zu verhören, bis ihm die Nerven blank lagen und er gestand. Doch eleganter war es, ihn so weit zu bringen, dass er von selbst über seine eigenen Nerven strauchelte. Die «Sanddorntage», das plötzliche Auftauchen seiner Frau, die immer enger werdenden Verstrickungen, dies alles würde er nicht mehr lange ertragen können, und wenn er, Sanders, nur im richtigen Moment an Feltens Seite auftauchen würde, dann wäre das Geständnis vor Gericht doppelt so viel wert wie eines, das nach stundenlangem Verhör fast lustlos zu Protokoll gegeben wurde.

«Keine Sorge, Kollege, wir werden ihn heute noch in Handschellen abführen», sagte er zu Britzke, der ihn mit ungläubigem Blick anstarrte. «Was im Moment viel wichtiger ist: Wo steckt Wencke Tydmers?»

# Hauptgang

Langsam wurde Hilke panisch. Sie hatte Wencke das Versprechen gegeben, dem Kollegen Bescheid zu sagen, doch sie konnte dieses Versprechen nicht einlösen. Sie war wie gelähmt. Das
Zittern von heute Morgen hatte sich verschlimmert, schon als
sie neben Thore auf der Bühne gestanden hatte, konnte sie den
Tremor, der von ihren Händen bereits auf beide Arme über-
gegriffen hatte, kaum unterdrücken. Sie hatte an diesem Aperitif nur genippt, doch der Alkohol hatte ihren Zustand allem
Anschein nach verschlimmert. Der Gang durch die Hintertür
bis in ihr Nähatelier war eine Tortur für sie gewesen, jeder
kleine Schritt bedeutete für Hilke eine enorme Anstrengung.
Dann, schon während des Gespräches, war ihr die Kontrolle
über den eigenen Körper entglitten. Sie hatte es Wencke nicht
gesagt, doch als diese den Raum verließ, saß Hilke apathisch
auf dem Schneidertisch und beobachtete hilflos ihre Muskeln,
die hemmungslos zu zittern begonnen hatten. Sie musste an
die Tabletten kommen, um Gottes willen, sie musste eine dieser Pillen nehmen, sonst würde sie gleich hilflos in ihrem Atelier liegen. In die Wohnung konnte sie unmöglich kommen;
wenn sie keine Medikamente mehr in ihrer Schublade unter
der Nähmaschine fand, dann konnte sie es nur noch bis zum
Telefon schaffen. Der Mund war trocken wie Watte, von rechts
und von links schoben sich Nebelwände in ihren Blick, bis sie
nur noch geradeaus sehen konnte, wie ein Pferd mit Scheu-
klappen. Langsam, unendlich langsam schob sie sich an den
Rand des Tisches, dann ließ sie sich über die Kante gleiten.
Den Boden unter den Sohlen spürte sie kaum noch, er schien
ihr morastig zu sein, die Füße versanken bis zu den Knöcheln

darin, dann ging sie in die Knie. Auf allen vieren schob sie sich Zentimeter für Zentimeter vorwärts, bis sie das Stuhlbein zu fassen bekam. Die Schublade schien nahezu unerreichbar zu sein, so weit oben, wie sollte sie jemals dort hinaufkommen und sie öffnen?

Sie ließ den Kopf auf den Boden sinken, Schweiß und Tränen machten das Linoleum nass. So verharrte sie einen Augenblick. Nun war Wencke sicher bereits in der Küche, sie hatte keine Ahnung, wie lange sie schon fort war. Ein paar Minuten, eine halbe Stunde oder schon länger? Sie würde warten, bis Verstärkung eintraf, sie würde nicht so unvernünftig sein und Fokke allein mit dem ungeheuerlichen Verdacht gegenübertreten. Sie musste doch wissen, dass Fokke unberechenbar sein konnte, wenn ihn jemand daran hinderte, sein Ziel zu erreichen. Hilke fühlte einen tiefen Schmerz in sich, es war ein Reißen tief im Inneren, das ihr für einen kurzen Augenblick den Atem nahm und wie ein Stromschlag durch den linken Arm schlug. In diesem Moment schlossen sich vielleicht schon die Handschellen um die sanften Handgelenke ihres Sohnes, sie wusste, es war das Einzige, was für Fokke noch übrig zu blieben schien. Man musste die Welt vor ihm schützen, vor seinem Perfektionismus, der gleichzeitig so viel zerstörerische Energie freisetzte, man musste Fokke vor sich selbst retten. Hilke sah vor ihren Augen eine Lache aus Speichel, die ihr aus dem Mundwinkel herausgelaufen war. Fokke war kein Ungeheuer, er war so empfindsam, so verletzlich, er war ein armes Kind, das nur eines wollte: Anerkennung. Anerkennung, die sie ihm als Mutter versagt hatte. Sie selbst war die Schuldige, sie hatte Fokke zu diesem ausgehungerten Wesen werden lassen, das um sich schlug, um sein eigenes Leben zu retten.

Spitze Pfeile durchbohrten ihren Schädel, als sie sich mühsam aufrichtete. Ein Blick auf die verkrampften Finger, sie sich am hölzernen Stuhl emporkämpften, ließ sie nicht glauben, dass es ihre eigenen Hände waren. Sie befahl diesen Klauen, den Griff am Nähtisch zu umfassen, doch die Bewegungen waren fahrig, erst im vierten Versuch bekam sie den Knauf zu packen und zog mit hilfloser Restkraft die Schublade auf. Die Augen suchten verzweifelt in dem dunklen Kasten, die Fingerspitzen griffen ins Leere. Es war nichts darin. Hilke heulte auf. Der schwarze Tunnel zog sich enger, dann sank sie schlaff in sich zusammen und blieb regungslos auf dem Boden liegen wie ein Vogel, der gegen eine Fensterscheibe geflogen war.

Nur zehn Zentimeter über der offenen Schublade stand das Telefon unberührt und stumm.


Wencke hasste die Kälte. Sie fühlte sich wie in einem Gladiatorenkäfig, nur dass das Ungetüm, gegen das sie kämpfen musste, nicht aus Fleisch und Blut, sondern eine Temperatur von ungefähr minus achtzehn Grad war. Doch die Wunden, die ihr der Gegner zufügte, waren nicht weniger schmerzhaft. Wenckes Fingerspitzen schienen von Tausenden kleiner Nadeln durchbohrt, nachdem sie die ersten Minuten in ihrem frostigen Gefängnis vergeblich versucht hatte, den Türgriff zu bewegen. Es hatte keinen Sinn: Das sichere Wissen, im nächsten Augenblick von Meint oder Sanders aus der fatalen Lage befreit zu werden, sank wie ihre eigene Körpertemperatur. Irgendetwas musste passiert sein, irgendetwas hatte Hilke davon abgehalten, die Kollegen einzuschalten, doch Wencke wusste, sich den Kopf darüber zu zerbrechen, was es gewesen sein könnte, führte zu nichts, sie musste handeln.

«Wencke, Wencke, versuch dich zu erinnern, was dir der Typ von der Kältetechnikfirma erzählt hat, scheiße, konzentriere deine wenigen noch nicht schockgefrosteten grauen Zellen und denk nach …» Das Selbstgespräch war leise und nicht so eindringlich, wie es nötig gewesen wäre. Die Kälte drang durch ihre Lippen und schien die Zähne mit eisigem Griff zu umklammern. Wencke schwieg. Sie hörte nichts. Der Lärm von der Küche drang durch keine Ritze, deswegen würde es auch keinen Sinn machen, aus Leibeskräften zu brüllen. Das Summen der Ventilatoren war leise, fast ein wenig beruhigend in der Dunkelheit, und Wencke bemerkte mit Schrecken, dass sie begann, müde zu werden.

Woher kam das Ventilatorengeräusch? In dem kleinen Raum konnten ihre Ohren nur schwer die ungefähre Richtung nachvollziehen, sie tastete die Wände ab, bis sie meinte, ein feines Plastikgitter zu fühlen, aus dem ein eisiger Luftzug geblasen wurde. Sie musste dieses Gerät zum Stehen bringen, das war eine Chance. Wenn die Luft in diesem Raum nicht mehr zirkulierte, würde die kalte Luft nach unten sinken, und sie hatte eine reelle Chance, im oberen Bereich keine Erfrierungen zu erleiden. Mit einem langen, flachen Gegenstand könnte sie zwischen den Gitterlamellen hindurch das rotierende Blatt zum Stehen bringen, vorausgesetzt, sie fände etwas, das stabil genug wäre. Wenn sie doch wenigstens nur einen winzigen Lichtstrahl hätte, doch in dieser gnadenlosen Finsternis war es aussichtslos zu suchen.

Das Feuerzeug fiel ihr ein, es klemmte in der Gesäßtasche, sie zog es hervor und versuchte, es zu entzünden. Ihre Fingerkuppen waren jetzt taub, sie schmerzten nicht mehr, doch sie hatten auch jegliches Gefühl verloren, waren ihr fremd und machten es nahezu unmöglich, das Feuer anzureißen. Mit beiden Händen hielt sie das Feuerzeug nun fest umklammert, mit der einen drehte sie das winzige Rädchen, mit der anderen drückte sie das Gasknöpfchen nieder, doch der Funke erlosch. Sie versuchte es erneut, vergeblich, dann noch einmal, und diesmal hielt sie die kleine spärliche Flamme für einen kurzen Augenblick am Brennen. Eilig schaute sie sich um, sah auf dem Regal weiße Styroporkästen, einen Stapel Margarinedosen und eine kleine Obsttorte. Dann war es wieder finster. Sie hantierte erneut mit dem Feuerzeug, die Metallteile hatten sich durch die Flamme kurz erhitzt, sie spürte ein beißendes Brennen irgendwo an ihrer Hand, konnte es aber nicht mehr lokalisieren. Ihre Nerven funktionierten nicht mehr.

Bitte, bitte lass mich irgendetwas finden, dachte sie. Der kurze Flammenschein zeigte ihr eine Holzbox, als sie sich dorthin drehte, erlosch das Licht erneut. Sie tastete sich voran, bis sie die Obstkiste gefunden hatte, entleerte polternd den Inhalt auf dem Boden und riss mit aller Kraft die dünnen splitternden Bretter auseinander. Damit musste es gehen, sie setzte sich auf alle viere und kroch in die Ecke, in der sie den Lüfter vermutete. Das Holzstück war ein wenig zu stark, nur die Spitze ließ sich in den schmalen Gitterspalt schieben, doch Wencke gab nicht auf, sie setzte sich hin, erfühlte mit dem Fuß das Ziel und trat mit einem heftigen Ruck dagegen.

Ein Splittern drang aus der Ecke, gefolgt von einem kurzen Brummen, dann stand der Motor still. Sicherheitshalber schob sie den Keil noch ein wenig nach und überprüfte, ob noch ein Luftzug aus dem kleinen Schacht kam, doch es schien funktioniert zu haben. Sie konnte sich nicht darüber freuen, die Kälte nahm ihr die Kraft dazu. Wenn sie durchhalten wollte, so musste sie nach oben auf das Regal gelangen. Ein Styroporblock diente ihr als Stufe, sie räumte die oberste Regalreihe leer, indem sie mit dem Arm darüberfegte, dann trat sie mit dem einen Fuß auf die mittlere Schiene und zog sich langsam hinauf. Es war nicht viel Platz zwischen Bord und Decke, sie musste sich zusammenkauern, doch die Minustemperaturen zwangen sie ohnehin, die restliche Körperwärme zusammenzuhalten.

Ein scheußlicher Gedanke kam ihr in den Sinn: Sie stellte sich Ronja Polwinski vor, diese schöne Frau, die sie nie kennen gelernt hatte und der sie sich nun irgendwie so nahe fühlte. Schicksal verbindet, flüsterte ihr eine Stimme aus dem Nichts ins Ohr. An dieser Stelle hat schon einmal ein Herz aufgehört zu schlagen. Es war ein grausamer Ort zum Sterben. Dunkelheit, Einsamkeit und Kälte als letzte Gefährten. Wencke merkte, dass nicht nur die Kälte ihr Feind war, vielleicht hatte sie dieser Gegnerin einen Etappensieg abgerungen, denn die fehlende Luftzirkulation machte sich bemerkbar, die Temperaturen stachen ihr nicht mehr so schmerzvoll in die Haut. Eine andere Befürchtung machte sich in ihr breit, an der Stelle, wo nur noch der blanke Überlebenswille das Kommando über sie hatte. Sie rechnete die Kubikmeter geteilt durch den Sauerstoff, den sie pro Minute verbrauchte. Das Ergebnis war niederschmetternd. Wenn sie nicht bald aus dieser finsteren Zelle befreit würde, dann würde sie ersticken ... wenn sie nicht bereits vorher zu Eis gefroren war. Schlechte Aussichten. Wieder musste sie an Ronja Polwinski denken, dann dachte sie an Axel Sanders und dass er dann wohl den Chefsessel besetzen würde, wenn sie tot war. Es war ein absurder Gedanke, es war unwichtig, unsinnig und absolut daneben, so etwas zu denken. Aber es war der letzte Gedanke, bevor sie einschlief.

Er musste umdenken. Der Seeteufel war bereits rausgegangen, und sein Körper war in vollem Einsatz, den Fasan auf die Teller zu bringen. Doch sein Kopf war bereits beim Dessert. Ein Fehler, das wusste er. Wenn er nicht mit voller Konzentration den Fond ablöschte und daraus die Sauce zog, dann war es nicht dasselbe, dann konnte ihm ein Missgeschick passieren, eine Prise zu viel Thymian, eine zu herbe Note Rotwein, sein Triumph basierte auf schmalem Grat. Er durfte nicht zu hastig vorgehen, ein Fehltritt wäre programmiert. Doch er war aus dem Gleichgewicht geraten.

«Hey, Fokke, zieh nicht so ein Gesicht. Es läuft wunderbar», rief Gunnar ihm zu. «Ich habe gerade ein Gespräch aufgeschnappt, wenn mich nicht alles täuscht, ist dir ein Stern sicher!»

Warum war für ihn der Weg nach oben immer gekappt? Wenn alles zum Greifen nahe war, wenn das Glück endlich auf seiner Seite zu sein schien, dann stürzte immer alles zusammen. Er war ein glückliches Kind gewesen, zwar ohne Vater, aber er hätte seiner Mutter doch so viel geben können, sie hätten es so schön haben können … bis Thore Felten kam. Und als «Die Auster» weit über die norddeutschen Grenzen hinaus von Lobeshymnen überschüttet wurde, da stand er so kurz davor, sein Restaurant in die schwarzen Zahlen bringen zu können … bis der Gerichtsvollzieher kam, von Thore Felten geschickt. Das kurze Glück mit Ronja, die erste Ahnung von Familie … bis ihm ein guter Freund erzählte, dass sie mit Thore Felten ins Bett ging. Schlimmer noch war es gewesen, als sie letzte Woche mit einem breiten Grinsen in die Küche gekommen war und ihm diese verhängnisvolle Mappe auf den Tisch gelegt hatte.

«Wir werden das Lokal hier schon zum Renner machen, das schwöre ich dir», hatte sie gesagt, ein ahnungsloses Lächeln hatte sie ihm geschenkt, als sie ihm das Todesurteil für seine Ziele überließ. Schon nach den ersten Seiten hatte er gewusst, dass er handeln musste. Sie hatte eine Reise nach Hannover geplant, wollte dort mit einem Unternehmensberater die Details für ihre Idee von einem Büffetrestaurant durchsprechen, dann wollte sie die Pläne Thore Felten unterbreiten. Sein Kopf hatte rotiert, der Stress um das kaputte Kühlhaus hatte ihn bereits an den Rand des Erträglichen gebracht. Und dann war alles so einfach gewesen, es hatte sich nahezu von selbst so ergeben. Er hatte sie mit guter Miene zum bösen Spiel auf eine kleine Weinprobe in die Küche eingeladen. Er fände die Idee mit dem Büffetrestaurant sehr reizvoll und bei dieser Gelegenheit könne man ja näher darüber sprechen.

«Fokke, mir fällt ein Stein vom Herzen. Ich dachte, an dir beiße ich mir die Zähne aus. Auf unseren gemeinsamen Weg zum Erfolg», hatte sie gesagt, dann hatte sie mit ihm angestoßen und den Rotwein fast mit einem Zug geleert. Er brauchte gar nicht so lange zu warten, bis sich die Wirkung des Beruhigungsmittels in ihrem Körper auszubreiten schien. Soweit er sich zu erinnern vermochte, waren ihre letzten Worte: «Ich vertrage einfach keinen Rotwein, aber er schmeckt so wunderbar.» Dann hatte sie sich auf der Küchenbank lang gemacht, war so schnell weggetreten, dass er sein Glas nicht einmal mehr zu Ende trinken konnte. Er trug sie in das neue Gefrierhaus, die Temperaturen hatten ihren Tiefstand noch nicht erreicht, er hatte es erst vor zwei Stunden angestellt, doch Ronja Polwinski würde sicher noch eine Weile schlafen.

Und jetzt war es wieder so weit, er hatte sich die Seele wund gekocht, er hatte hundertachtzig Gourmets dazu gebracht, die Teller leer zu essen, er brauchte nur mit dem Finger zu schnippen, und Thore Felten würde endlich seine gerechte Strafe erhalten … und dann war ihm alles aus den Händen geglitten. Er mochte Wencke Tydmers, er hielt sie für eine verständige Frau, warum konnte sie nicht nachvollziehen, was in ihm vorging? Konnte sie ihm nicht diese eine Chance lassen, dieses eine Mal?

Er hatte sie doch auch unterstützt, hatte ihre Selbstzweifel in der letzten Nacht weggeküsst, hatte Wencke den Fall in die Hände gelegt, damit sie ihren Kollegen zeigen konnte, was in ihr steckte.

«Chef, wir müssen uns sputen, die Teller kommen wieder rein.»

Seine Hände arbeiteten wie von selbst, er schmeckte kaum etwas, als er den kleinen Löffel zum Mund führte. Es konnte gut sein, eine Sauce, der man ganz neue liebevolle Adjektive zusprechen wollte, es konnte aber auch schmecken wie ein alter Hering aus dem Eimer. Er war nicht in der Lage, einen Unterschied zu schmecken. Doch er ließ es sich nicht anmerken, nickte und schob dem Küchenhelfer den Topf hinüber. Es war egal.

Dann blickte er auf. Thore Felten stand vor ihm. Warum saß er nicht bei den anderen?

«Du bist ein guter Junge, Fokke.»

«Warum sagst du mir das ausgerechnet jetzt? Ich habe absolut keine Zeit für Sentimentalitäten, schon gar nicht auf welche aus deinem Mund.»

Doch Thores Gesichtsausdruck blieb unverändert, es schien eine Mischung aus Zufriedenheit und Wehmut zu sein. Hatte Wencke ihren Verdacht bereits allen mitgeteilt?

«Ich wollte es dir nur sagen. Deine Kunst wird unser Haus in die Richtung bringen, die wir beide uns immer gewünscht haben. Lass uns gemeinsame Sache machen, Fokke, ab heute bist du meine zweite Hand.» Mit einem Lächeln im Gesicht ging sein Stiefvater fort.

Fokke konnte sich keinen Reim darauf machen. Er spürte nur eine Übelkeit in sich aufsteigen, die es ihm unmöglich machte, weiterzuarbeiten. Es würde kein Dessert geben. Er sah, wie Felten hinausging. Gleich würde er wieder auf der Bühne stehen und sich räuspern und ein großkotziger Gastgeber sein. Fokke wusste, gleich war es so weit. Auch ohne Wencke Tydmers wollte er den Weg zu Ende gehen und seinen Stiefvater vernichten. Er legte den Kochlöffel zur Seite und folgte Felten aus der Küche. Es würde kein Dessert geben.

# Dessert

Sanders hörte so gut wie nie auf seine innere Stimme. Doch er wurde das hartnäckige Gefühl nicht los, dass etwas außer Kontrolle geriet. Irgendetwas schien hinter seinem Rücken vorzugehen. Er konnte nicht sagen, was es war, doch seine innere Unruhe hielt ihn nicht länger in der Abwartehaltung, in die er sich eigentlich begeben wollte.

Es war nicht ihre Art fernzubleiben, wenn es drauf ankam. Wencke Tydmers hatte so viel Enthusiasmus an den Tag gelegt, warum sollte sie ausgerechnet jetzt nicht in Erscheinung treten?

«Bleiben Sie hier, und beobachten Sie Felten. Ich werde sie suchen gehen», sagte er zu Britzke, der etwas erwidern wollte, doch wie immer zu langsam war. Sanders hatte den Saal bereits verlassen.

Außerhalb der Speiseräume schien das Hotel menschenleer. Sanders hatte keine Ahnung, wo er beginnen sollte, doch erschien es ihm am wahrscheinlichsten, seine Kollegin irgendwo hinter den Kulissen ausfindig zu machen. Sie hatte schon immer im Hintergrund vor sich hin gewerkelt, während er sich mit dem Offensichtlichen abgegeben hatte. Ein wenig lachhaft kam er sich schon dabei vor, einer Ahnung folgend nach einer erwachsenen Person zu suchen, doch er schob dieses Gefühl beiseite und ging die Treppe hinter der Rezeption hinab. Ein langer weißer Flur erstreckte sich vor ihm. Die meisten Türen waren verschlossen, er konnte kein Geräusch hören, und als er durch die Schlüssellöcher blickte wie ein kleiner Junge beim Detektivspielen, sah er nirgendwo ein Licht. Eine Tür am Ende des Ganges war angelehnt. Sanders öffnete den Spalt und schaute in eine dunkle Kammer, bis an die Decke stapelten sich Stoffe und Kartons, ansonsten konnte er niemanden entdecken. Er knipste das Licht an und schaute sich kurz um, gerade wollte er kehrtmachen, als er am Boden eine Ecke des orangefarbenen Stoffes ausmachte, Pailletten glitzerten im Schein der Neonröhren. Mit einem großen Schritt war er da und hob die Frau vorsichtig auf. Sie war leichenblass, getrockneter Schaum verklebte ihren Mund, und an den flimmernden Speichelresten konnte er erkennen, dass sie noch atmete.

«Frau Felten-Cromminga, kommen Sie zu sich.» Natürlich hätte er eigentlich wissen müssen, wie man in einem solchen Fall erste Hilfe leistete, doch in diesem Moment war sein Kopf wie leer gefegt. Er hob instinktiv die Beine der Bewusstlosen an, um den Kreislauf wieder in Schwung zu bekommen, dann tätschelte er sanft die weißen Wangen der Frau.

«Kommen Sie zu sich, bitte, Frau Felten-Cromminga, können Sie mich hören?» Auf einem Tisch über ihr stand ein Telefon, er wählte die Null in der Hoffnung, die Rezeption in irgendeiner Weise erreichen zu können. Erst nach unendlichen Sekunden meldete sich eine Frauenstimme.

«Hier ist Kommissar Sanders. Wir brauchen dringend einen Arzt für Frau Felten-Cromminga. Sie liegt hier unten im Keller bewusstlos, ich nehme mal an, es ist das Nähatelier. Bitte rufen Sie schnell einen Arzt. Und dann schicken Sie mir jemanden aus dem Hotel, der sich mit erster Hilfe auskennt.» Dann legte er auf.

Die Augenlider der Frau flackerten leicht, er streichelte ihr sanft über das Haar und versuchte, beruhigende Worte zu finden, dabei fühlte er sich hilfloser als je zuvor in seinem Leben. Bislang war er noch nie in einer solchen Situation gewesen. Wie denn auch, wenn man die Ermittlungen in erster Linie am Schreibtisch durchführte. Wencke Tydmers, die hätte jetzt sicher sofort gewusst, was zu tun sei. Er wünschte sich etwas davon.

«Bitte …», sie begann, Worte mit den Lippen zu formen, die er nicht verstehen konnte. Er beugte seinen Kopf bis dicht an ihren Mund.

«Ganz ruhig, Frau Felten-Cromminga. Ganz ruhig, ich habe bereits einen Arzt kommen lassen.»

Sie schüttelte kaum wahrnehmbar mit dem Kopf. «Nein, bitte … Sie müssen … Wencke …»

Er fühlte, wie sein Herz für einen Moment aussetzte.

«Was ist mit ihr? Wo steckt sie?»

Der Mund der Frau öffnete sich mit schalen Schmatzlauten, sie schien sich entsetzlich zu bemühen. «Küche … bei Fokke … bitte, Sie müssen …»

«Ich lasse Sie nicht hier allein liegen, Frau Felten-Cromminga.» Er sah, wie sich ihre Augen wieder schlossen, hörte aber nicht auf, den Scheitel zu streicheln, um ihr zu zeigen, dass er noch da war, und auch, um sich selbst zu beruhigen. Nach endlosen Minuten hörte er Schritte im Gang, ein älterer Mann kam herein, und der Schrecken in seinem Gesicht war nicht zu übersehen.

«Was hat sie?»

«Ich habe keine Ahnung. Bleiben Sie bei ihr, bis der Arzt kommt. Ich muss sofort weg. Wo ist hier die Küche?»

Der Kerl wies mit dem Kopf nach links.

«Und hören Sie nicht auf, ihr das Haar zu streicheln, hören Sie?»

Sanders stürzte aus dem Raum und lief in die Richtung, die ihm der Mann gezeigt hatte. Er konnte das Geräusch von klirrendem Geschirr und Dunstabzugshauben hören, dann öffnete er die Tür.

«Wo ist Fokke Cromminga?»

Die weiß gekleideten, verschwitzten Männer und Frauen blieben stehen, es war, als hätte sein Auftritt bei ihnen einen Filmriss verursacht. Ratlose Gesichter starrten ihn an.

«Wenn wir das wüssten. Der Meister hat uns mit dem letzten Hauptgang allein gelassen.»

«Hat jemand meine Kollegin, Frau Tydmers, gesehen?»

Die meisten schüttelten die Köpfe, sie begannen wieder, sich zu bewegen, irgendwie langsam und träge räumten sie Pfannen und Töpfe von einer Ecke zur anderen. Eine kleine dunkle Frau trat auf ihn zu.

«Diese Kollegin, sie war auch hier, hat Chef von Arbeit abgehalten, keine Ahnung, wo jetzt ist.»

«Wohin sind sie gegangen?»

Sie schien es nicht zu wissen.

«Nach hinten durch.»

«Wie lange ist es her?»

«Ich habe nix mehr Zeitgefühl. Heute war sehr anstrengend, ich glaube, es war vor Fisch.»

«Danke», sagte Sanders und ging an den Tischen vorbei.

«Was ist jetzt mit dem Dessert», brüllte eine Männerstimme von hinten. «Machen wir jetzt ohne Fokke weiter oder was?»

«Bevor es schmilzt», kam die Antwort. Ein stämmiger Koch öffnete die Tür, die in das Kühlhaus zu führen schien.

«Verdammte Scheiße, guckt euch das mal an. Welcher Idiot hat den Bockmist verzapft?» Sofort stürmten drei andere Leute aus der Küche zu ihm, und Sanders konnte hören, wie sich alle furchtbar aufregten. Er wollte über die Schultern schauen, konnte aber nichts erkennen. Er bekam nur mit, dass irgendetwas mit dem Nachtisch nicht in Ordnung war. Es war ihm egal, er wollte Wencke Tydmers finden, und hier war sie nicht.

Im hinteren Teil der Küche standen schwarzweiße Kellner und Kellnerinnen und rauchten.

«Wie komme ich ins Restaurant?», fragte er.

Ein langer Kerl, der sogar einen Kopf größer war als er selbst, nahm ihn beim Arm und führte ihn durch eine Schiebetür, hinter der eine lange, großzügige Treppe nach oben führte. Am Ende tat sich erneut ein Durchgang auf, dann standen sie im Saal. Sanders bemerkte sofort, dass an den Tischen Unruhe herrschte, er ließ seinen Blick schweifen und konnte Britzke in der Menge entdecken, er war aufgestanden und starrte in Richtung Bühne.

Sanders folgte seinem Blick. Thore Felten und Fokke Cromminga standen auf dem Podest, sie hielten jeder ein Glas in der Hand und lächelten um die Wette. Sanders konnte sich dieses Bild nicht erklären, nach einem gestörten Vater-Sohn-Verhältnis sah das absolut nicht aus.

«Meine Damen und Herren, ich bin sehr froh und stolz, dass Ihnen unsere kulinarische Liebeserklärung an die Juister Sanddornbeere allem Anschein nach so gut gemundet hat», sagte Felten in diesem Augenblick, und im Saal schwoll ein prasselnder Applaus an, lächelnde Gesichter blickten zur Bühne, wo Felten sich immer und immer wieder verbeugte.

«Es ist mir eine besondere Freude, Ihnen jetzt unseren Zauberer am Herd, unseren Magier an den Töpfen, unser Genie an den Pfannen vorzustellen. Ihm, und nur ihm allein, haben Sie diese einzigartige Geschmackseuphorie zu verdanken. Es ist mein lieber Sohn Fokke Cromminga, der Ihnen auch gleich das süße Finale ankündigen wird. Vielen Dank.»

Das Klatschen schien sich noch zu steigern, die ersten Gäste erhoben sich respektvoll von ihren Plätzen, andere taten es ihnen gleich, bis unter anhaltendem Applaus jeder im Saal stand und lächelte und nickte und anerkennende Rufe von sich gab.

Sanders wurde von hinten angestoßen, und als er sich umblickte, konnte er das Küchenpersonal die Treppe heraufkommen sehen. Er stellte sich ein Stück zur Seite.

Fokke Cromminga nahm das Mikrophon zur Hand, er räusperte sich. Die Menschen klatschten weiter, er bedankte sich auf nette, fast bescheidene Art und räusperte sich erneut, bis die Gäste die Hände langsam sinken ließen und sich eine feine, neugierige Stille im Saal breit machte.

«Sehr verehrte Gäste, glauben Sie mir, jede Prise Salz in diesem Menü, jeder Teelöffel Kräuter, jedes Gramm Butter und jeder Zentiliter Sahne war mir eine Ehre, denn für solch dankbare Zungen wie die Ihren zu kochen, ist das Schönste und Erstrebenswerteste, was sich ein wahrer Koch nur vorstellen kann. Ich bin stolz, auch auf jeden Kollegen und jede Kollegin, der oder die mir heute in der Küche zur Seite gestanden hat. Danke auch an den Service, ohne den meine Kochkunst nur lauwarm und halb verschüttet auf Ihrem Tisch ankommen würde.»

Ein kurzer, herzlicher Applaus mit erhobenen Händen und nickenden Köpfen unterstützte Crommingas Worte.

«Doch das Dessert, wenn man es denn als solches bezeichnen kann, wird vielleicht ein wenig anders ausfallen, als Sie es sich gerade vorstellen.»

«Das Dessert ist ein Haufen Matsch, Fokke, vergiss es», hörte Sanders ein Flüstern hinter sich.

Fokke Cromminga legte den Arm um seinen Stiefvater. Irgendwie ahnte Sanders, dass diese Geste nicht gerade freundschaftlich zu deuten war. Er ging eng an der Wand entlang in Richtung Bühne. Britzke schien auch in Bereitschaft versetzt zu sein. Wo steckte Wencke, verdammt noch mal, wo steckte sie bloß?

«Ich möchte Ihnen nämlich als Nachtisch eine kleine Geschichte erzählen, eine Geschichte über meinen Stiefvater, Ihren lieben Gastgeber Thore Felten.»

Felten schaute seinen Stiefsohn verwundert an, nicht erschrocken, nur verwundert.

«Es ist eine Geschichte, die man ohne weiteres mit dem Sanddorn vergleichen kann: Sie ist bitter, und sie hat Dornen, sie wird Ihnen vielleicht beim ersten Mal nicht besonders schmecken, doch es ist immer eine Frage der Zubereitung, wissen Sie?»

Langsam setzten sich die ersten Gäste wieder auf die Plätze, nicht ohne das Gesicht mit voller Aufmerksamkeit auf Fokke Cromminga zu richten.

«Es ist die Geschichte von einem Mann, der seine Familie zur Hölle schickt, um sich den Himmel auf Erden zu verwirklichen. Es ist die Geschichte von einem Mann, der seine Frau in den Wahnsinn treiben will, um für sich klare Verhältnisse zu schaffen. Und es ist leider auch die Geschichte von einem Mann, der schließlich zum Mörder von Ronja Polwinski wird, um so das letzte Hindernis aus der Welt zu räumen, um allein an der Spitze zu stehen und alle anderen vor die Hunde gehen zu lassen.»

Es war still, es war totenstill. Niemand rührte sich, niemand klapperte mit Geschirr, niemand putzte sich die Nase.

Thore Felten blickte fassungslos und mit leerem Blick in die Menge. Er war getroffen, sein Stiefsohn hatte ihm einen Schlag versetzt, und er hatte keinen Schutz davor gehabt. Fast tat er Sanders Leid. Britzke und er schienen die Ersten zu sein, die sich aus der Erstarrung lösten. Parallel liefen sie auf Felten zu, mehr um ihn zu stützen, als um ihn zu verhaften.

Sie legten jeder eine Hand fest um den Oberarm des Mannes, er erschien Sanders auf einmal kleiner geworden zu sein, Feltens Kopf schien nicht mehr auf dem Hals zu sitzen, er war zwischen die Schultern gesunken. Dann gingen sie von der Bühne, verfolgt von den Blicken der Gäste, verfolgt von den Blicken der Angestellten, verfolgt von Fokke Crommingas Blick. Sanders meinte, ein leises Lächeln auf dessen Lippen erkannt zu haben.

Sie waren schon fast an der Glastür, als die Stille von einem schrillen Summen zerschnitten wurde. Vielleicht war es gar nicht so laut, es schien von unten zu kommen, doch die fast spürbare Anspannung schien in diesem Moment zu zerreißen und im Saal brach Panik aus. Frauen griffen ihre Handtaschen und rannten schreiend in ihren hochhackigen Schuhen auf den Ausgang zu. Die Männer waren nicht so schnell, sie sahen sich noch zu allen Seiten um, als ob sie sich ihres eigenen Schreckens bewusst werden mussten, doch dann ergriffen auch sie die Flucht.

Sanders riss Felten mit sich an die Wand, damit sie von den rennenden Menschenmassen nicht übermannt wurden.

«Felten, was zum Teufel ist das für ein Geräusch?», schrie Sanders ihn an, damit seine Stimme im allgemeinen Tumult nicht überhört wurde.

«Ich hab keine Ahnung», jammerte Felten, «Also, Feueralarm ist es nicht. Es kommt aus der Küche, es könnte vielleicht …»

«Was?»

«… es könnte vielleicht das Abtausignal sein.»

«Was bitte ist das genau?»

«Wenn die Kühlung ausfällt oder nicht mehr richtig läuft, dann haben wir einen Alarmsignal, damit die Ware keinen Schaden nimmt. Es ist bestimmt nichts Bedrohliches!»

Sanders wollte erst lachen über eine solche Belanglosigkeit, doch das Lachen blieb ihm im Halse stecken. Wencke! Sie war in den hinteren Teil der Küche gegangen, wo er das Kühlhaus hatte stehen sehen. Sie war nicht wieder aufgetaucht. Im Kühlhaus war etwas zu Bruch gegangen …

Sanders ließ Feltens Arm los und stürzte den Leuten entgegen, schob sich zwischen den hektischen Körpern hindurch und rannte schließlich die Treppe zur Küche herunter. Als er atemlos die Schiebetür passiert hatte, sah er sie schon am Boden liegen. Sein Magen drehte sich.

«Lassen Sie mich durch.»

Ihre Lippen waren blau, die Augen geschlossen, sie war in einer merkwürdig zusammengekauerten Position, und auf den ersten Blick war er sich sicher, dass Wencke Tydmers nicht mehr am Leben war. Der große junge Kellner brachte eine Wolldecke, zwei Mädchen hatten sich bereits an Wenckes Seiten gehockt und rieben ihre starren Hände.

«Gehen Sie in den Flur, ich habe vorhin einen Arzt rufen lassen, vielleicht haben wir Glück, und er ist noch da.» Nun setzte sich auch Sanders neben den kalten Körper, er zog Tydmers die Schuhe aus und massierte die frostigen Zehen. Gott sei Dank, ein Rettungssanitäter stürmte in die Küche und beugte sich über Wencke Tydmers. Er untersuchte sie kurz.

«Was ist mit ihr?», fragte Sanders, und er hatte Angst, er könnte antworten, sie sei tot.

«Sie ist stark unterkühlt, aber sie lebt. Ich denke schon, dass wir sie gleich wieder wach bekommen.»

Sanders ließ sich fallen in ein Gefühl der Erleichterung.

«Und was ist mit Frau Felten-Cromminga?»

«Wir nehmen an, sie hatte so etwas wie einen epileptischen Anfall aufgrund von akutem Medikamentenentzug. Sie wird gleich mit dem Hubschrauber ins Krankenhaus Norden gebracht. Und Ihre junge Kollegin hier werden wir wohl gleich daneben legen.»

«Kann mir einer sagen, wie so etwas passieren kann?», fragte er in die Menge.

«Die Tür war von außen verriegelt, ein Besen ist unter den Türgriff geschoben worden, so konnte sie sich nicht von alleine befreien. Zum Glück muss sie das Gerät irgendwie überlistet haben, sodass der Alarm wegen ansteigender Temperaturen losgegangen ist.»

«Ja, aber wer kann mir sagen, wie sie dort hineingekommen ist?», schrie Sanders wütend und ein wenig hilflos in die Menge. Er bekam nur ein Schulterzucken zur Antwort.

«Jetzt hören Sie mir aber mal zu: Diese Frau hier ist eine phantastische Kollegin von mir. Sie hat mehr Mumm in den Knochen und mehr Verstand in der Birne als Sie alle zusammen. Es kann doch wohl nicht so schwer sein, sich zu erinnern, wer als Letzter mit ihr gesprochen hat, hier, vor Ihrer aller Augen, wenn Sie mir das nicht sagen können, dann …» Als er merkte, dass seine Stimme nicht mehr mitmachte, entschied er sich zu schweigen, nur eine Frage wollte er noch stellen: «War es Thore Felten?»

Der schlacksige Kellner trat einen Schritt vor.

«Herr Kommissar, ich habe es nicht gesehen, aber … aber ich könnte mir sehr gut vorstellen, dass es Fokke Cromminga war.»

«Warum sollte er so etwas tun?»

«Weil die Kommissarin ihm auf die Schliche gekommen ist. Wegen der Sache mit der Polwinski.»

Sanders dröhnte der Schädel. Er wusste nichts, aber auch gar nichts mit dem Gerede des jungen Mannes anzufangen, doch er hatte das ungute Gefühl, dass der Kellner Recht hatte. Vielleicht hatte er mit Thore Felten zwar einen Schuldigen, aber nicht den Mörder von Ronja Polwinski verhaftet. Wencke Tydmers schien ihm mal wieder einen kleinen Schritt voraus gewesen zu sein. Ihre forsche Vorgehensweise hätte sie fast das Leben gekostet.

Langsam bekamen ihre blutleeren Lippen wieder Farbe, die Füße, die er immer noch knetete wie ein Besessener, schienen leicht zu zucken. Sie war wieder da. Sanders erhob sich und überließ dem Sanitäter den schlaffen Körper seiner Kollegin.

Nur kurz schenkte er seinen Zweifeln Beachtung, die seinem Verstand die konkret vorliegenden Beweise gegen Thore Felten und die vagen Indizien gegen Fokke Cromminga vorzurechnen schienen. Und zum zweiten Mal in seinem Leben traute Sanders seiner Intuition.

«Sehen Sie zu, dass Sie diesen Schweinehund zu fassen kriegen.»

# Epilog

Wir werden in wenigen Minuten im Juister Hafen festmachen. Bitte steigen Sie unten in der Eingangshalle aus und halten Sie beim Verlassen des Schiffes Ihre Towercard bereit. Die Besatzung der ‹Frisia II› wünscht Ihnen im Namen der Reederei einen erholsamen Urlaub auf der wunderschönen Insel Juist.»

Das Fährschiff drehte nach Steuerbord ab, und die Insel lag nun direkt voraus, die Zinnen des «Dünenschlosses» erhoben sich über die geduckten roten Dächer. Wencke ließ die Reling los, an der sie fast die ganzen anderthalb Stunden der Überfahrt gestanden und auf das Meer geschaut hatte. Sie hatte eigentlich nie wieder hierher kommen wollen. Als sie das Ticket im Rucksack suchte, fiel der Brief heraus, sie hob ihn auf, bevor ihn der frische Seewind zu fassen bekam, faltete ihn auseinander und las ihn noch einmal durch, wie um sich noch einmal schwarz auf weiß den Grund für ihr Kommen bestätigen zu lassen.

Liebe Wencke,
nun steht sie unmittelbar bevor: die erste Saison in meinem Hotel! Die Belegungszahlen können sich sehen lassen, das Personal ist motiviert und, was dich wahrscheinlich am meisten interessieren wird, ich bin guter Dinge. Es hat einige Veränderungen gegeben, nachdem Thore die Koffer packen musste. In erster Linie haben wir wieder die Freundlichkeit in dieses Haus gebracht, die bei all den Renovierungen und Modernisierungen auf der Strecke geblieben ist. Und die Gäste in der Vorsaison haben es uns bestätigt: Echte, von

Herzen kommende Gastlichkeit kann man mit keinem Marmor, Gold und Stuck der Welt wettmachen. Schade, dass meinem Exmann diese Erkenntnis abhanden gekommen ist, sonst wäre vielleicht alles nicht passiert. Doch nun möchte ich es mir nicht nehmen lassen, mich ein klein wenig bei dir zu revanchieren, auch wenn die Nacht in der Pension «Inselfreunde» dich mehr Großzügigkeit und Risikobereitschaft gekostet hat, als ich dir jemals zurückzahlen kann. Bitte, sei mein Gast, ich werde im Mai ein Zimmer für dich frei halten und würde mich unbändig freuen, wenn du die Einladung annimmst und dich auf diese Art und Weise mit unserer Insel ein klein wenig versöhnen kannst. Zudem ist es mir wichtig, dass wir uns noch einmal unter vier Augen wiedersehen könnten, bevor in zwei Wochen der Prozess gegen Fokke beginnt. Es geht ihm übrigens ganz gut, manchmal habe ich sogar das Gefühl, dass er in der Haft freier ist, als er es hier auf Juist jemals war.

In Freundschaft

Hilke

Mit einem kleinen überraschenden Ruck machte das Schiff fest. Wencke verließ das Oberdeck und ging die Treppe hinunter, die Halle war voll mit Menschen, die gut gelaunt und ein wenig ungeduldig darauf zu warten schienen, dass sie endlich ihre ersten Schritte auf die Insel setzen konnten.

«Oh, wie blass», riefen die Leute am Hafen lachend, obwohl sie auch nicht viel brauner waren. Die Sonne hatte sich wohl erst seit heute Morgen hinter den Wolken hervorgewagt, und laut Wettervorhersage würde es in der nächsten Woche das erste Mal sommerliche Temperaturen geben. Wencke staunte, wie verändert sich die Insel Juist für sie präsentierte. Lag es nur am Wetter oder vielleicht doch daran, dass sie sich nach der ersten harten Eingewöhnungszeit als Leiterin der Auricher Mordkommission nun tatsächlich auf ein paar Tage Erholung zu freuen begann?

Der Deich, der das Inseldorf hinter sich beschützte wie ein Festungsgraben, war fast gelb, unzählige Löwenzahnblüten bevölkerten das saftige Gras. Die Kinder, die eben noch brav neben ihren Eltern dem Familienurlaub entgegengegangen waren, liefen auf einmal los und belagerten jubelnd den fröhlichen Spielplatz zur Linken.

«Wenn die Glocken läuten, kommt ihr aber zum Essen, kennt ihr noch den Weg?», riefen die Mütter hinterher.

«Lass sie nur laufen, was soll ihnen hier schon passieren», beruhigten die Väter.

Wencke ließ sich Zeit, die Inselwelt wiederzuerkennen. All die Geschäfte luden mit bunten Fahnen zum Eintreten, auf den Terrassen der Straßencafés saßen freundliche Leute mit geschlossenen Augen in der Sonne, an einer Ecke des blühenden Kurplatzes standen zwei kleine Mädchen und spielten Blockflöte, ohne dass ein Hut davor stand. Wencke gönnte sich ein Matjesbrötchen, obwohl sie Fisch eigentlich immer noch uninteressant fand, doch der Mann hinter dem Verkaufswagen auf Rädern sprach so herzerfrischend Platt, dass sie nicht widerstehen konnte. Dann waren es nur noch wenige Schritte die Strandstraße hinauf. Kurz studierte sie die Schaukästen, über denen gelbe Sonnenmilchreklame Lust auf Sommer machte. Diese «Inselradtour mit Poppy» klang interessant, sie würde sich heute noch einen Drahtesel mieten und auf diese Weise einen neuen Annäherungsversuch an die Insel wagen.

Dann ging sie die Stufen zum «Dünenschloss» empor, zugegebenermaßen nicht ohne einmal tief durchzuatmen, doch der herzliche Empfang ließ sie das ungute Gefühl vergessen, ehe es ihr die Laune verdarb.

Als sie dann am Fenster stand, an diesem Fenster mit der einmaligen Aussicht auf den Strand und das Meer, beschloss sie, keinen Gedanken mehr an die schrecklichen Ereignisse zu vergeuden. Sie drehte sich um, lächelte über den liebevollen Sanddornstrauß auf dem Glastisch und streifte die Schuhe ab. Wie in Zeitlupe ließ sie sich auf das Himmelbett fallen und blickte auf die goldene Kompassrose über ihr.

«Die Hochzeitssuite, ganz für mich allein. Das Leben kann so schön sein», dachte sie.